Strandkorbsehnsucht

KARIN WIMMER

Strandkorbsehnsucht

Bibliografische Information der Deutschen Nationalbibliothek
Die Deutsche Nationalbibliothek verzeichnet diese Publikation
in der Deutschen Nationalbibliografie; detaillierte bibliografische
Daten sind im Internet über http://dnb.d-nb.de abrufbar.

© 2020 Karin Wimmer
Umschlagdesign: zero-media.net, München
Bildmotiv: FinePic®, München
Satz, Herstellung und Verlag:
BoD - Books on Demand, Norderstedt

ISBN 978-3-7526-1028-4

»Leben ist das, was passiert, während du eifrig dabei bist, andere Pläne zu machen.«

»Beautiful Boy (Darling Boy)«
John Lennon

Kapitel 1

Kennt ihr das? Man denkt: Hätte mir jemand vor einem Jahr den heutigen Tag vorausgesagt, dann hätte ich ihn für verrückt erklärt! Und in Sekundenschnelle wird einem bewusst, wie sehr sich das Leben in einem Jahr verändern kann! Heute ist einer dieser Tage in meinem Leben. Kein herkömmlicher, ereignisloser Tag, an dem man mal eben einen Flashback hat und sich wundert, was sich so alles getan hat in letzter Zeit. Nein, heute ist einer jener Tage, die so aufregend und nervenaufreibend sind, so ungewiss und wunderbar, dass einem mit plötzlichem Adrenalinschub bewusst wird, dass man sich das, was man jetzt gerade macht, vor einem Jahr nicht einmal hätte träumen lassen. Es ist ein ganz und gar nicht harmloser Tag im Leben der Alexandra Charlotte Cecilia Manninger, fünfundzwanzig Jahre, Größe einsdreiundsiebzig, Gewicht – nein, so gut kennen wir uns immer noch nicht! Wo war ich? Ach ja – also ein bedeutsamer Tag in meinem Leben.

Ich spüre einen leichten Anflug von Panik, also zwinge ich mich, ruhig ein- und auszuatmen. Dann wage ich einen erneuten Blick in den Spiegel und streiche mein langes, weit ausfallendes Kleid glatt. Ich kontrolliere ein letztes Mal Make-up und Frisur und nicke mir dann aufmunternd zu. Als ich mich vom Spiegel wegdrehe, entdecke ich, dass meine Zwillingsschwester Lilly (eigentlich Elisabeth Karoline Emilia) lächelnd neben mir steht.

»Na, Lexi? Nervös?«, fragt sie mich dann.

Meinen Spitznamen Lexi habe ich vor knapp einem Jahr während meines Aufenthalts bei Lilly erhalten, als ich nach einem hässlichen Vorfall zu ihr geflüchtet bin. Aber das ist eine andere Geschichte!

Rasch lasse ich meinen Blick auch über sie gleiten. Frisur und

Make-up sind tadellos, und das Kleid, das wir gemeinsam ausgesucht haben, steht ihr sehr gut. Ich bin zufrieden.

»Nein! Alles bestens«, sage ich deshalb und sehe mich in dem kleinen Raum um. Alle sind fertig und strahlen mich an. Ich werfe meiner Freundin Sylvie einen fragenden Blick zu.

»Von mir aus kann es losgehen«, raunt sie mir zu. Ich nicke, woraufhin sie durch die Tür verschwindet. Mein Vater sieht etwas verloren aus, was ich gar nicht gewohnt bin von ihm. Eigentlich war er sein Leben lang ein tougher Geschäftsmann, den nichts so schnell aus der Ruhe bringt, aber der heutige Anlass scheint ihm doch zuzusetzen. Rasch gehe ich zu ihm.

»Keine Panik! Wenn du auf die Musik achtest, verpasst du deinen Einsatz nicht«, flüstere ich leise. Er sieht mich an, und ich erkenne an seinem Blick, dass er mich jetzt gerne in den Arm nehmen würde und es nur aus Rücksicht auf Frisur und Kleid unterlässt.

Eine nach der anderen geht nach draußen, und meine Nervosität steigt, je leerer der Raum wird.

»Heute ist ein wichtiger Tag. Bei dir ist alles in Ordnung?«, erkundigt sich mein Vater noch schnell.

»Ja«, antworte ich nur, dann geht es los. Die Tür öffnet sich, Musik dringt an meine Ohren, und alle Augen sind auf mich gerichtet. Und jetzt gehe ich hier, im Mittelgang einer Kirche, im langen Kleid und mit Blumen in der Hand, gleichzeitig völlig panisch und absolut ruhig, und frage: Kennt ihr das? Man denkt: Hätte mir jemand vor einem Jahr den heutigen Tag vorausgesagt, dann hätte ich ihn für verrückt erklärt! Und in Sekundenschnelle wird einem bewusst, wie sehr sich das Leben in einem Jahr verändern kann.

Kapitel 2

Aber ehe wir zu diesem denkwürdigen Tag kommen, sollte ich euch meine Geschichte, wie es dazu kam, weitererzählen: Ich fahre also im August von meinem mehrwöchigen Aufenthalt in der Pension meiner Schwester wieder zurück in mein altes Leben. Im Gepäck habe ich neben vielen neuen Freunden, etlichem an Kocherfahrung (oder besser gesagt überhaupt Grundwissen in diesem Bereich) und einem mächtig schlechten Gewissen, meine schwangere Schwester im Stich gelassen zu haben, auch noch ein Herz, das nach einem Mann schreit, den ich zugunsten meines Studiums verlassen habe. Niko! (Falls ihr euch hier etwas planlos fühlt, rate ich, zu lauschen, was der Strandkorb euch zuflüstert.) Kurz gesagt: Ich bin also auf dem Weg nach Hause! Oder was auch immer man gerade als mein Zuhause bezeichnen würde. Sagen wir lieber, ich bin auf dem Weg zu meinen Eltern.

Dort angekommen, klingle ich und werde von meiner Mutter mit einem »Schön, dass du doch noch zur Vernunft gekommen bist!« begrüßt.

»Hallo, Mama«, sage ich ruhig und schiebe mich mitsamt meinem Gepäck an ihr vorbei in den Flur. Hier nimmt mich mein Vater wortlos in den Arm. Dann greift er nach meinen Koffern und deutet die Treppe rauf.

»Deine Mutter hat dir das Gästezimmer hergerichtet und freut sich sehr, dass sie dich wieder im Haus hat«, meint er mit einem Seitenblick auf sie.

Ich nicke. »Ja, danke! Sie versteckt es nur gut, ich weiß.« Der Sarkasmus in meiner Stimme ist nicht zu überhören, aber nach so vielen Stunden Fahrt und einem wirklich schweren Abschied heute Morgen fehlt mir die nötige Energie für falsche Höflichkeiten.

Im Gästezimmer stellt mein Vater die Koffer in eine Ecke und kramt aus seiner Hosentasche einen Schlüssel hervor.

»Hier, bitte! Willkommen zu Hause, bleib so lange du willst, und versuch deine Mutter zu ignorieren. Sie hätte gedacht, wenn du zurückkommst, dann meinst du zurück zu Robert.«

Ich nicke. Meine Mutter und Robert waren immer schon ein Herz und eine Seele, und die Tatsache, dass er mich monatelang mit meiner besten Freundin betrogen hat, sollte ich in ihren Augen unter den Teppich kehren.

»Zurück zu Robert wäre nur schwer möglich, denn auf meiner Betthälfte schläft jetzt Christine«, stelle ich trocken klar.

»Wenn du etwas brauchst ...«

»Nein, danke.« Ich schüttle den Kopf. »Ich möchte jetzt einfach nur unter die Dusche und früh ins Bett.«

Als ich alleine bin, suche ich ein paar Sachen für die Nacht aus meinem Koffer und beschließe, ihn gar nicht erst auszupacken. Ich habe ja nicht vor, hierzubleiben! Dann danke ich Gott dafür, dass das Gästezimmer ein eigenes Bad hat und ich meinen Eltern somit heute aus dem Weg gehen kann. Nur Klamotten für morgen muss ich noch aus den Kisten im Keller holen, denn bei Lilly hatte ich nur legere Kleidung dabei, die beim Termin mit dem Betreuer meiner Diplomarbeit in der Universität eher unangebracht wäre. Und vermutlich werde ich auch die Unterlagen dazu brauchen.

Also husche ich rasch die Treppen hinunter und bedanke mich in Gedanken bei mir selbst, dass ich bei meinem Auszug aus Roberts Wohnung sorgfältig alle Kartons beschriftet habe. Mich jetzt auch noch durch CDs und alte Erinnerungen zu wühlen, bis ich meine Unisachen finde, wäre das Letzte, was ich heute noch gebrauchen könnte. Als ich endlich alles beisammenhabe, dusche ich ausgiebig und genieße das warme Wasser auf meiner Haut. Wenig später lasse ich mich aufs Bett fallen und krame in meiner Tasche nach meinem Handy.

»Hallo, Lexi«, höre ich wenige Sekunden später, doch ich stutze, denn es ist nicht die Stimme, die ich erwartet hatte.
»Paul? Ich dachte, Lilly würde schon auf meinen Anruf warten«, erwidere ich überrascht.
»Ja, aber ich hab sie vor einer halben Stunde ins Bett geschickt. Nicht, dass es ohne Widerstand geklappt hätte«, fügt er dann lachend hinzu.
»Warum? Ist alles okay bei ihr?«, frage ich alarmiert. Meine Schwester ist schwanger und mutet sich grundsätzlich zu viel zu. Bisher konnten ihr Freund Paul und ich sie mit vereinten Kräften immer mühsam überzeugen, etwas kürzerzutreten, doch jetzt kämpft Paul alleine.
»Ja, grundsätzlich geht es ihr gut«, beruhigt er mich. »Es war heute nur ein sehr stressiger Tag in der Küche, weil …« Er stockt.
»Weil?«, hake ich nach.
Stille.
»Paul?«
»Weil ich Niko freigegeben hab«, rückt er mit der Sprache raus. »Es hätte keinen Sinn gehabt, ihn heute in die Küche zu stellen.«
Verdammt …
»Hey, mach dir keinen Kopf, ihr geht es gut. Und Niko wird sich auch wieder fangen.«
»Richte Lilly liebe Grüße aus und dass ich gut angekommen bin, okay? Ich melde mich diese Woche noch einmal«, bitte ich ihn und lege auf, damit er nicht hört, dass meine Stimme bricht. Tapfer schlucke ich die aufsteigenden Tränen hinunter. Wie befürchtet, geht es Niko genauso mies wie mir. Ich kann mich jetzt nicht bei ihm melden. Eigentlich wollte ich Bescheid geben, dass alles o.k. ist, aber ich glaube, damit mache ich jetzt alles nur noch schlimmer. Resigniert lege ich mein Handy auf den Nachttisch.

In dieser Nacht schlafe ich wie ein Stein, und als mein Handywecker mich am nächsten Morgen aus dem Schlaf reißt, brauche ich einige Sekunden, um zu realisieren, wo ich bin. Als ich das Gästezimmer meiner Eltern erkenne, lasse ich mich wieder matt in die Kissen sinken. Was habe ich mir nur dabei gedacht? Jede einzelne Faser meines Körpers sagt mir, dass ich hier nicht hingehöre, und mit jedem Atemzug sehne ich mich nach der Ostsee. Ich fühle mich kraftlos, leer und ausgebrannt – was vor allem mit den nervenaufreibenden Gedanken und Entscheidungen der letzten Zeit zu tun hat. Hab ich wirklich das Richtige getan? Der Handywecker piept erneut, und ich schiebe die grüblerischen Gedanken von mir. Seufzend ergebe ich mich meinem Schicksal und tappe ins Badezimmer.

Aus meinem Schrank wähle ich heute einen Hosenanzug, da ich mit dem Betreuer meiner Diplomarbeit einen Termin in der Uni habe, von dem einiges abhängt. Ich möchte einen guten Eindruck hinterlassen, obwohl ich nicht weiß, was ich ihm noch vormachen will. Mein Studium war in den letzten Monaten lediglich in meinem Leben ein kleines Randkapitel, das ich mehr als nur vernachlässigt habe. Und heute hole ich mir die Quittung ab und hoffe, dass ich meine halb fertige Diplomarbeit nicht in die Mülltonne werfen kann.

Wenig später treffe ich in der Küche auf meine Eltern. Sie sitzen um den reich beladenen Frühstückstisch, auf dem auch ein Gedeck für mich bereitliegt. Ich ignoriere es, ebenso wie den aufkeimenden Ärger darüber, dass meine Mutter nach so vielen Jahren immer noch nicht weiß, dass ich vor neun Uhr morgens keine feste Nahrung zu mir nehmen kann, ohne dass mir speiübel davon wird. Ich nehme mir eine große Tasse Kaffee – heute schwarz – und lehne mich beim Trinken schweigend gegen den Küchenschrank.

»Alexandra, setz dich! Ein Frühstück im Stehen ist an so einem wichtigen Tag nicht angebracht«, belehrt mich meine

Mutter sofort. Ich zwinge mich, tief durchzuatmen, damit meine Antwort etwas weniger bissig klingt.

»Ein Frühstück im Stehen hat in den vergangenen Wochen gereicht, also wird es das heute auch«, stelle ich fest. »Und jetzt entschuldigt mich bitte, ich muss los.« Ehe noch einer der beiden etwas erwidern kann, bin ich aus dem Haus.

Die Gegend hier ist mir altvertraut und doch fremd. Seit ich vor fünf Jahren hier weggezogen bin, hat sich viel verändert. Am allermeisten wohl ich selbst!

Auch in der Uni fühle ich mich wie ein Fremdkörper. Ich war in den vergangenen Monaten nicht besonders oft hier, nicht mal zu den Terminen mit meinem Betreuer, die ich hätte einhalten müssen. Das hat mir den Schlamassel, in dem ich jetzt stecke, ja eigentlich erst eingebrockt. Ich seufze und klopfe an die Tür von Prof. Brauner.

»Frau Manninger«, ruft er erstaunt, als ich eintrete. »Ich muss gestehen, in meiner Abteilung laufen Wetten, ob Sie sich heute wirklich blicken lassen. Und ich habe eben eine Menge Geld verloren.«

Ich entschuldige mich und erkenne erleichtert, dass der ältere Herr mir nicht böse ist. Im Gegenteil, er versucht sogar, mir zu helfen, die Arbeit noch fertig schreiben zu können. Wir versuchen so kompakt wie möglich, alle versäumten Gespräche nachzuholen und sowohl mich als auch meine Diplomarbeit so weit zu bringen, dass Prof. Brauners Nachfolger mit mir weiterarbeiten kann.

Ich verlasse die Uni erst am Nachmittag. Mein Mittagessen bestand aus einem zweifelhaften Brötchen aus der Mensa, und das war noch das vertrauenerweckendste Angebot dort. Himmel, Lilly hat mir wirklich den Ernährungsfloh ins Ohr gesetzt, früher waren Kochen und Essen notwendige Übel für mich.

Zu Hause verschwinde ich gleich im Gästezimmer und falle

ins Bett. Die letzten beiden Tage waren enorm anstrengend. Ein wenig Entspannung kann nicht schaden, also schalte ich das Radio an. Es läuft *Heaven* von Bryan Adams. Ich erkenne den Song sofort, denn ich habe ihn in den letzten Wochen an fast jedem Abend gehört – gespielt von Niko auf seiner Gitarre, die er liebevoll seine »Lady« nennt. Nein, nein, das ist jetzt absolut kontraproduktiv. Ich mache das Radio wieder aus und reibe meinen schmerzenden Kopf. Vorsichtig taste ich nach der Handtasche, mit der ich gestern angekommen bin, da ich in ihr noch Kopfschmerztabletten vermute. Doch was ich dort als Erstes wiederfinde, ist der Flyer des After-Season-Festes, den Niko mir untergeschoben hat und auf dessen Rückseite die unglaublichen Worte stehen: »Ich werde warten!« Und während sie gestern ein Lächeln in mein Gesicht gezaubert haben, sind sie heute einfach zu viel für mich. Innerhalb von Sekunden brechen so viele Gefühle über mich herein, dass ich nicht mal atmen kann. Regungslos liege ich da. Ich halte die Tränen nicht auf, die Kraft dazu kann ich gerade nicht aufbringen. Ich schließe die Augen und sehe Niko, auf seinem Bett sitzend, die Gitarre in den Händen und mit einem leichten Lächeln auf den Lippen. Er fehlt mir so sehr, dass es körperlich wehtut. Jetzt weiß ich, weshalb man Liebeskummer auch Herzschmerz nennt – es ist genau die Stelle in der Mitte meines Brustbeines, die gerade so wehtut, dass ich glaube, wahnsinnig zu werden. Ich fühle mich wie ein Tisch, dessen Beine unter einer zu großen Last einknicken und brechen. Den Flyer zu finden, war der Tropfen, der das Fass zum Überlaufen gebracht hat. In den letzten Wochen hat mich Verschiedenes immer wieder an meine Grenzen gebracht – die Trennung von Robert, meine Gefühle für Niko, die Entscheidung zwischen ihm und meinem Studium – und immer wieder habe ich mich gefangen, Restenergie mobilisiert und weitergemacht. Aber jetzt, so unwillkommen und fehl am Platz, wie ich mich hier fühle, ist da einfach keine Restenergie mehr übrig. Ich kann einfach nicht mehr! Kraftlos rolle ich mich zusammen und bleibe einfach nur liegen.

Kapitel 3

In den nächsten beiden Tagen verlasse ich mein Zimmer nicht. Genau genommen tue ich gar nichts. Ich höre auf dem MP3-Player Songs von *B.U.*, grüble vor mich hin, ob meine Entscheidung, wieder zurückzukommen, wirklich richtig war, ignoriere das Klopfen meiner Eltern, weigere mich, etwas zu essen, und finde es nicht einmal der Mühe wert, zu duschen.

Am Donnerstag klopft es an meiner Zimmertür, und es ist nicht das vorsichtige Klopfen meines Vaters, sondern mehr ein Hämmern.

»Lexi? Du öffnest jetzt augenblicklich diese Tür! Es reicht nämlich! Haben wir uns verstanden?« Ich erkenne die Stimme und weiß, dass es sinnlos ist, mich weiter tot zu stellen. Vor meiner Zimmertür steht meine Freundin Sylvie, und sie ist sauer.

»Sag mal, hast du jetzt völlig den Verstand verloren?«, faucht sie mich an, als ich die Tür öffne. »Wir waren am Montagabend verabredet, und du versetzt mich so einfach und bist tagelang nicht erreichbar. Und deine Eltern …« Dann stockt sie und sieht mich von oben bis unten an. »Wie siehst du denn aus?« Ich kann ihr diese Frage nicht beantworten, denn ich gehe dem Badezimmerspiegel seit Tagen aus dem Weg. Stattdessen lasse ich sie in der Tür stehen und verschwinde wieder ins Bett. Sylvie schließt die Tür hinter sich und baut sich vor meinem Bett auf.

»Ich weiß ganz genau, was hier los ist. Du hast den *Ich-hab-den-Mann-meines-Lebens-verlassen-und-fühl-mich-hier-einsam-und-verlassen-Blues*. Vor ein paar Wochen hab ich dich gefragt, ob du zwei Trennungen hintereinander überstehst, und du hast was gefaselt von Dummheiten, die man bereut, wenn man sie nicht begeht. Und jetzt finde ich hier ein heulendes Häufchen

Elend?« Sie macht eine kurze Pause. Als ich nicht reagiere, holt sie tief Luft und schimpft weiter: »Jetzt hörst du mir mal gut zu! Es war deine Entscheidung, die Beziehung mit Niko einzugehen, obwohl sie ein Ablaufdatum hatte, es war deine Entscheidung, das Jobangebot deiner Schwester abzulehnen und wieder zurückzukommen. Es war deine Entscheidung, nicht bei Niko zu bleiben! Du wolltest – ich zitiere – *dein Ding durchziehen und neu starten*!« Kraftlos sehe ich auf.

»Und wenn ich das nicht kann? Ich hab grade keine Ahnung, was ich hier eigentlich mache.« Sylvie mustert mich stumm.

»Ich erzähl dir jetzt mal, wie ich die Sache sehe! Du hast zwei Möglichkeiten. Entweder packst du die paar Sachen, die du hier aus deinen Taschen geräumt hast, wieder ein, lässt das Studium sausen und fährst postwendend wieder zu deiner Schwester an die Ostsee. Dort bleibst du dann Küchenhilfe und arrangierst dich mit dem Gedanken, dass du dein ganzes Leben nur nach jemand anderem gerichtet hast. Das ist keine Entscheidung, für die du dich grundsätzlich schämen müsstest, viele Frauen haben das im Laufe der Geschichte gemacht.«

Jetzt hat sie meine ganze Aufmerksamkeit, denn das klingt so gar nicht nach meiner Freundin.

»Oder aber, du schwingst jetzt deinen Hintern aus dem Bett und tust auch das, was du dir vorgenommen hast, nämlich dein Leben mal ganz allein auf die Reihe bekommen und herausfinden, wer du wirklich bist. Es hat niemand behauptet, dass das der einfachere Weg ist, und auch nicht, dass es ohne Schmerzen ablaufen wird. Aber ich würde dir trotzdem dringend dazu raten, sonst hat die Aktion, dass du Niko und deine Schwester zurückgelassen hast, nämlich ihren Sinn verloren.«

Das ist die Sylvie, die ich kenne.

»Egal wie du dich entscheidest, du kommst jetzt aus diesem verdammten Bett raus und gehst duschen! Du siehst entsetzlich aus, und – jetzt mal ganz ehrlich – du stinkst«, fügt sie dann mit angewidertem Blick hinzu. Ich gebe mich geschlagen, quäle mich aus dem Bett und trolle mich wortlos ins Badezimmer.

»Ich warte!«, ruft Sylvie mir nach.

Ohne nach links oder rechts zu schauen, steige ich sofort unter die Dusche und schamponiere und seife mich ein. Der warme Wasserstrahl fühlt sich gut an. Auch das Zähneputzen erledige ich gleich. In ein Badetuch gewickelt, stehe ich kurz darauf vor meinem Spiegel und riskiere einen Blick. Gut, ich bin sauber und wieder wohlriechend, aber meinem Gesicht sieht man deutlich an, dass ich mich sehr habe gehen lassen in den letzten Tagen. Mit geföhntem Haar komme ich schließlich in ein Schlafzimmer zurück, in dem Sylvie gezaubert hat. Meine Bettwäsche ist gewechselt, das Fenster steht sperrangelweit offen und lässt wieder Sauerstoff in den Raum, mein Handy, dessen Akku sich bereits gestern mit einem letzten Piep verabschiedet hat, lädt fleißig, und auf dem Sessel hängen frische Klamotten.

»Schon besser«, nickt meine Freundin. »Letzte Nahrungsaufnahme?«

Ich überlege.

»Schon verstanden. Zieh dich an, wir gehen was essen, und dann sagst du mir, wie du dich entschieden hast.«

Entgeistert sehe ich sie an.

»Was denn? Du hast drei Tage in diesem miefenden Raum verbracht. Es wird Zeit, die Dinge etwas voranzutreiben«, beschließt sie und scheucht mich zu den Klamotten.

Wenig später sitzen wir in einem unserer früheren Lieblingsrestaurants, und ich schnuppere an meinen Nudeln mit Tomatensauce. Hungrig beginne ich zu essen. *Nicht schlecht*, denke ich. *Aber mit ein wenig mehr Oregano ... Lexi, was soll denn das? Von diesen Nudeln hast du dich lange Zeit praktisch ausschließlich ernährt, daran gibt es nun wirklich nichts zu meckern.* Sylvie sieht mich erwartungsvoll an.

»Also? Du siehst jetzt wieder einigermaßen menschlich aus und hast auch etwas im Magen. Wie soll es jetzt weitergehen mit dir?« Dass ausgerechnet Sylvie vorhin mit dem Vorschlag ankam, einfach umzudrehen und zu Niko zurückzufahren, hat mich nachdenklich gestimmt.

»Du hast dich nach deinem Urlaub bei Lilly gefragt, ob Georg nicht doch der Richtige gewesen wäre, stimmt's?«, frage ich sie mit durchdringendem Blick. Und dann passiert es! Meine superrationale Freundin, die sogar ihren Aufenthalt abgekürzt hat, damit ihre Urlaubsliebe ihr emotional nicht zu nahe kommen kann, senkt jetzt betreten den Blick.

»Sylvie, ich hatte ja keine Ahnung …«, meine ich bedauernd.

»Lassen wir das«, wischt sie das Thema vom Tisch. »Ich bin hier, wichtiger ist die Frage, ob du auch hierbleibst.« Ich nicke. Ja, es geht mir im Moment wirklich mies, aber diese Entscheidung habe ich bereits getroffen. Die Gedanken darum haben mir viele schlaflose Nächte beschert, aber letztlich war ich mir sicher, und darum sollte ich jetzt auch dahinterstehen.

»Ich hab gewusst, dass ich hier keinen Halt haben werde und mein Leben mal ganz allein auf die Reihe kriegen muss, aber als es jetzt so weit war, hat mich das gelähmt«, gebe ich zu. »Doch große Schluchten überwindet man nicht mit kleinen Schritten, man muss schon springen.« Sylvie umarmt mich und versenkt dabei fast ihren Schal in meiner Tomatensauce.

»Du bist nicht allein«, murmelt sie in mein Haar.

»Du auch nicht«, nuschle ich zurück.

Als ich wieder in mein Zimmer komme, bin ich im Besitz eines nagelneuen Terminplaners, den ich mit Sylvie noch im Einkaufszentrum besorgt habe, und voller Tatendrang. Es wird Zeit, mein Leben wieder etwas mehr zu planen, nicht einfach alles passieren zu lassen und darauf zu reagieren. Mein Handy zeigt an, dass es geladen ist, und ich sehe, dass Michael versucht hat, mich zu erreichen. Kurz entschlossen rufe ich ihn an und verabrede mich am nächsten Abend mit ihm in einem Café.

Als ich pünktlich dort ankomme, habe ich ein mulmiges Gefühl im Bauch. Sicher, ich kenne Michael schon sehr lange und hatte auch schon unzählige Verabredungen mit ihm, aber eben immer zu viert – er und Christine mit mir und Robert. Ihn jetzt allein zu treffen und zu wissen, dass die anderen beiden nun ein Paar sind, ist eigenartig. Auch Michael scheint etwas unsicher, als er mich mit Wangenküsschen begrüßt.

»Alexandra, schön, dass wir es geschafft haben«, meint er steif und überreicht mir eine Visitenkarte. Was soll das denn? Ich kenn ihn ja wohl bitte eindeutig zu gut, als dass er sich mir noch vorstellen müsste. Perplex sehe ich ihn an. Verwirrt wandert sein Blick zwischen meinen Augen und der Karte hin und her.

»Die Kontaktdaten meiner Immobilienmaklerin – deswegen wolltest du dich doch mit mir treffen, oder?«, meint er dann entschuldigend. Ja, natürlich, das hatten wir ja besprochen, als ich noch bei Lilly war! Ich nicke rasch und stecke die Karte in meine Tasche.

»Wie geht es dir?«, fragt er vorsichtig. »Was macht die Uni?«

»Die Uni ist gerade mein geringstes Problem«, erwidere ich seufzend. Michael nickt.

»Ich weiß, was du meinst. Mir geht es nach der Trennung von Christine nicht anders. Man hängt sehr in der Luft. Es gibt so viele Dinge zu regeln und zu tun, aber man sieht nur diesen angehäuften Berg, und schon ist man wie eingefroren. Keine Ahnung, wo man anfangen soll, was gerade das Wichtigste ist und was noch warten kann. Du hast durch den Aufenthalt bei deiner Schwester Zeit gewonnen, aber jetzt trifft dich alles, was hier gewartet hat, auf einen Schlag«, beschreibt er meine Lage passend.

Als ich das Mitgefühl in seiner Stimme höre, muss ich schlucken, damit mir die Tränen nicht in die Augen steigen. Ich hatte fast vergessen, dass er dasselbe durchmachen musste. Ja, stimmt, ich habe Zeit gewonnen. Aber gleichzeitig habe ich mir gleich noch eine Wunde mehr zugelegt. Ich beschließe, die Sache mit Niko für mich zu behalten. Mir fehlt eindeutig gerade die Energie, um Michael die ganze Geschichte zu erzählen.

»Und hast du einen Tipp für mich?«, erkundige ich mich lächelnd, als ich mich wieder gefangen habe. »Was ist denn das Wichtigste?« Michael legt behutsam seine Hand auf meine und drückt sie leicht.

»Dass du einfach mal irgendwo beginnst. Ganz egal, wo – der Rest kommt dann wie von selbst ins Laufen«, versichert er mir zuversichtlich. Danach werden wir beide etwas lockerer. Er erzählt, dass er sich seit der Trennung total in die Arbeit gestürzt hat und für seine Firma in den nächsten Wochen einige Male nach Frankreich reisen muss. Er ist für eine Kosmetikfirma tätig, die reine Naturprodukte erzeugt, und kümmert sich um Einkauf und Qualitätsüberprüfung der gelieferten Ware. Im Moment soll er die Lavendelernte eines Vertragspartners überwachen.

»Mein Chef ist von meinem Hang zu Überstunden so begeistert, dass er mir diesen großen Auftrag anvertraut hat. So hat es wenigstens einen positiven Nebeneffekt, wenn einem im kleinen Zimmer in der Pension Mama die Decke auf den Kopf fällt und man sich ablenken möchte«, erzählt er sarkastisch.

Ich beiße mir auf die Unterlippe, ehe ich mich traue zu fragen: »Hast du nach ihrem Auszug noch mal was von Christine gehört?«

Er schüttelt den Kopf. »Nein, und ich wüsste auch nicht, weshalb.« Vorsichtig sieht er mich an. »Und du? Hat Robert sich gemeldet?«

Ich nicke. »Ja, er hat mich angerufen, als ein Brief von der Uni versehentlich noch an die alte Adresse kam. Den hat er mir dann mit Kurier geschickt«, erzähle ich.

»Und von Christine? Ich meine, sie ist deine beste Freundin!?«, erkundigt er sich weiter.

»Sie *war* meine beste Freundin«, stoße ich hervor. Michael sieht mir wohl an, wie verletzt ich noch bin.

»Vielleicht hilft es dir, dass ich mich in ihr genauso getäuscht habe wie du? Ich meine, ich hab sie geheiratet! Und sie hat nicht mal versucht, mir etwas zu erklären oder unsere Ehe zu retten, als ich sie auf Robert angesprochen habe«, sagt er leise. Ich verstehe, was er meint.

»Als wir uns bei der Post getroffen haben, bin ich einen Tag zuvor von meiner Schwester zurückgekommen«, erzähle ich dann. »Ich wollte ein paar Sachen aus der Wohnung holen. Die beiden sind mir auf dem Weg zum mittäglichen Schäferstündchen praktisch in die Arme gelaufen. Sie wollten mich zwar mit zig Nachrichten und Anrufen zur Rückkehr bewegen, aber das Ende ihrer Affäre war nie Teil des Plans. Als ich dahintergekommen bin, wollte sie etwas dazu sagen, aber … ich wollte einfach nichts hören.« Eine betretene Stille macht sich breit.

»Ein Glas Rotwein?«, fragt Michael schließlich. Ich lächle und nicke. Als der Wein kommt, hebt Michael sein Glas.

»Ich trinke darauf, dass ich mich mit siebenundzwanzig Jahren scheiden lasse und wieder bei meinen Eltern wohne – zwei Dinge, die mit ein wenig Alkohol entschieden leichter zu ertragen sind.« Er prostet mir zu. Ich tue es ihm gleich.

»Und ich trinke darauf, dass mich meine beste Freundin nach Strich und Faden hintergangen hat, ich wieder bei meinen Eltern wohne und Menschen im Stich gelassen habe, die ich sehr liebe, nur um mich zu fragen, was ich hier eigentlich mache – das ist genau das Leben, das ich mir immer erträumt habe. Darauf kann man doch nur das Glas heben.« Es wird schließlich noch ein ganz netter Abend, und wir wollen auch weiterhin in Kontakt bleiben.

Kapitel 4

Als ich am nächsten Morgen aufwache, hab ich etwas Kopfschmerzen. Es war letztlich gestern doch mehr als nur *ein* Glas Wein. Ich ziehe bequeme Klamotten an und tapse in die Küche, um mit einem schwarzen Kaffee die Lebensgeister wieder zu wecken. Doch ehe ich es noch bis zur rettenden Kaffeemaschine geschafft habe, laufe ich meiner Mutter in die Arme.

»Ach, guten Morgen! Dass mein Fräulein Tochter es auch mal aus den Federn geschafft hat. Man sieht dich ja kaum.« Der Vorwurf in ihrer Stimme ist nicht zu überhören.

»Das war auch meine Absicht«, murmle ich und dränge mich an ihr vorbei.

»Bitte?«

»Guten Morgen, Mama!«, sage ich laut. »Ich wollte euren üblichen Tagesablauf nicht stören.« Eilig füttere ich die Kaffeemaschine mit einer der vielen bunten Kapseln und drücke auf irgendeinen der leuchtenden Knöpfe. Für diese hypermodernen Dinger habe ich nichts übrig. Bei einer Filtermaschine weiß man wenigstens, was unten rauskommt. Bei diesen ganzen Knöpfen und verschiedenen Kapseln ist es wie ein Glücksspiel, was einen letztlich aus der Tasse anlacht. Und dass ich morgens eine Bedienungsanleitung studieren muss, ehe ich zu meinem heiß ersehnten Kaffee komme, ist wirklich das Letzte, das ich gebrauchen kann. Meine Mutter räuspert sich lautstark neben mir. O.k., vielleicht ist die Bedienungsanleitung doch nur das Zweitletzte, das ich morgens gebrauchen kann.

»Darf man sich erkundigen, wie deine weiteren Pläne aussehen? Ich meine, es kann ja nicht ewig so weitergehen, dass du dich bei uns verkriechst und dich ständig bis spät in die Nacht mit weiß Gott wem herumtreibst«, meint sie spitz.

»Mutter, ich war *ein einziges Mal* weg. Du solltest deine Definition von ständig überdenken«, erwidere ich müde. Wie lange kann so eine verdammt Maschine für einen vernünftigen Kaffee brauchen?

»Und mit wem?«, bohrt sie nach. Was soll denn das Kreuzverhör?

»Keine zwielichtigen Gestalten, Mutter, nur mit Michael. Und ich bin fünfundzwanzig Jahre alt, also kannst du bitte aufhören, mich wie ein Kleinkind zu behandeln?« Das Zischen hat ein Ende, und mit einem fröhlichen Piep zeigt das spacige Ding vor mir an, dass ich endlich meinen Morgenkaffee bekomme. Die Tasse ist allerdings nur zur Hälfte voll. Ach, Mann ... Meine Mutter zieht eine Schnute. Ich nehme einen Schluck.

»Michael ... Nun ja, meinst du, dass es eine gute Idee ist, dich mit anderen Männern zu verabreden? Robert könnte ...«

»Wow, wow, wow!«, unterbreche ich sie laut. Kapsel und Taste haben offensichtlich perfekt zusammengepasst und den wohl stärksten Espresso fabriziert, den ich je in meiner Tasse hatte. Ich fühle mich wie eine Flutlichtanlage, die man angeknipst hat.

»Aber ...«

»Nein!«

»Kind ...«

»Nein!«

»Aber ...«

»*Mutter*!«, schreie ich. Endlich ist sie still und sieht mich an.

»Robert ist Geschichte! Es ist aus, vorbei, ohne Zurück, kein Widerrufsrecht! Bitte versuch das endlich in deinen Kopf zu kriegen und zu akzeptieren!«, fordere ich laut.

»Wir wollen doch nur dein Bestes, und Robert war perfekt für dich«, meint sie eindringlich.

»Nein, war er nicht! Sonst hätte er mich wohl nicht hintergangen und eine Affäre mit meiner besten Freundin angefangen«, bringe ich es auf den Punkt.

»Aber vielleicht hast du da nur was missverstanden ...«
»Sie haben vor meinen Augen in unserem Bett gevögelt, Mutter!«, rufe ich, und sie sieht mich pikiert an.
»Es muss doch aber irgendwie weitergehen mit dir!«, meint sie dann klagend.
»Ach nein, wirklich?«, erwidere ich sarkastisch.
»Du kannst doch nicht auch noch vom richtigen Weg abkommen. Robert hat dich immer so gut unterstützt ...«, redet sie sich in Rage. Ich stoppe sie mit einer Handbewegung.
»Robert hat unterstützt, dass ich mein Studium zwei Jahre total vernachlässigt habe«, stelle ich richtig. »Ich habe mein Praktikum knapp vor der Festanstellung verloren, weil ich es nicht für nötig befunden habe, dass ich meine Diplomarbeit fertig schreibe. Ich bin längst vom richtigen Weg abgekommen. In Wahrheit bin nicht *ich* die gute Tochter. Sondern es ist die Tochter, die du immer als Enttäuschung ansiehst, die sich aus dem Nichts etwas aufgebaut hat, die eine Pension und ein Restaurant aus dem Boden gestampft hat, die einen wundervollen Mann an ihrer Seite hat und ein Team anführt, das vollkommen hinter ihr steht und sie auch jetzt in der Schwangerschaft voll unterstützt. Auch wenn es nicht leicht ist, sie in der Küche zu entlasten, weil sie ihre Arbeit so sehr liebt, dass sie völlig in ihr aufgeht und einfach die Beste darin ist.« Meine Mutter hat sich mit schockiertem Blick gesetzt.
»Schwangerschaft?«, stößt sie hervor. »Elisabeth ist schwanger?« Ich beiße mir auf die Lippe. Verdammt! Lilly bringt mich um.
»Ja, sie wollte es euch sicher selbst sagen ...«, erwidere ich beschwichtigend. Ich sehe die Überraschung in ihren Augen, doch meine Mutter fängt sich schnell wieder.
»Vielleicht hast du recht«, meint sie nachdenklich. Ich traue meinen Ohren kaum. Hat sie mir gerade zugestimmt?
»Möglicherweise habe ich mir wirklich immer um die Fal-

sche von euch Sorgen gemacht. Dass dein Studium nur mehr eine Ausrede war, ist mir schon länger klar. Aber das meinte ich nicht mit dem richtigen Weg. Robert hätte dir auch ohne Studienabschluss ein sorgenfreies Leben bieten können. Bis wir jetzt wieder so jemanden finden für dich …« Sie lässt den Satz in der Luft hängen und schüttelt nachdenklich den Kopf. Langsam fügen die Mosaiksteinchen sich zu einem Bild zusammen. Fassungslos schnappe ich nach Luft.

»Du hast mir nie zugetraut, dass ich selbst erfolgreich werde und auf eigenen Beinen stehe, oder? Du wolltest mich reich verheiraten, damit ich abgesichert bin, wie im 18. Jahrhundert. Du denkst, ich schaff es nicht aus eigener Kraft!« Die volle Wahrheit so auszusprechen, weckt einen Brechreiz in mir. Sollten Eltern nicht an ihre Kinder glauben?

Die Reaktion meiner Mutter spricht Bände. Sie schweigt! Sie versucht nicht einmal, sich herauszureden, etwas abzumildern oder zu erklären. Wütend knalle ich meine Tasse auf den Tisch, sodass Kaffee herausspritzt, und stürme ins Gästezimmer.

Außer mir tigere ich auf und ab. Ich habe das Gefühl, dass mein ganzes Leben sich zu einem großen Felsblock verschmolzen hat und mir nun im Weg liegt. Das Ganze ist ein Albtraum – was mach ich denn eigentlich hier? Vor einer Woche noch hatte ich einen Job, eine Bleibe, Freunde und Familie um mich … Ich schrecke auf. Familie! Lilly! Oh, mein Gott, meine Mutter … Noch während ich denke, such ich mein Handy und wähle Lillys Nummer.

»Es tut mir leid, es tut mir leid, es tut mir leid!«, versichere ich ihr inbrünstig, noch ehe sie einen Ton sagen kann.

»Mama war schneller als du«, meint sie nur.

»Lilly, ich kann mich gar nicht genug bei dir entschuldigen! Ich wollte es ihr nicht sagen, aber sie hat mich so auf die Palme gebracht, dass es mir rausgerutscht ist. Bitte verzeih mir!«, flehe ich.

»Verzeihen? Soll das ein Witz sein?«, höre ich und schließe verzweifelt die Augen. »Ich kann dir gar nicht genug danken!« Was? Überrascht setze ich mich.

»Ich hatte keine Ahnung, wie ich es ihr sagen soll«, fährt Lilly fort. »Ich weiß nicht, wie du es geschafft hast, aber sie hat keinen Ton verloren über meinen Job oder Paul oder über irgendeine andere Sache, über die sie sich sonst so gerne aufregt. Sie hätte es zwar lieber von mir erfahren, aber hey, welch Freudentag, wenn das mal das Einzige ist, das sie gerade an mir auszusetzen hat.« Sie lacht. »Was war denn los, dass du so auf der Palme warst?« Ich erzähle ihr von meinem Gespräch mit unserer Mutter, und auch sie schnappt empört nach Luft.

»Wir sind doch hier nicht bei *Stolz und Vorurteil*. Die Gute sollte nicht immer von sich auf andere schließen. Lass dich bloß nicht von ihr runterziehen, du weißt genauso gut wie ich, wie viel du draufhast«, schärft sie mir ein. Ich lächle. Es tut gut, mit meiner Schwester zu reden.

»Was hast du denn jetzt vor?«, fragt sie. Ich atme tief durch, und plötzlich weiß ich, dass ich den Felsbrocken anschubsen muss, damit er aus dem Weg rollt. Und auch, womit ich anfange.

»Ausziehen!«

Am Nachmittag sitze ich in einem kleinen Café unweit der Uni und nippe an meinem Espresso. Nachdem der von heute Morgen mich so aufgerüttelt hat, habe ich beschlossen, bis auf Weiteres bei dem schwarzen Wundergetränk zu bleiben. Schließlich gibt es noch eine Menge zu tun. Gleich nach meinem Telefonat mit Lilly, bei dem das Thema Niko unausgesprochen umschifft wurde, habe ich die Immobilienmaklerin angerufen, die Michael mir empfohlen hat, und nun warte ich hier auf sie.

»Verzeihung, sind Sie Frau Manninger?«, fragt mich die junge Frau, die eben durch die Türe gekommen ist. Sie ist kaum älter als ich, gertenschlank und trägt ihr schwarzes Haar etwa kinnlang.

»Äh, ja …«, antworte ich überrascht.

»Annabelle Hauser mein Name, wir haben heute Vormittag telefoniert«, stellt sie sich vor, und ich muss mich wohl endgültig von meinem Vorurteil verabschieden, dass Immobilienmakler erzkonservative ältere Herrschaften sind.

»Oh, ja, natürlich. Aber nennen Sie mich doch bitte Lexi«, erwidere ich lächelnd und schüttele ihre Hand.

»Gerne! Annabelle – können wir Du sagen?« Und schon ist das erste Eis gebrochen. Auch sie bestellt Kaffee und sieht mich erwartungsvoll an.

»Also Lexi, du hast erwähnt, dass du eine Wohnung suchst. Was hast du dir denn vorgestellt? Wie und wo soll sie denn sein?«

»Möglichst weit weg von meiner Mutter!«, platze ich heraus. Annabelle lächelt.

»Nun ja, das beantwortet meine nächste Frage, nämlich warum du eine neue Wohnung suchst.«

»Weil es mit fünfundzwanzig endlich Zeit für die erste eigene Wohnung ist«, meine ich dann überlegt.

»Hast du noch nie allein gewohnt?«, erkundigt sich die Maklerin. Ich schüttle den Kopf.

»Erst mit meinem Ex-Freund zusammen, dann kurz bei meiner Schwester und jetzt wieder bei meinen Eltern, aber diesen Zustand möchte ich gerne so schnell wie möglich ändern.«

Annabelle nickt. »Verstehe! Und welche Vorstellungen hast du? Wie groß soll sie sein? Ungefähre Lage? Besondere Wünsche?« Ich hole tief Luft. Darüber habe ich mir noch gar keine Gedanken gemacht.

»Also nicht zu groß und einigermaßen zentral wäre gut, weil ich zur Uni muss. Und es sollte etwas sein, das ich zu *meinem* Zuhause machen kann. Bis jetzt hatten meine Wohnungen immer die Note von jemand anderem. Es war immer hübsch, aber irgendwie konnte ich keiner Bleibe meinen eigenen Stempel aufdrücken.« Ich blicke auf, und sie lächelt.

»Ich mach dir einen Vorschlag. Wir sehen uns einfach mal ein paar Sachen an, und du sagst mir dann, was du anders haben willst und was dir gefällt.«

»Klingt gut«, antworte ich erleichtert.

»Eine Frage muss ich dir aber schon noch stellen, das gehört zum Job leider dazu. Und zwar die Frage nach der Bonität …« Abwartend sieht sie mich an.

»Ja, ich hab einiges gespart, also Kaution, Ablöse und Provision sind kein Problem«, beruhige ich sie.

»Und ein laufendes Einkommen?«, erkundigt sich Annabelle.

»Ich bin gerade auf Jobsuche«, antworte ich ausweichend.

»Würde jemand für dich bürgen? Deine Eltern vielleicht?«, schlägt sie vor, doch ich schüttle den Kopf.

»Die will ich da nicht mit hineinziehen.«

Sie nickt. »Verstehe! Wenn man wegen der Mutter eine eigene Wohnung sucht, möchte man sie dann nicht um eine Bürgschaft bitten.« Bedrückt sieht sie mich an.

»Also ich versteh deine Situation wirklich, aber leider bin ich in diesem Punkt unseren Vermietern verpflichtet. Ohne fixes Einkommen wirst du keinen Mietvertrag bekommen«, stellt sie fest. Der Felsbrocken, der schon ins Wanken gekommen war, liegt nun wieder starr und bedrohlich vor mir. Eine Weile ist Annabelle still, dann leuchten ihre Augen auf.

»Ich hab eine Idee. Heute Vormittag hatte ich eine Besichtigung nicht weit von hier. Die Wohnung hat für den Kunden nicht gepasst, er sucht etwas in einem anderen Stil, aber vielleicht hast du Lust, sie dir mal anzusehen. Die Schlüssel hab ich noch dabei. Hast du Zeit?« Ich bin verwirrt.

»Ja, aber ich hab in den letzten zehn Minuten keinen Job gefunden.«

Annabelle nickt beschwichtigend. »Meine Idee erklär ich dir später. Jetzt besichtigen wir mal die Wohnung.« Wir bezahlen, und kurz darauf sitze ich schon neben ihr im Auto.

Als wir wenig später anhalten, sehe ich mich um. Es ist nicht das Zentrum, aber auch nicht zu weit weg vom Schuss. In der Straße, in der wir halten, gibt es eine Pizzeria und ein weiteres kleines Lokal. Die Gebäude sind alle dreistöckig, davor wachsen auf einem kleinen Grünstreifen Bäume. Annabelle deutet auf ein Haus.

»Hier ist die Adresse, wir müssen in den dritten Stock.« Ich nicke und folge ihr. Es gibt keinen Lift, und ab dem zweiten Stock beschimpfe ich mich in Gedanken selbst dafür, dass ich in letzter Zeit keinen Sport getrieben habe. Die Maklerin schließt die Türe auf und lässt mich als Erste eintreten.

»Geh doch bitte mal durch. Wir haben hier einen Flur mit Garderobe, und die erste Türe rechts ist die Küche, ich schlage vor, dass wir dort starten.« Ich folge ihren Anweisungen und stehe in einem überraschend hellen, mittelgroßen Raum. Zu meiner Linken befinden sich eine Sitzecke mit weißen Ledersesseln und einem schwarzen Glastisch. Zu meiner Rechten entdecke ich den eigentlichen Kochbereich, der durch eine Bar mit zwei Hockern optisch abgegrenzt ist. Die Front der Küche ist burgunderrot mit einer hellgrauen Granitarbeitsfläche und scheint noch sehr neu zu sein.

»Der Vormieter hat die Küche erst vor einem Jahr einbauen lassen. Die Ablöse dafür ist wirklich fair, aber über das Finanzielle sprechen wir später. Alle Geräte sind vorhanden – Geschirrspüler, großer Kühlschrank mit Gefrierfach, Backofen in Höhe der Arbeitsfläche und ein Herd mit Ceranfeld, meiner Meinung nach das Beste, um zu kochen.«

»Ich koche lieber mit Gas«, murmle ich gedankenverloren.

»Oh, kochst du viel?«, hakt Annabelle nach. In meiner Magengegend krampft sich etwas zusammen.

»Gelegentlich«, weiche ich aus. »Bleibt die Sitzecke auch in der Wohnung?« Sie schüttelt den Kopf.

»Nein, es bleibt nur die Küche hier, die restlichen Möbel nehmen die Mieter mit. Man kann sich also in der Gestaltung voll austoben«, meint sie augenzwinkernd. »Als Nächstes gehen wir vielleicht ins Wohnzimmer, gleich die nächste Tür rechts.« Auch dieser Raum ist hell und freundlich, mit zwei Fenstern an der Stirnseite. Ich schenke der Möblierung wenig Beachtung, sie bleibt ja ohnehin nicht. Das Zimmer ist relativ groß, und ich habe entdeckt, dass es noch einige Türen den Flur runter gibt. Die Miete wird also nicht unbedingt die eines Schlumpfpilzes sein. Fragend drehe ich mich zu Annabelle, doch die winkt mich schon weiter ins Badezimmer, wo mich Fliesen in sanftem Beige, ein Doppelwaschtisch, eine Dusche und eine Badewanne erwarten.

»Es ist leider kein Tageslichtbad, aber das Lichtkonzept und die gute Ablüftung machen das absolut wieder wett«, flötet Annabelle.

»Ok, stopp!«, unterbreche ich sie. »Was ich bis jetzt gesehen hab, ist ja echt toll, aber ich hatte eher gedacht, du zeigst mir eine sehr kleine Wohnung, bei der die Chance besteht, dass ich die Miete einige Monate noch von meinem Ersparten berappen kann, ehe ich einen Job gefunden habe. Aber diese Wohnung ist riesig, man kann eine Großfamilie hier unterbringen. Die kann ich doch nie und nimmer bezahlen«, stoße ich hervor.

»Alleine nicht«, bringt die Maklerin es auf den Punkt. »Sieh mal, so wie deine Situation derzeit ist, hast du zwei Möglichkeiten. Du kannst noch eine Weile bei denen Eltern wohnen bleiben, dir einen Job suchen und mich anschließend wieder kontaktieren. Dann suchen wir dir eine kleine, aber feine Wohnung, bei der du dir die Miete alleine leisten kannst. Meine Idee, damit du so schnell wie möglich ausziehen kannst, ist folgende: Du siehst dich – vielleicht auf der Uni – nach einem

WG-Partner mit einem Job um, der hier Hauptmieter wird. Du ziehst zur Untermiete bei ihm ein, und ich hab kein Problem damit, dass du derzeit keine Kohle verdienst. Es können auch zwei Leute sein, wir haben hier drei Schlafzimmer, die gleich groß sind. Die Wohnung ist perfekt WG-geeignet.« Erwartungsvoll sieht sie mich an. Überrumpelt setze ich mich auf den Rand der Badewanne.

»Lexi, ich weiß, dass du zum ersten Mal etwas Eigenes wolltest, aber dein erster Impuls war, dass du sofort bei deiner Mutter ausziehen willst. Das werden wir aber ohne Kompromiss nicht hinbekommen.« Langsam ist diese Tatsache auch in meinem Kopf angekommen. Ich nicke, bitte Annabelle um die Eckdaten der Wohnung, zücke mein Handy und wähle.

»Alexandra, schön, so schnell wieder von dir zu hören«, vernehme ich Michaels vertraute Stimme. Ich atme tief durch.

»Steht dein Angebot noch, mit mir zusammenzuziehen?«, überfalle ich ihn völlig. »Ich muss bei meinen Eltern raus, sonst begehe ich einen Mord an meiner Mutter. Und da ich derzeit keinen Job habe, bekomme ich keinen Mietvertrag, also kommt nur eine WG infrage. Und ich will mir keinen verrückten Erstsemestler aus der Uni an Land ziehen, den ich nach der dritten unangekündigten Einstandsparty nachts mit einem Kissen ersticke.«

»Wow, mal langsam«, unterbricht er mich. »Es ehrt mich ja, dass ich auf deiner Liste der potenziellen Mitbewohner noch vor einem wildfremden Studenten komme, aber bei den ganzen Mordgedanken sollte ich mir das gut überlegen.«

»Ich weiß, dass ich das ursprünglich nicht wollte, aber was läuft im Leben schon nach Plan? Du hast selbst gesagt, dass ich mal irgendwo anfangen muss, mein Leben wieder zu ordnen. Wir haben so viele Urlaube miteinander verbracht, teilweise auf kleinsten Berghütten. Wir kennen uns schon so lange und wissen, wir ertragen einander auch, wenn wir zusammen wohnen, und dein erster Gedanke war es doch auch, dass wir uns gemeinsam eine Bleibe suchen.«

»Alexandra, stopp!«, ruft er ins Telefon. Ich halte kurz inne.

»Du klingst, als hättest du schon eine Wohnung im Auge?«, fragt er nach.

»Ja, ich bin gerade hier.« Kurz gebe ich ihm einen Überblick über Aufteilung, Lage und Kosten.

»Wann kann ich sie besichtigen?«

Erleichtert atme ich auf, der erste Schritt ist getan. Ich vereinbare mit Annabelle einen Termin am nächsten Abend und gebe Michael die Adresse.

Aufgeregt mache ich mich auf dem Heimweg. Unterwegs halte ich noch kurz in einem Fast-Food-Restaurant und ordere Burger to go, die meine Mutter vermutlich zur Weißglut treiben werden, da sie den Geruch von Fast Food in ihrem Haus nicht leiden kann. Was mich irgendwie an Lillys Tick erinnert, dass sie gekaufte Kekse unter ihrem Dach nicht duldet.

Kapitel 5

Am nächsten Morgen raffe ich mich gemeinsam mit einer großen Tasse schwarzem Kaffee endlich dazu auf, weswegen ich eigentlich zurückgekommen bin. Ich starte meinen Laptop und versuche mich wieder in das Thema meiner Diplomarbeit *Strategien und Aufgaben marketingpolitischer Instrumente* einzulesen. Ich soll nächste Woche einen Termin mit meinem neuen Betreuer vereinbaren, und ehrlich gesagt hatte ich bei einigen Punkten, die Prof. Brauner angesprochen hat, keine Ahnung, wovon er spricht. Schon nach einer Stunde pilgere ich erneut in die Küche, um Koffeinnachschub zu holen. Ich erinnere mich wieder lebhaft daran, warum ich an dem Ding seit Ewigkeiten nicht mehr weitergeschrieben habe. Es ist nicht nur todlangweilig. Ich habe meine bisherigen Aufzeichnungen und kläglichen Versuche, des Themas irgendwie Herr zu werden, nun vollständig gelesen und muss ehrlich zugeben: Was ich bisher geschrieben habe, ist einfach grottenschlecht. Es würde mich wundern, wenn ich mit dieser Arbeit bestehen würde.

Den ganzen restlichen Tag verbringe ich damit, meine chaotischen Notizen zu sortieren und mit Textmarkern das wenige Wichtige herauszufiltern, das vielleicht noch brauchbar ist, und an den bisherigen Seiten meiner Diplomarbeit herumzufeilen, damit man nicht schon auf den ersten Blick erkennt, wie lieblos sie geschrieben wurde. Gegen vier Uhr werfe ich entnervt meinen Textmarker in eine Ecke und habe nicht übel Lust, die gesamten Aufzeichnungen in einer Tonne im Garten zu verbrennen und darum herumzutanzen wie Rumpelstilzchen. Im Sessel zurückgelehnt, reibe ich meine Augen. Dafür bin ich zurückgekommen? Dafür habe ich Lilly im Stich gelassen und Niko verlassen? Sobald ich mir einen Gedanken an Niko erlaube, spüre ich einen dumpfen Schmerz in der

Herzgegend. Ich sollte ihn anrufen. Nein, ich *möchte* ihn anrufen. Aber ich habe einfach enorme Angst davor, dass die Sehnsucht nach ihm zu groß wird und meinen Plan hier zunichtemacht. Rasch schüttle ich den Kopf und gleichzeitig den Gedanken ab. Ein Blick auf die Uhr sagt mir, dass es Zeit ist, sich für die Wohnungsbesichtigung fertig zu machen.

Wenig später sitze ich in meinem Auto und möchte mich auf den Weg machen. Doch als ich den Schlüssel im Zündschloss drehe, höre ich nur ein leises Röcheln, danach herrscht Stille. Ich versuche es erneut, doch es ist nichts zu machen. Ausgerechnet jetzt lässt mich mein Wagen im Stich. Fluchend greife ich nach meinem Handy und versuche, Michael anzurufen, damit er mich abholt, doch ich erreiche nur die Mobilbox. Meine letzte Hoffnung ist Sylvie. Sie erklärt sich sofort bereit, mich zu fahren, und steht schon fünfzehn Minuten später vor dem Haus meiner Eltern.

»Ist bestimmt nur die Batterie«, orakelt sie, als ich einsteige.

»Ja, das ist ja im September auch so naheliegend«, erwidere ich sarkastisch. »Danke für den Chauffeurdienst.«

»Kein Problem, ich wollte den Taxischein ohnehin schon immer mal machen«, zwinkert sie mir zu und reiht sich in den Verkehr ein.

Als wir bei der Wohnung ankommen, sind wir trotzdem zu spät. Michael ist mit Annabelle schon oben, und als ich die Türe öffne, höre ich leise Stimmen aus der Küche.

»Es tut mir so leid, dass ich zu spät bin, aber mein Auto hat gestreikt«, entschuldige ich mich und ringe nach Luft. »Ich hätte dich ja angerufen …«, sage ich zu Michael.

»Oh, sorry! Mein Handy hat heute im Büro Bekanntschaft mit einer Tasse Kaffee gemacht und ist zur Reparatur«, erklärt er.

»Jetzt sind wir ja komplett«, meint Annabelle lächelnd. Dann sieht sie an mir vorbei. »Sogar mehr als komplett«, stellt sie dann fest. »Hast du noch jemanden für das dritte Zimmer gefunden?«

»Äh, nein, entschuldigt. Annabelle, Michael, das ist Sylvie, eine ehemalige Arbeitskollegin und meine Retterin heute. Sie hat mich hergefahren«, stelle ich die drei einander vor. Nach dem allgemeinen Händeschütteln strahlt Michael mich an.

»Die Wohnung gefällt dir?«, mutmaße ich.

Michael nickt. »Was ich bisher gesehen habe, ja! Die Lage passt für mich gut, und die Aufteilung finde ich super. Ich kann mir schon vorstellen, wie ich mein Zimmer einrichte, und …«

»Wollen wir nicht erst mal gemeinsam alle Räume noch mal durchgehen?«, unterbricht Annabelle ihn lachend. Doch schon im Essbereich der Küche kommen wir ins Planen.

»Die Essecke stellen wir hier rüber, die Barhocker kommen weg, und an der Wand dort drüben installieren wir einen großen Flatscreen«, meint Michael, doch ich schüttle den Kopf.

»Ich würde die Essecke auf die gegenüberliegende Seite stellen, damit man einen guten Blick aus dem Fenster hat«, schlage ich vor. Sofort überlegen wir hin und her. Annabelle sieht verstohlen auf die Uhr. Als sie uns weiter ins Wohnzimmer zieht, entbrennt jedoch dort die nächste Diskussion. Wir schieben Couch und Schrank gedanklich quer durchs Zimmer, bis es Sylvie schließlich zu bunt wird.

»O.k., es reicht! Die Anschlüsse für den Fernseher sind gegeben, also hört auf, hier alles auf den Kopf zu stellen. Die Sitzecke im Esszimmer bleibt genau da, wo sie ist, dann ist neben der Tür Platz für ein hübsches Regal, so habt ihr mehr Stauflaeche. Der Flatscreen im Küchenbereich ist Schwachsinn, und ich bestehe auf Barhockern, denn wenn ich Lexi hier zum Kaffeeklatsch besuche, will ich auf einem dieser Dinger sitzen.« Sylvie sieht uns auffordernd an.

Annabelle lächelt, und ehe wir etwas sagen können, schiebt sie uns weiter zu den Zimmern. Sie öffnet die erste Tür, und ich sehe Michael hoffnungsvoll an. Schon gestern habe ich mich in dieses Zimmer verliebt. Neben dem Fenster gibt es eine Erhöhung mit Aussicht auf einen kleinen Park, und in Gedanken baue ich schon ein Bücherbord als Raumteiler auf. Er sieht meinen Blick und nickt sofort.

»Das ist dann wohl deines!«, zwinkert er mir zu. »Und wo schlafe ich?«

»Den Gang runter sind noch zwei Zimmer«, lotst ihn Annabelle weiter. Er öffnet die Tür. Der Raum ist hell und nahezu quadratisch, keine Nischen, keine Erhöhungen, kein Schnickschnack – ein Männerraum.

»Perfekt!«, kommentiert Michael. Annabelle sieht zufrieden aus.

»Gut, nachdem zwei der Räume ihre Bewohner gefunden haben, ist das hier dann wohl dein Zimmer«, meint sie auffordernd und öffnet mit einladender Handbewegung und Blick auf Sylvie die letzte Türe. Drei Augenpaare sehen die Maklerin verwirrt an.

»Kommt schon, was wollt ihr denn sonst aus dem dritten Raum machen? Die Miete ist nicht die billigste, das weiß ich wohl am besten, und Sylvie hat offenbar ein Händchen dafür, eure unterschiedlichen Auffassungen auf einen Nenner zu bringen«, fasst sie die Lage zusammen.

»Aber ich hab eine Wohnung«, stößt Sylvie überrascht hervor.

Ich räuspere mich. »Hast du mir nicht bei deinem Besuch bei Lilly erzählt, dass du bald rausmusst, weil dein Vermieter Eigenbedarf angemeldet hat?«, erinnere ich mich.

»Ja, aber das hat doch nichts mit eurer Wohnung zu tun«, erwidert sie überfordert. »Ich kann hier doch nicht einfach in eure Wohnungsbesichtigung platzen und mir ungefragt eines der Zimmer unter den Nagel reißen!«

»Und wieso nicht?«, fragt Michael, der sich bis jetzt ruhig verhalten hat. Sylvie und ich sehen überrascht auf.

»Du meinst … ich meine, ihr kennt euch ja gar nicht«, gebe ich zu bedenken.

»Aber ich kenn dich, und sie ist deine Freundin, das reicht mir als Referenz. Ist doch nicht ungewöhnlich, dass sich WG-Partner nicht kennen, viele suchen über eine Annonce einen Mitbewohner. Also«, wendet er sich an Sylvie, »möchtest du in das dritte Zimmer einziehen?«

Eine halbe Stunde später ist der Deal perfekt. Sylvie hat sich auch den Rest der Wohnung noch angesehen, und nachdem ihr das verbliebene Zimmer gut gefällt, hat sie eingewilligt, mit einzuziehen. Zu dritt können wir uns die Miete gut leisten, also erledigt Annabelle die Formalitäten. Am Abend haben wir einen Einzugstermin, eine Verabredung zum Möbelkaufen, und ich durchforste das Internet nach Stellenanzeigen. Der Felsbrocken ist ins Rollen gekommen.

Kapitel 6

Die nächsten Tage fliegen nur so an mir vorüber. Lilly habe ich natürlich gleich am Tag nach der Besichtigung die Neuigkeiten berichtet, und sie freut sich für mich, dass nach der langen Regungslosigkeit wieder etwas Schwung in mein Leben kommt. Trotzdem ist bei unseren Telefonaten immer noch eine gewisse Befangenheit zu spüren, weil wir beide das Thema Niko vermeiden wollen. Ich meine, es geht mir gut! Ich habe nach den jüngsten Vorkommnissen nun endlich das Gefühl, hier angekommen zu sein und ein neues Kapitel in meinem Leben aufzuschlagen. Aber es ist, als würde ein kleines Puzzlestück in meinem Leben fehlen. Und wenn ich mit Lilly telefoniere, ist die Frage nach Niko nur einen Atemzug entfernt. Einerseits will ich wissen, wie es ihm geht, aber ich möchte es nicht von Lilly erfahren. Sie in ihrem Zustand auch noch mit dieser Angelegenheit zu belasten, erscheint mir unfair, schließlich habe ich sie schon im Stich gelassen, und dass Niko derzeit vermutlich nicht gerade ein Sonnenschein ist, liegt nahe. Andererseits habe ich Pauls Worte von neulich noch im Kopf. Dass er Niko freigeben musste, weil es keinen Sinn hatte, ihn arbeiten zu lassen. Ich hoffe von ganzem Herzen, dass Niko sich ebenso wie ich wieder einigermaßen aufgerappelt hat, aber wenn dem nicht so ist, könnte ich es nicht ertragen, dass ich solch ein Chaos in seinem Leben hinterlassen habe. Oft halte ich das Handy in der Hand, seine Nummer bereits ausgewählt, doch ich kann ihn einfach nicht anrufen oder ihm auch nur schreiben. Er fehlt mir so sehr. Also schiebe ich die Gedanken an ihn wieder ganz in den hintersten Winkel meines Kopfes und versuche, mich auf die Ereignisse meines neuen Lebens zu konzentrieren, die sich ohnehin gerade überschlagen.

Mein Auto erhält eine neue Batterie, damit es mich nicht

wieder im Stich lässt, Sylvie, Michael und ich unterschreiben den Mietvertrag, messen unsere Zimmer aus, überlegen, welche Möbel die beiden mitbringen können und wo wir sie in der Wohnung platzieren, regeln Finanzielles, streichen Wände und wachsen in dieser Zeit ein gutes Stück zusammen. Inzwischen nennt auch Michael mich Lexi, und die Alexandra von früher verschwindet mehr und mehr in den Poesiealben.

Der unvermeidliche Termin in der Uni bei meinem neuen Betreuer verläuft mehr schlecht als recht. Ich habe versucht, den ersten Entwurf meiner Diplomarbeit noch in eine einigermaßen vorzeigbare Form zu bringen. Doch mein Ruf eilt mir voraus, und Dr. Thiemanns Skepsis mir gegenüber ist spürbar. Er will sich meine Mappe in Ruhe ansehen und vereinbart einen neuen Termin mit mir. Bis dahin erwartet er weitere Fortschritte bezüglich des derzeit noch sehr bescheidenen Umfangs meines Werkes. Aber wenn ich nur an das Thema meiner Diplomarbeit denke, habe ich eine Blockade im Kopf, gegen die die Mauer des Hoover-Staudamms wie ein Streichholz wirkt.

Während meine Mutter die Nachricht, dass ich ausziehen werde, wortlos hingenommen hat – so wie sie seit unserer Auseinandersetzung alles wortlos hinnimmt –, glaube ich, in den Augen meines Vaters ein kleines Fünkchen Stolz entdeckt zu haben. Ja, ich bin wieder auf Kurs! Ich habe zwar noch keinen Schimmer, wo er hinführen soll, aber wer hat davon schon wirklich eine Ahnung?

Da ich aus Roberts Wohnung keine Einrichtungsgegenstände mitgenommen habe, muss ich mein Zimmer komplett neu ausstatten. Während die anderen beiden also nur eine Kommode und ein Bücherregal als Ergänzung benötigen, brauche ich die ganze Palette. Deshalb steht beim Besuch eines großen skandinavischen Möbelhauses einiges auf dem Programm. Mit einer ellenlangen Einkaufsliste laufen wir ewig durch die Labyrinth-artigen Gänge. War es ursprünglich mein Traum, dieser

Wohnung eine eigene Note geben zu können, so bin ich nach einigen Stunden froh, dass zumindest die Sitzgruppe in der Küche schon von Sylvie mitgebracht wird und Michael bei der Trennung das Sorgerecht für die riesige Couch erhalten hat, denn so müssen wir nur einen Schrank für das Wohnzimmer kaufen, und die Gemeinschaftsräume sind möbliert. Für mein Zimmer habe ich bereits die Regalnummern für einen Schreibtisch, ein Bücherregal und einen Kleiderschrank notiert. Jetzt fehlt mir noch ein Bett, doch beim Probeliegen nach einem halben Tag im Möbelhaus erscheint mir eines bequemer als das andere. Sylvie und Michael haben es sich ebenfalls längst als Versuchskaninchen in zwei Betten in meiner Nähe gemütlich gemacht und debattieren gerade über die Frage, ob Nachttische altmodisch oder praktisch und zeitlos sind. Ich werfe einen Blick auf die Preisschilder der beiden potenziellen Nachtlager und lasse mich wieder in die Kissen fallen.

»Leute, da mein Budget dezent begrenzt ist, kommt keines davon infrage«, unterbreche ich die zwei und scheuche sie hoch.

»Wenn ich noch ein einziges Bett sehe, schwöre ich, dass ich die ganze Nacht hierbleibe«, meint Sylvie erledigt und hebt die Finger zum Schwur. Rasch halte ich ihr die Augen zu, was sie mit einem Kichern quittiert.

»Dann wenden wir uns wichtigeren Dingen zu«, schlage ich vor. »Wir brauchen noch einiges für die Küche.«

Die Küche an sich ist zwar im Bestand enthalten, aber Michael hat nichts an Geschirr und Ähnlichem mitgenommen, und die Ausbeute, die wir gestern in Sylvies Wohnung in einen kleinen Karton gepackt haben, wirft in mir die Frage auf, wie meine Freundin sich all die Jahre ernähren konnte. Es fehlt an den grundlegendsten Dingen. Wir wandern also in den Marktbereich, und ich klemme Michael hinter einen Einkaufswagen. Bei Tellern, Gläsern und Besteck gebe ich den beiden noch ein Mitspracherecht, aber als Sylvie nach einem kleinen

Topf greift, erntet sie dafür einen strafenden Blick. Michael blinzelt verwirrt.

»Was denn? Jetzt tu nicht so, als hättest du viel Ahnung vom Kochen«, zieht er mich auf. »Ich war mit dir auf einer Selbstversorgerhütte im Skiurlaub, und da warst du selbst mit dem Aufwärmen von Konserven überfordert. Es würde mich sehr überraschen …«

»Wir sollten uns da drüben mal um Geschirrtücher kümmern«, unterbricht ihn Sylvie rasch, die gemerkt hat, dass ich mich bei dem Thema total verkrampft habe. Sie zieht ihn mit sich, und ich wende mich nach ein paar Sekunden wieder den Verkaufsregalen zu. Immer wieder habe ich Lillys und Nikos Stimmen in meinem Hinterkopf, als ich Töpfe, Pfannen, Messer und anderes Küchenwerkzeug sorgfältig prüfe und auswähle. Es ist, als würden sie hinter mir stehen, Tipps geben und entsetzt mit der Zunge schnalzen, wenn ich auf minderwertige Qualität zusteuere, die mich – laut Lillys O-Ton – ohnehin nur kurzfristig glücklich machen würde. Es wird eine bunte Sammlung, da ich es so wie Lilly farbenfroh in der Küche mag. Als ich damit wieder zu den beiden komme, werde ich das Gefühl nicht los, dass Sylvie Michael ein wenig über das Wunder meiner Kocherfahrungen aufgeklärt hat. Ich akzeptiere es schweigend und werfe einen Blick auf unsere Liste.

»So, wir sind fertig. Jetzt holen wir noch die Pakete aus dem Lager, und dann geht es ab in die Wohnung.«

»Lexi, du brauchst noch ein Bett«, erinnert mich Michael.

Ich schüttle den Kopf. »Nein, ich hab heute einfach nicht mehr die Nerven dafür. Außerdem hab ich die Ausgaben für alles mal im Kopf überschlagen, und bis ich einen Job gefunden habe, muss eine Matratze genügen.«

Zwar habe ich in den letzten Tagen mehr als fünfzig Bewerbungen geschrieben, aber auch schon mehr als zwanzig Absagen erhalten – ohne die Chance eines Bewerbungsgespräches überhaupt bekommen zu haben. Sylvie beißt sich auf die Unterlippe, um nichts zu antworten. Ich weiß, dass sie meine Entscheidung nicht versteht, ihr Angebot auszuschlagen, mit meinem alten Chef zu sprechen. Aber ich will einfach nicht zu Kreuze kriechen, um in meinem alten Job erst recht wieder nur Praktikantin zu sein. Klar, es wäre Kohle, die ich grad brauchen könnte, aber so viel Stolz will ich mir schon bewahren. Schließlich hat er mich rausgeworfen.

Voll bepackt kommen wir am Abend bei der Wohnung an und schleppen Kartons und Einkaufstüten in den dritten Stock. Es riecht noch ein wenig nach Farbe. Sylvies Sachen haben wir gestern schon fast vollständig hergebracht. Nur ihr Bett, ein paar Klamotten, Handtücher und die Hygieneartikel sind noch in ihrer alten Wohnung. Allerdings liegen alle Möbel hier in Einzelteilen. Michael hat seine Sachen in einem Lager gebunkert. Der Transport soll morgen über die Bühne gehen. Und mein halbes Leben befindet sich ohnehin fein säuberlich in Kartons verpackt im Keller meiner Eltern. Sylvie und ich wollen noch ein paar Tage mit der endgültigen Übersiedlung warten, aber Michael muss übermorgen für seine Firma zum ersten Mal nach Frankreich fliegen, also drängt die Zeit bei ihm. Morgen sollte möglichst alles so weit ausgepackt und aufgestellt sein, dass unser neues Heim einigermaßen bewohnbar ist.

Jetzt sitzen wir drei nebeneinander im Wohnzimmer auf dem Boden, jeder mit dem Rücken an die Wand gelehnt und am Rand der Erschöpfung. Michael sieht sich um und beginnt zu lachen. Erst leise, dann immer lauter und herzhafter. Ohne zu wissen, warum, lassen Sylvie und ich uns anstecken, bis wir alle drei nach Luft ringen.

»Was ist denn eigentlich so komisch?«, keuche ich zwischen zwei Lachanfällen.

»Das Chaos hier«, stößt Michael hervor und fängt sich langsam. »Es ist so utopisch, dass wir das morgen alles hinbekommen.« Stille macht sich breit, und ich merke, dass die Müdigkeit und die Hoffnungslosigkeit unseres morgigen Vorhabens sich an unsere Fersen heften.

»Ist es nicht«, sage ich leise und lasse meinen Kopf auf Michaels Schulter sinken. »Gegen das Chaos, das wir beide in den letzten Monaten überstehen mussten, ist die Wohnung hier ein Klacks!« Michael nimmt stumm meine Hand, die neben seiner auf dem Boden liegt, und drückt sie sanft.

Kapitel 7

Am nächsten Morgen sind wir sehr früh verabredet, und als ich zu einer unchristlichen Zeit aus dem Gästezimmer in die Küche tapse, bin ich überrascht, dort meinen Vater zu treffen.

»Guten Morgen, Paps«, grüße ich schläfrig, als ich mich der Kaffeemaschine zuwende und in Gedanken meine innere Kristallkugel befrage, welche Kapsel wohl einen möglichst starken Kaffee herbeizaubert. Mein Vater kommt zu mir und greift nach einer schwarzen.

»Hier, damit deckst du deinen Koffeinbedarf bis Mittag ab«, meint er schmunzelnd.

»Danke«, sage ich artig und greife nach einer Tasse. »Hast du einen frühen Termin?«

»Ja«, antwortet er. »Mit meiner Tochter, sie zieht nämlich heute aus, und ich dachte, da kann sie vielleicht noch zwei helfende Hände gebrauchen.« Abrupt drehe ich mich um und sehe meinen Vater genauer an. Während der Blaumann bei mir in den letzten Tagen praktisch schon zum Standardoutfit geworden ist, sieht er äußerst ungewohnt darin aus.

»Du meinst …«, stoße ich hervor.

»Ich hab mir wieder den Wagen unseres Nachbarn geborgt und meine alte Werkzeugkiste ausgegraben. Ich hoffe, ihr habt schon einen Erste-Hilfe-Kasten in eurer Wohnung …« Wortlos umarme ich ihn.

»Danke, Paps«, murmle ich.

»Ich weiß, wie wichtig dir der Neuanfang ist, da wollte ich dich ein wenig unterstützen. Deine Mutter hat am Vormittag noch einen Termin, aber sie hat versprochen, zu Mittag Pizza vorbeizubringen und dir beim Auspacken zu helfen, wenn du möchtest.« Ich nicke.

Eine halbe Stunde später sind alle meine Kartons aus dem

Keller im Kastenwagen, und wir sind auf dem Weg zur Wohnung. Auch Sylvie hat den Rest ihrer Sachen doch schon heute gepackt und ihre Zelte in der alten Wohnung abgebrochen. Nur das Bett muss noch übersiedelt werden. Strategisch teilen wir uns auf. Mein Vater unterstützt Michael beim Transport seiner Sachen aus dem Lager, während wir Frauen in der Wohnung bleiben. Sylvie versucht die Sitzecke wieder zusammenzubauen, während ich die neuen Küchenutensilien abwasche und in die Kästen und Schubladen räume. Als das geschafft ist, sortieren wir die Pakete aus dem Möbelhaus und schleppen sie in jene Zimmer, wo sie aufgebaut werden müssen. Unterdessen kommen Michael und mein Vater mit dem großen Umzugswagen an, und wir helfen beim Ausräumen und Hochtragen. Anschließend sieht die Wohnung noch viel chaotischer aus als gestern. Da der Umzugswagen noch bis zum Nachmittag gemietet ist, fährt mein Vater mit Sylvie in ihre alte Wohnung, um ihr Bett abzubauen. Michael versucht inzwischen einen Überblick über all seine Kartons zu bekommen, die er beim Auszug aus seiner und Christines Wohnung ziemlich wirr gepackt hat.

»Erst die Möbel, dann die Kartons«, entscheide ich. »Du brauchst erst einen Kleiderschrank, ehe du die Klamotten auspacken kannst.« Er nickt. Gemeinsam sortieren wir die Teile seines Schranks, und schon eine halbe Stunde später steht er in Michaels Zimmer. Suchend sieht er sich um.

»Das Bücherregal als Nächstes«, meine ich bestimmt. »Wir wissen nicht, was in welchem Karton ist, aber wenn wir sie auspacken, sollten wir die Sachen auch irgendwo unterbringen können.« Doch als ich wieder in den Flur will, hält Michael mich an der Hand zurück.

»Danke, Lexi!«, meint er eindringlich. »Dass du hier so den Überblick hast und auch dafür, dass du mit mir zusammen hier einziehst. Ohne dich …«

»Hey«, unterbreche ich ihn. »Es waren deine Worte, dass man den Felsbrocken nur mal ins Rollen bringen muss. Dann läuft alles wie von selbst.«

Er nickt. »Ja, aber meiner hat maximal gewackelt. Bis du gekommen bist und Schwung in die Sache gebracht hast.« Er zieht mich in seine Arme und drückt mich dankbar an sich. Einige Sekunden bleiben wir regungslos so stehen, und ich frage mich gerade, wann ich einem Mann das letzte Mal so nahe war, als die Türklingel diesen Gedanken unterbricht.

»Haben die beiden keinen Schlüssel mit?«, wundere ich mich, während Michael mich loslässt. Doch als ich öffne, stehen nicht Sylvie und mein Vater, sondern meine Mutter vor mir.

»Also tragen kann ich euch nicht helfen mit meiner Hüfte, aber …« Überrascht sehe ich, dass sie einen Staubsauger und jede Menge Putzmittel, Tücher und Schwämme mitgebracht hat. Ich lasse sie herein, und ehe ich noch irgendetwas sagen kann, dreht sich erneut der Schlüssel im Schloss, und Sylvies Bett erreicht endlich den Ort seiner Bestimmung. Die Wohnung gleicht einem Ameisenhaufen, und während geschraubt und gehämmert wird, Kartons und Kisten ausgepackt werden und der Staubsauger läuft, vergessen wir sogar das Mittagessen, bis meine Mutter mir Bescheid gibt, dass sie Pizza bestellt hat. Als der Lieferant klingelt, versammeln wir uns alle in der Küche und weihen die Sitzecke ein. So ein entspanntes Essen mit meinen Eltern hatte ich schon seit Jahren nicht.

Sylvies Zimmer ist am Nachmittag als Erstes bezugsfertig, also beschließen sie und meine Mutter, gleich die notwendigsten Einkäufe zu erledigen. Da Michael und mein Vater sich der Wohnwand im Wohnzimmer annehmen, mache ich mich auf den Weg zu meinem Elternhaus, um meine restlichen Sachen abzuholen.

Ich klappe dort eben meinen Koffer zu, als es klingelt und ein Bote mir ein großes Paket überreicht, das an mich adressiert ist. Als ich den Absender entdecke, muss ich lächeln. Es ist von Lilly. Ohne es zu öffnen, lade ich es ins Auto und mache mich mit meinen übrigen Habseligkeiten auf den Weg in mein neues Zuhause.

Nachdem ich dort die Türe aufgeschlossen habe, höre ich Stimmen in meinem Zimmer. Neugierig sehe ich nach und entdecke Michael und meinen Vater auf dem Boden hockend inmitten von schmiedeeisernen Einzelteilen, die ich als mein altes Bett identifizieren kann.

»Was macht ihr denn da?«, frage ich erstaunt.

»Michael hat mir erzählt, dass du dir kein neues Bett gekauft hast«, erklärt mir mein Vater und umschreibt dabei galant, dass ich mir keines mehr leisten konnte. »Und da habe ich das Bett aus deinem alten Kinderzimmer vom Dachboden geholt.« Er wusste, dass ich sein Geld nicht angenommen hätte.

»Danke, ihr seid echt der Wahnsinn!«, bedanke ich mich gerührt. Dann staple ich meine übrigen Kartons und Koffer vorerst im Flur und mache einen Rundgang durch die Wohnung. Sylvies Zimmer ist vollkommen fertig. Das neue Domizil von Michael ist noch etwas chaotischer. Zwar sind schon alle Möbel aufgebaut, aber seine Kartons stehen noch kreuz und quer in der Gegend herum und sind nur zur Hälfte ausgepackt. In einer Ecke steht ein großer schwarzer Koffer, der vermutlich früher mit Klamotten bestückt wird als der Kleiderschrank. Ich wandere weiter ins Badezimmer und entdecke, dass meine beiden Mitbewohner mir hier sowohl im Handtuchschrank wie auch im Schränkchen neben dem großen Spiegel eine Abteilung für meine Sachen frei gehalten haben. Sonst ist alles schon fein ordentlich eingeräumt. Ein warmes Gefühl macht sich in mir breit – ich denke, das funktioniert wirklich mit uns dreien. Da ich die beiden Männer in meinem Zimmer nicht stören möchte, werfe ich einen Blick ins Wohnzimmer, wo Sylvie gerade mit dem Staubsauger durch die Gegend düst. Der

Schrank steht tatsächlich, und auch die Couch ist an ihrem Platz. Nur die Elektrogeräte müssen erst angeschlossen werden, und die Regale sind noch leer. Als Sylvie mich sieht, reckt sie einen Daumen nach oben und strahlt mich an. Ich winke kurz und gehe weiter in die Küche. Sylvies Leder-Sitzecke schmiegt sich toll in den Essbereich. Mit dem gleichen Bezug konnten wir zwei Hocker finden, die einladend vor der Bar stehen. Gestern haben wir uns für ein hohes Regal entschieden, das unten Holz- und oben Glastüren hat. Es ist noch nicht eingeräumt, aber blitzt frisch geputzt. Auch die restliche burgunderrote Küche strahlt, nachdem meine Mutter sich hier gerade auf der Leiter um die Front kümmert.

»Klappt das mit deiner Hüfte auf der Leiter?«, frage ich besorgt.

»Ja, ich bin schon fertig«, erwidert sie und kommt wieder auf den Boden. »Schön ist sie geworden, eure Wohnung.« Ich lächle betreten. Es ist ungewohnt, so normal mit meiner Mutter umzugehen – ohne Spitzfindigkeiten. Dann fällt mein Blick auf die Arbeitsfläche, wo sich die gleiche Kaffeemaschine befindet, die auch meine Eltern haben. Sie muss von Sylvie sein, und so sehr ich mich auch freue, dass ich morgen früh nicht auf meinen Morgenkaffee verzichten muss, stöhne ich innerlich auf, dass ich nun wohl endgültig die Zauberformeln von Kapselfarbe und Tastenkombination lernen muss.

Es ist schon spät, als meine Eltern sich verabschieden. Gemeinsam haben wir es tatsächlich geschafft, dass die Wohnung heute bewohnbar geworden ist. Sogar den Fernseher haben mein Vater und Michael noch angeschlossen. Alles ist geputzt, und im Kühlschrank befindet sich die Grundausstattung an Lebensmitteln. Mein Mitbewohner kämpft sich gerade durch seine zig Kartons, um die passenden Klamotten für seinen Frankreich-Trip zu suchen, während Sylvie ihm mit dem Bügeleisen zur Seite steht. Ich räume inzwischen Handtücher und meine Hygieneartikel ins Badezimmer und baue danach die Stereoanlage auf. Meine Klamotten habe ich schon im Schrank verstaut, und die Schachteln mit meinen Büchern und CDs schiebe ich in eine Ecke. Für heute bin ich einfach erledigt, und mein Bett sieht schon zu verlockend aus. Gerade als ich mich auf den Weg ins Badezimmer unter die Dusche machen will, fällt mein Blick auf das Paket von Lilly. Rasch öffne ich es und muss mir einmal mehr eingestehen, wie gut mich meine Schwester seit meinem Aufenthalt bei ihr kennt. Denn in dem Paket finde ich eine Filter-Kaffeemaschine mit großer Thermoskanne.

Kapitel 8

Ich gewöhne mich unheimlich schnell an mein neues Zuhause und auch an meine Mitbewohner, wobei man derzeit ja nur von einer Mitbewohnerin sprechen kann, da Michael nun schon seit vier Tagen in Frankreich ist. Sylvie und ich kommen blendend miteinander aus, und ich frage mich, weswegen ich skeptisch war, ob eine WG das Richtige für mich ist.

Mehr Sorgen bereitet mir meine Diplomarbeit. Der Termin mit meinem Betreuer rückt immer näher, aber ich schaffe es nicht, auch nur ein Wort zu diesem todlangweiligen Thema zu verfassen. Also verbringe ich die Zeit, die ich an meinem Schreibtisch sitze, eher mit den Kleinanzeigen und der Suche nach einem Job, der die Miete zahlt. Leider ist auch diese Beschäftigung nicht unbedingt von Erfolg gekrönt.

Als der Tag X gekommen ist, habe ich eine Entscheidung getroffen. Ich stehe früh auf, trinke eine große Tasse schwarzen Kaffee und dusche ausgiebig. Ich föhne sorgfältig mein Haar, greife nach dem Glätteisen und hoffe, dass man den fransigen Haarschnitt, den ich mir mit Nikos Unterstützung im Sommer ausgesucht habe, noch ansatzweise erahnen kann. Dann schlüpfe ich in Rock, Bluse und Pumps und hoffe, dass ich seriös genug aussehe, um mein Vorhaben durchzusetzen.

Mein Betreuer zeigt sich von meinem Auftritt wenig beeindruckt.

»Frau Manninger, ich muss Ihnen sagen, dass Ihr Entwurf mich mehr als nur eine schlaflose Nacht gekostet hat«, teilt er mir mit besorgtem Blick mit.

»So lang ist er ja gar nicht«, entschlüpft es mir.

Er nickt. »Eben! Sie arbeiten seit zwei Jahren an diesem … na ja, Etwas, und Ihre Ausführung ist lieblos, fahrig, schlecht recherchiert und seicht. Ich habe diesen Entwurf mehr als nur einmal durchgelesen, und ich frage mich im Nachhinein, warum. Allerdings habe ich nun eine Antwort auf die Frage, weswegen Sie noch keine längere Fassung dazu schreiben konnten – weil Sie die Komplexität Ihres Themas auf diesen wenigen Seiten in solch einer archaischen Art zertrampelt haben, dass ich mich frage, wie Sie überhaupt weiterschreiben wollen?« Fragend sieht er mich an, wie ich sein vernichtendes Urteil aufnehme. Und wenn ich mit einem anderen Vorhaben als meinem tatsächlichen hierhergekommen wäre, würden mir wohl jetzt Tränen in den Augen stehen. Doch ich blicke ihn unberührt an und antworte kühl: »Genau darüber wollte ich heute mit Ihnen sprechen. Gar nicht!«

Verwirrt kneift er die Augen zusammen. »Sie meinen …?«

»Ganz genau! Ich würde dieses lieblose, seichte und für mich todlangweilige Etwas gerne dem Shredder übergeben und mit einem neuen Thema von vorne beginnen«, bringe ich mein Ansuchen auf den Punkt. Dr. Thiemann lehnt sich nachdenklich im Schreibtischstuhl zurück.

»Frau Manninger, ich will ehrlich sein. Als Prof. Brauner seinen Ruhestand bekannt gegeben hat, war uns anderen Dozenten bewusst, dass wir jene Studenten von ihm erben werden, die ihre Diplomarbeit noch nicht fertiggestellt haben. Seit zwei Semestern übernimmt er keine Betreuung mehr, also handelt es sich bei diesen Kandidaten durch die Bank um … na ja, nennen wir es etwas schwierigere Fälle. Wir konnten alle aufteilen, für jeden hat sich schließlich ein neuer Betreuer freiwillig gemeldet. Ihren Fall jedoch haben wir durch Losentscheid einem armen Irren zugeteilt, der eine Ansammlung an Faulheit, Gleichgültigkeit und Ignoranz, unterstützt von einem gut betuchten Elternhaus und einem wohlhabenden Lebenspartner, doch noch irgendwie zum Abschluss begleiten soll. Sehen Sie mich nicht so an, wir sind nicht die größte Uni, und Sie beehren uns ja nun doch schon seit einiger Zeit, da dringt die Lebensgeschichte auch zu den Vortragenden durch.« Ich schnappe empört nach Luft, doch er bringt mich mit einer Handbewegung zum Schweigen.

»Das Los hat mich getroffen, und ich teile Ihnen hiermit eindringlich mit, dass ich mir meine herausragende Erfolgsquote, was die Abschlussnoten meiner Schützlinge betrifft, nicht von Ihnen ruinieren lassen werde. Ich gestatte Ihnen, dass Sie ein neues Thema für Ihre Diplomarbeit vorschlagen. Sie bringen mir heute in einer Woche einen Abstract inklusive einer Inhaltsübersicht und einer vorläufigen Gliederung. Dann entscheide ich, ob ich Ihrem Ansuchen nachkomme. Sollten Sie auch nur einen Tag zu spät kommen oder Ihre Ausführungen unzureichend sein, werde ich Ihre Betreuung abgeben. Und dann haben Sie wirklich ein Problem, denn ich verspreche Ihnen, dass sie innerhalb dieser Mauern keinen Nachfolger für mich finden werden. Haben wir uns verstanden?«

Ich nicke nur und verlasse schweigend das Büro. Während ich noch vor zwanzig Minuten selbstbewusst durch die Gänge der Uni geschritten bin, schleiche ich jetzt wie ein geprügelter Hund davon. Dr. Thiemanns Worte haben mich getroffen. Aber ich bin nicht wütend, obwohl das sicher der eine oder andere an meiner Stelle wäre. Ich muss mir eingestehen, dass er recht hat und ich die Standpauke absolut verdient habe.

Zu Hause schleudere ich die Schuhe in die Ecke meines Zimmers und lasse mich quer über das Bett fallen. Ich brauche einen Plan, so viel steht fest. Hier hilft der Rat, einfach mal eine Weile planlos zu sein, weil der beste Plan sich einfach ergibt, mir nicht weiter. Eine Woche ist knapp bemessen, aber ich will ihm beweisen, dass mehr in mir steckt als die Problemstudentin, die niemand betreuen will. Ich setze mich an den Laptop und suche mich fieberhaft durch zig Internetseiten, um einen Denkanstoß zu finden.

Als es an meiner Tür klopft und Sylvie den Kopf ins Zimmer

steckt, ist es schon dunkel. Sie hat wohl wieder Überstunden gemacht. Die Ausläufer der Hochzeitssaison sind immer noch spürbar, und in der Eventabteilung der Zeitarbeitsfirma, in der Sylvie arbeitet, ist immer noch viel zu tun.

»Ich wollte dich nur fragen, wie dein Termin gelaufen ist und ob du auch etwas zu essen möchtest?«, fragt sie. Unsere Küche ist immer noch unangetastet. Ich kann mich einfach nicht überwinden, etwas zu kochen. Sobald ich in die Nähe des Herdes komme, zieht sich in meinem Bauch alles zusammen, und ich greife doch wieder nach dem Telefon, um etwas aus der Pizzeria um die Ecke zu bestellen. Ich reibe mir die Augen.

»Verheerend und ja«, antworte ich müde. Sylvie sieht mich mitfühlend an.

»Komm, gehen wir ins *Watermelon*, und du erzählst mir alles«, schlägt sie vor, und wir machen uns auf den Weg.

Das *Watermelon* haben Sylvie und ich gleich nach unserem Einzug entdeckt. Es ist ein kleines Lokal nur zwei Häuser weiter in unserer Straße, eine Mischung aus Bar und Café mit breitem Tresen, an dem bequeme Hocker mit Lehne stehen. Tagsüber ist es sehr hell durch die große Fensterfront, abends ist es gemütlich mit gedämpftem Licht. In einer Ecke steht eine Jukebox, an der man gratis Oldies und Klassiker spielen kann, an den Wänden hängen überall Fotos und Autogrammkarten von *Dirty Dancing*, und ein großer Banner mit dem Schriftzug *The time of my life* thront an der Wand hinter der Theke. Sylvie und ich haben sofort erkannt, dass der Name des Lokals wohl von Baby Housemans berühmtem Spruch »Ich habe eine Wassermelone getragen« stammt. Die Getränkekarte enthält Cocktails, die klingende Namen wie *Be my Baby*, *Big girls don't cry*, *Will you still love me tomorrow* oder *She's like the wind* tragen, und auf der Speisekarte sind *Baby* (ein reichlich belegter Toast), *Penny* (ein gratiniertes Brot mit Mozzarella und Tomaten), *Robbie* (ein deftig belegtes und ebenfalls gratiniertes

Brot) oder *Lisa* (die jeweilige Tagessuppe) zu finden. An unserem ersten Abend hier fragten wir den netten blonden Kellner mit den schokoladenbraunen Augen – nachdem wir *Penny* und *Robbie* genüsslich verputzt hatten –, wo eigentlich *Johnny* abgeblieben sei, der auf keiner Karte zu finden ist. Wir ernteten ein strahlendes Lächeln, und mit einer unnachahmlichen Art (die uns sofort verriet, dass er definitiv eher an dem gut aussehenden Tanzlehrer als an dessen Schülerin interessiert wäre) streckte er uns seine Hand entgegen und meinte, dem sitzen wir gegenüber. Es stellte sich heraus, dass er nicht nur Kellner, sondern Inhaber und Mädchen für alles im Lokal ist. Er hängt mit jeder Faser seines Herzens an jedem Quadratmeter, und seine Leidenschaft erinnert mich unweigerlich an Lilly. Unterstützt wird er in der Küche von seinem Cousin Armin, den er im Lokal allerdings Billy nennt, wie Johnnys Cousin im Film.

Auch heute Abend werden wir mit einem strahlenden Lächeln begrüßt, als wir das Lokal betreten. Sofort kommt Johnny an unseren Tisch.

»Ladys, es freut mich, dass meine bescheidene Hütte offenbar zu eurem Stammlokal wird«, meint er lachend. »Was darf ich euch bringen?« Während sich Sylvie für eine *Penny* entscheidet, ordere ich eine *Lisa*.

»Und mach mir im Anschluss gleich einen *She's like the wind*, bitte«, füge ich noch hinzu. Johnny wirft mir einen besorgten Blick zu.

»Herzchen, so wie du heute aussiehst, wäre wohl eher ein *Big girls don't cry* angebracht, hm?« Ehe ich noch etwas erwidern kann, ist er in die Küche verschwunden, um unsere Bestellung weiterzugeben.

Nun sieht mich auch Sylvie fragend an. »Was war denn los heute? Was hat dein Betreuer zu deiner Arbeit gesagt?«, will sie wissen. Ich erzähle ihr von meinem Gespräch und lasse nichts aus.

»Autsch«, meint sie nur, als ich fertig bin. »Das war ja mal eine klare Ansage. Und was machst du jetzt?«

Theatralisch werfe ich die Hände in die Höhe und sehe dabei leider nicht, dass Johnny schon mit meiner Suppe im Anmarsch ist. Im hohen Bogen fliegt die Schüssel durchs Lokal.

»Oh nein, das tut mir so leid, entschuldige«, beeile ich mich zu sagen.

»Nein, das war meine Schuld! Ich …« Johnny läuft rot an. Offenbar ist ihm das Missgeschick furchtbar unangenehm. Blitzschnell reagiere ich und ziehe ihn hinter mir her in die Küche.

»Lappen? Eimer?«, frage ich schnell.

»Was? Aber … was hast du vor?«, erkundigt er sich verwirrt.

»Aufwischen«, sage ich und wedle mit den Händen, um die Sache mit den Utensilien zu beschleunigen.

»Aber …«, erwidert er noch, ehe Armin mir schon die gewünschten Dinge gebracht hat und ich wieder aus der Küche bin. Rasch bringe ich die Sauerei in Ordnung und scherze ein wenig mit den anderen Gästen. Als ich wieder in die Küche komme, ernte ich einen fragenden Blick der beiden.

»Hab ich bei meiner Schwester gelernt«, erkläre ich schulterzuckend. »Wenn jemand anders aufwischt, ist es nur halb so schlimm, weil es demjenigen nicht peinlich ist. Und wenn du jetzt wieder rausgehst, weiß niemand mehr genau, wer den Schaden verursacht hat, und du bist aus dem Schneider.«

»Woher weißt du das?«, stößt Johnny mit einem dankbaren Seufzer hervor.

»Ich hab mal vier Teller Knoblauchcremesuppe in einem rappelvollen Speisesaal fallen lassen«, erzähle ich lächelnd. Plötzlich drückt Johnny mich an sich.

»Danke! Dein *Big girls don't cry* geht heute aufs Haus.«

Kapitel 9

Als ich am nächsten Morgen aufwache, glaube ich, mein Kopf beherbergt eine Specht-Familie, und eines der ungezogenen Kinder hämmert die ganze Zeit gegen die Wand. Erst nach und nach wird mir klar, dass das Hämmern nicht aus meinem Kopf, sondern von meiner Türe kommt und auch eher ein zaghaftes Klopfen ist.

»Ja?«, rufe ich fragend. Vorsichtig steckt Sylvie ihren Kopf durch die Tür.

»Guten Morgen, kann ich reinkommen?«, flüstert sie. Ich nicke nur. Vor sich her schiebt sie ein Tablett mit Frühstück darauf, das sie geschickt auf kleinen Füßchen auf meinem Bett platziert. Dass auch sie noch ihren Pyjama trägt, erinnert mich daran, dass heute Samstag ist. Langsam setze ich mich auf und stopfe mir mein Kissen hinter den Rücken. Sylvie reicht mir wortlos ein großes Glas mit einer trüben Flüssigkeit.

»Eine Brausetablette gegen die Kopfschmerzen«, erklärt sie, und ich trinke das Glas brav leer.

»Woher wusstest du …?«, frage ich.

»Wie bist du gestern nach Hause gekommen?«, kommt die Gegenfrage. Sie greift nach einem Croissant. Ich überlege, aber kann mich beim besten Willen nicht mehr erinnern.

»Was ist das Letzte, was du vom gestrigen Abend noch weißt?« Himmel, bin ich hier in einer Quizshow? Mein Kopf beschwert sich über die Anstrengung, daher greife ich erst mal nach der großen Tasse Kaffee und bringe ein paar Schlucke Koffein in meinen Blutkreislauf.

»Der dritte *Big girls don't cry* und dass Johnny sich noch zu uns gesetzt hat«, gestehe ich dann. Danach ist alles weg, im Nebel versunken. Sylvie nickt.

»So hatte ich mir das auch gedacht.« Besorgt sieht sie mich an.

»Was denn? Hab ich nackt auf der Theke getanzt, oder musstest du einen Kran kommen lassen, um mich in den dritten Stock zu kriegen?«, frage ich gereizt. Ich bin normalerweise nicht schwierig, wenn ich betrunken bin, also kann ich mir gerade nicht vorstellen, was Sylvies Problem ist.

»Nein, du bist noch ganz alleine die Treppen hochgegangen, und ausgezogen hast du dich erst hier.« Sie macht eine kurze Pause. »Ich hab im *Watermelon* ja am Anfang überhaupt nicht verstanden, wovon du eigentlich sprichst, als du von Trockentraining mit Plastikgeschirr und Kochen aus dem Bauch raus gefaselt und Johnny immer wieder gefragt hast, ob die Jukebox auch ABBA-Songs spielt. Erst als du dann zu Hause total in Tränen aufgelöst warst und noch viel mehr wirres Zeug geredet hast, hab ich so nach und nach rausbekommen, dass es den ganzen Abend eigentlich um Niko ging.« Erschrocken sehe ich sie an. Dieses Thema ist seit Wochen tabu zwischen uns. Doch sie fegt mit einer Handbewegung alles weg, was ich jetzt sagen könnte.

»Vergiss es! Nach allem, was du gestern von dir gegeben hast, rate ich dir als gute Freundin, dass du dich gefälligst damit auseinandersetzt, statt es immer wieder zu verdrängen«, meint sie eindringlich. Endlich lässt sie mich zu Wort kommen.

»Es tut mir leid, dass ich gestern zu viel getrunken hab und dann gejammert habe, ich werde mich in Zukunft zusammenreißen«, entschuldige ich mich, doch sie schüttelt den Kopf.

»Geschenkt, das braucht dir nicht leidzutun«, erwidert sie, doch ich bin noch nicht fertig.

»Sylvie, ich hab echt eine schwere Zeit hinter mir. Ich hab meinen Job verloren, dann Roberts Betrug und gestern der Termin bei meinem Betreuer …«, fasse ich zusammen.

Meine Freundin stoppt mich und meint energisch: »Lexi, das weiß ich alles, und das ist sicher alles richtig. Aber über all diese Dinge hast du gestern keinen Piepton verloren.« Sie lässt ihre

Worte kurz wirken, ehe sie sanfter fortfährt. »Du warst sechs Jahre mit Robert zusammen, du hast ihn mit deiner besten Freundin im Bett erwischt, und das haben die beiden mehrere Monate hinter deinem Rücken so getrieben – aber trotzdem hast du gestern ausschließlich von Niko geredet. Nicht von der Uni, nicht von Robert und Christine, nicht von Lilly, die ganze Zeit nur von Niko. Du weißt, ich bin in solchen Dingen normalerweise absolut pragmatisch, aber ich finde, *darüber* solltest du trotzdem mal in Ruhe nachdenken«, rät sie mir und lässt mich allein.

Tja, Alkohol bringt wohl tatsächlich die Wahrheit ans Licht und hat mich gnadenlos überführt.

Den Rest des Tages lasse ich meine Gedanken um die Zeit bei Lilly kreisen. Ich sehe mich wieder Tanzstunden im Speisesaal geben und im Strandkorb sitzen, zu meinen Füßen die wunderschöne Ostsee, die in sanften Wellen die Muscheln am Strand umspült. Ich kann die sanften Gitarrenklänge von damals beinahe hören und erinnere mich an Hände auf den Saiten – und später auf meiner Haut. Ich fühle wieder die Spannung zwischen Niko und mir, kann die Verzweiflung während unseres Streits nachempfinden und spüre wieder seine Lippen auf meinen. Die Erinnerung an das Gefühl, genau in seine Arme zu gehören, und wie richtig plötzlich alles war, raubt mir den Atem. Immer wieder steigen Tränen in meine Augen, und ich frage mich, ob es nicht besser gewesen wäre, bei Lilly am Meer und somit auch bei Niko zu bleiben. Aber ich wollte ja meinen eigenen Weg gehen, mich selbst finden und mein Leben wieder auf die Reihe kriegen. Doch wenn ich mich jetzt ansehe, erkenne ich kaum mehr etwas von der Lexi, die ich bei Lilly war, in mir. Der Glanz in meinen Augen ist weg. Sylvie hat recht – ich war sechs Jahre mit Robert zusammen, doch unsere Trennung hat mir nicht einmal halb so viel ausgemacht, wie nun von Niko getrennt zu sein. Jetzt, wo ich die Gedanken an ihn endlich zulasse, bringt es mich fast um, nicht zu wissen, wie es ihm geht. Ich will ihn sehen, ihn berühren, küssen und nie mehr loslassen. Ich will mich mit jeder Faser meines Körpers davon überzeugen, dass es ihm gut geht, und ich will dafür sorgen, dass es so bleibt. Dass sein umwerfendes Lächeln für immer auf seinen Lippen liegt und das Strahlen seiner Augen niemals vergeht. Er fehlt mir so unglaublich. Wieder schweben meine Finger über meinem Handy, doch ich schaffe es einfach nicht, ihn anzurufen. Ich habe Angst davor, seine Stimme zu hören, Angst, dass ich es dann nicht aushalte, ohne ihn zu sein.

Es ist schon spät, das Mittagessen im *L&P* ist bestimmt schon gelaufen, und auch die Küche sollte wieder blitzblank sein, darum rufe ich letzten Endes meine Schwester an. Sie klingt müde, freut sich aber über meinen Anruf. Ich erzähle von der Wohnung und auch von der Uni. Sie bringt mich auf den neuesten Stand, ihre Schwangerschaft betreffend, und berichtet den neuesten Klatsch aus der Pension. Es tut gut, wieder mal mit ihr zu reden, doch Niko ist wie immer die Klippe, die sie geschickt umschifft. Ich will sie auf ihn ansprechen, fragen, wie es ihm geht und wie die Zeit nach meiner Abreise gelaufen ist, aber immer wieder habe ich einen Kloß im Hals und bringe es nicht fertig. Als ich schließlich auflege, bin ich auf mich selbst sauer. Mit Sylvie kann ich also über Niko reden, aber mit meiner Zwillingsschwester nicht? Wer würde mich besser verstehen als sie? Sie hat mir schon einmal geholfen, meine Gedanken und Gefühle Niko betreffend zu sortieren und zu erkennen. Irgendwie kriegt sie alles auf die Reihe. Seit meinem Aufenthalt bei Lilly ist sie in meinen Augen so etwas wie Wonder Woman – sie schafft einfach alles. Allein wenn ich daran denke, wie sie aus dem Nichts ihre Pension aufgebaut hat, wie viel Arbeit und Herzblut sie hineingesteckt hat und wie perfekt ihr Konzept aufgegangen ist. Es war unglaublich mutig von ihr, dass sie bereits Anfang 20 mit Paul so weit von ihrer

Familie entfernt und ohne deren Rückhalt ein so großes Vorhaben umgesetzt hat. Und auch von der geschäftlichen Seite kann man das ganze Projekt auf eine außergewöhnliche Weise als Paradebeispiel sehen.

Moment mal! Habe ich mich gerade tatsächlich aus betriebswirtschaftlicher Sicht für etwas begeistern können? In meinem Kopf setzen sich ein paar lose Gedanken langsam zu einem Bild zusammen. Ich beschließe, eine heiße Dusche zu nehmen und sowohl den Geruch, als auch die melancholischen Gedanken des gestrigen Abends loszuwerden. Doch als ich mit nassem Haar in ein flauschiges Handtuch gewickelt vor dem Badezimmerspiegel stehe, haben die betriebswirtschaftlichen Gedanken sich zunehmend verfestigt. Die ganzen Vorlesungen haben wohl tatsächlich ihre Spuren in meinem Kopf hinterlassen, und wie ein Puzzle fügen sich die für mich interessantesten Dinge meines Studiums zu einem Ganzen zusammen. Zwanzig Minuten später sitze ich in frischen Klamotten, bei offenem Fenster und mit einer großen Tasse schwarzem Kaffee versorgt, vor meinem Laptop und versuche, dieses Konzept zu Papier zu bringen. Und erneut wird es eine lange Nacht.

Kapitel 10

In den kommenden Tagen arbeite ich wie eine Besessene, wälze Bücher, stelle Unterlagen zusammen, telefoniere immer wieder mit Lilly und sehe, wie sich meine Diplomarbeit mehr und mehr von einem Problem in ein Projekt wandelt. Als ich am Freitag aufstehe, bleibt auf dem Weg ins Badezimmer mein Blick an der Mappe hängen, die ich in wenigen Stunden meinem Betreuer präsentieren werde. Ein Lächeln schleicht sich auf meine Lippen. Im Bad entgleitet es mir allerdings schnell wieder. Mein Spiegelbild ist alles andere als ermutigend. Der coole Schnitt ist endgültig aus meinem Haar rausgewachsen, und nicht mal der beste Concealer könnte die Augenringe überdecken, die meine ständigen Nachtschichten der letzten Tage verursacht haben. Den glamourösen Auftritt der vergangenen Woche kann ich wohl nicht wiederholen. Als ich schließlich vor dem Büro stehe, trage ich mein Haar zu einem Pferdeschwanz, lediglich einen Hauch Make-up und einfach nur Jeans, einen Strickpulli und Sneakers. Ich klopfe, und mir ist richtig übel. Die Tür öffnet sich, und ich hole tief Luft.

»Frau Manninger, kommen Sie rein«, bittet Dr. Thiemann mich an sich vorbei in sein Büro. Ich wage es nicht, mich zu setzen, zu sehr klingen seine Worte noch in meinen Ohren. Er hält mich für ein verwöhntes Gör, das nicht das Zeug dazu hat, aus eigener Kraft etwas Vernünftiges auf die Beine zu stellen. Erwartungsvoll sieht er mich an und streckt die Hand nach meinem Entwurf aus. Die Mappe wiegt plötzlich fünfzig Kilo in meinen Händen, und nur mit Mühe kann ich sie ihm über den Tisch reichen. Allein der Umfang scheint ihn schon zu überraschen. Er deutet auf den Besucherstuhl.

»Ich werde wohl ein paar Minuten brauchen, um mir einen Überblick zu verschaffen«, meint er und vertieft sich interessiert in meine Unterlagen. Ich kann kaum atmen. Jede Minute, die ich nicht mit lebensnotwendigen Dingen vergeuden musste, habe ich in den letzten Tagen in diese Arbeit gesteckt. Wenn er jetzt sagt, dass sie Mist ist, war alles umsonst – die schlaflosen Nächte, die Unmengen an Kaffee, die ich fast schon als Nahrungsersatz in mich hineingeschüttet habe, die Stunden, die ich mit Lilly am Telefon verbracht habe. Wenn ich jetzt nicht das Okay bekomme, dass ich mit diesem Thema weiterarbeiten darf, war meine Rückkehr umsonst. Die Sekunden schleichen dahin, und ich versuche, an Dr. Thiemanns Gesichtsausdruck zu erkennen, was er denkt. Schließlich klappt er die Mappe zu und sieht mich fragend an.

»Unternehmensgründung und Standortermittlung aus marketing- und touristisch-orientierten Gründen am Beispiel der Pension *L&P*«, zitiert er das Thema meiner neuen Diplomarbeit. Ich nicke stumm.

»Das geht ja jetzt in eine völlig andere Richtung«, fügt er hinzu, und schon seine Stimmlage verrät mir, dass er diese Entwicklung skeptisch sieht. »Ich nehme an, Frau Elisabeth Manninger ist mit Ihnen verwandt?«, fragt er dann.

»Ja, sie ist meine Schwester, aber das hat mit der Arbeit nur am Rande zu tun«, verteidige ich mich. »Ich kann mir vorstellen, dass Sie das öfter von Studenten hören, vor allem von solch schwierigen Fällen wie mir, aber ich bin nicht mehr die gleiche Person wie die, die vor zwei Jahren einfach irgendein Thema für ihre Diplomarbeit abgegeben hat, ohne großes Interesse daran. Mein Leben hat sich in den letzten Wochen und Monaten von Grund auf geändert, und ich will dieses verdammte Studium nun endlich abschließen, deshalb habe ich seit dem Herbst auch alle Uni-Termine eingehalten. Darum bin ich überhaupt erst zurückgekommen, und Sie haben keine Ahnung, was ich dafür aufgegeben habe. Ich habe erkannt, dass ich einfach ein Thema brauche, das mich wirklich dazu bringt, es betriebswirtschaftlich sehen und analysieren zu *wollen*. Ich kann nun mal mit theoretischen Studien nichts anfangen, ich brauche etwas Handfestes, Menschen, die Entscheidungen getroffen haben, und Auswirkungen in der realen Welt. Ich bin Praktikerin. Ich habe mir in den letzten Tagen meinen Hintern für diesen Entwurf aufgerissen, und ich werde daran genauso verbissen weiterarbeiten, wenn Sie mir dieses Thema genehmigen.« Erwartungsvoll sehe ich ihn an. Er mustert mich von oben bis unten, und mir wird bewusst, in welchem Aufzug ich ihm im Vergleich zum letzten Mal gegenübersitze. Seine Gedanken gehen wohl in die gleiche Richtung.

»Frau Manninger, wissen Sie, was Ihr heutiges Auftreten mir über Sie verrät?«

Ich zucke mit den Schultern. »Dass ich vergessen habe, meine seriösen Klamotten in die Reinigung zu bringen?«

»Fast«, gibt er zu. »Dass es diesmal wirklich Ihre Leistung ist, mit der Sie bei mir punkten wollen. Sie haben eben mit Argumenten gekämpft statt mit High Heels und Hosenanzug. Offensichtlich haben Sie sich diesmal wirklich – wie Sie es ausdrücken – auf Ihren Hintern gesetzt und nach etwas gesucht, das Sie fertig ausarbeiten möchten.« Er wirft nochmals einen Blick auf meine Mappe.

»Also gut, Sie können dieses Thema für Ihre Diplomarbeit wählen. Aber ich möchte, dass wir uns alle zwei Wochen hier treffen, damit Sie mich über Ihre Fortschritte auf dem Laufenden halten. Und nur damit wir uns richtig verstehen, Sie werden diese Arbeit spätestens nächstes Semester präsentieren und das Studium abschließen.«

Als ich wieder auf dem Flur bin, seufze ich erleichtert. Sofort krame ich nach meinem Handy, und noch während ich mich auf den Weg zu meinem Auto mache, rufe ich Lilly an. Es ist mir völlig egal, dass in der Küche gerade Hochbetrieb herrscht, ich wähle einfach direkt zum Apparat neben der Spüle durch, und offenbar hat meine Schwester meinen Anruf schon erwartet. Aufgeregt erzähle ich ihr von der Zusage meines Betreuers. Sie freut sich wie eine Schneekönigin für mich.

Seine Stimme ertönt ohne Vorwarnung, und noch bevor mein Kopf sie ihm zuordnen kann, beginnt mein Herz schon schneller zu schlagen. Es sind nur die Worte: »Kann das Fleisch schon aus der Pfanne, Lilly?«, doch mich trifft es wie Beethovens Fünfte, gespielt von den Wiener Philharmonikern. Abrupt bleibe ich stehen, sodass die beiden Mädchen hinter mir unweigerlich in mich hineinlaufen. Doch es ist mir egal.

»Lilly …«, sage ich nur, da unterbricht sie mich schon.

»Tut mir so leid. Soll ich dich später vom Büro aus anrufen? Da … stört uns dann auch niemand.«

»Lilly, geht's ihm gut?«, stoße ich hervor. Immer noch stehe ich wie angewurzelt mitten auf dem Flur der Uni.

»Ähm …«

Ich weiß, es ist der schlechteste Zeitpunkt überhaupt. Sie ist mitten im Hauptgeschäft und telefoniert von der Küche aus, wo sie ungefähr so viel Privatsphäre hat wie als Clown verkleidet in einem Einkaufszentrum. Aber wenn ich sie jetzt nicht gefragt hätte, wäre ich daran erstickt.

»Ich ruf dich an, sobald ich in der Küche kurz entbehrlich bin, versprochen«, meint sie leise.

»Okay, ja natürlich«, sage ich, und wir verabschieden uns schnell. Ich bleibe in meinem Auto sitzen, bis ich endlich die vertraute Melodie meines Handys höre.

»Lilly?«

»Ja, ich bin's! Lexi, was ist denn los? Seit Wochen sagst du keinen Ton wegen Niko, und jetzt …«

»Wie geht es ihm?«, unterbreche ich sie. Ich will ihr jetzt nichts erklären. Ich habe viel zu lange gewartet mit dieser Frage, das weiß ich selbst.

»Jetzt schon besser«, meint Lilly vorsichtig. »In den ersten zwei bis drei Wochen war er bei der Arbeit stumm wie ein Fisch, und die restliche Zeit hat er sich in seinem Zimmer verkrochen und so laut Musik gehört, dass sich die Gäste beschwert haben. Dann hat Paul ihn gezwungen, mit ihm zu reden, und seither ist es besser, aber ...« Sie stockt.

»Aber?«

Stille.

»Lilly? Was ist aber?« Ihr Schweigen macht mich nervös.

»Er leidet, auch wenn er sich bemüht, uns das nicht zu zeigen«, rückt sie dann mit der Sprache heraus.

»Spielt er noch?«, frage ich mit erstickter Stimme.

»Was hast du gesagt? Hier ist schon wieder jemand reingeplatzt«, erwidert meine Schwester genervt.

»Die Gitarre – spielt er noch auf seiner Lady?«, wiederhole ich und benutze den Kosenamen, den Niko immer verwendet, wenn er von seinem Instrument spricht.

»Oh, das meinst du. Ja, die Band hat regelmäßig Probe, und ich leihe ihm öfter mal den Wagen, damit er die Gitarre besser transportieren kann.« Ich verkneife mir eine Bemerkung über Nikos Fahrkünste. Man soll Schwangere ja nicht zusätzlich aufregen. Ich bedanke mich bei meiner Schwester und fahre nach Hause.

Dort bringe ich meine Sachen in mein Zimmer und wende mich dann behutsam einem Raum zu, dem ich seit meinem Einzug aus dem Weg gehe – der Küche. Als würde ich mich einem verängstigten Tier nähern, setze ich vorsichtig einen Schritt vor den anderen. Mein Magen zieht sich zusammen – sicher einerseits vor Hunger, aber großteils wegen des Vorhabens, das ich mir bei meiner Heimfahrt in den Kopf gesetzt habe. Es wird Zeit, wieder den Kochlöffel zu schwingen, die Töpfe aus den Regalen zu holen, die Messer zu wetzen und das Ceranfeld einzuweihen. Ich habe die Sache mit der Uni und mit der Wohnung inzwischen auf die Reihe gekriegt, aber wenn ich nicht koche, dann bleibt der Teil von mir, den ich mir bei Lilly angeeignet habe, immer noch im Tiefschlaf. Zwei Stunden später kommt Sylvie nach Hause und findet mich schließlich. Der Anblick, der sich ihr bietet, ist wohl ziemlich erbärmlich. Ich sitze mit ausgestreckten Beinen auf dem Boden unserer Küche, den Rücken an die Rückwand der Bar gelehnt, in der Hand ein großes Glas mit hellbrauner Flüssigkeit.

»Caffè Latte?«, fragt Sylvie und deutet auf mein Glas.

»Milch mit Rum«, antworte ich ohne aufzublicken.

»Wie bitte?« Meine Freundin ist sichtlich verwirrt.

»Cola ist alle, und Wodka haben wir nicht im Haus«, erkläre ich und spüre den Alkoholeinfluss ein wenig.

»Rum wohl auch nicht mehr ...«, stellt Sylvie fest.

»Wir wollten uns anfreunden, die Küche und ich«, setze ich erneut an. Sylvie gesellt sich zu mir auf den Boden, greift nach meinem Glas und nimmt einen Schluck.

»Hm, das ist gar nicht mal so schlecht.«

»Sag ich doch!«, verteidige ich mein Gemisch.

»Ist dein Termin schiefgegangen?«, fragt sie vorsichtig.

»Nein, nein, der ist spitze gelaufen«, sage ich schnell. »Alles paletti, Lilly freut sich auch wie verrückt für mich.«

»Du hast also auch schon mit Lilly telefoniert?« Sie versucht immer noch rauszufinden, was los ist, also erzähle ich ihr von dem Gespräch, meiner Reaktion auf Nikos Stimme und Lillys Auskunft, wie es ihm jetzt geht.

»Ich bin genauso, Sylvie. Ich funktioniere, aber es ist, als ob ein Teil von mir fehlt. Und ich dachte, wenn ich es schaffe, wieder zu kochen, kommt ein Stück der Lexi wieder zurück, die ich bei Lilly war. Aber ich komme einfach nicht weiter als bis zum Kühlschrank«, gebe ich entnervt zu. Mitfühlend nimmt sie mich in den Arm, während ich mein Glas leere.

»Du hast heute die Sache wegen deiner Diplomarbeit geregelt

und Lilly nach Niko gefragt. Lass dir mal ein wenig Zeit, Rom wurde auch nicht an einem Tag erbaut.«

Schließlich ordern wir Pizza und sehen uns eine DVD an.

Kapitel 11

In den nächsten Tagen stürze ich mich wieder auf meine Diplomarbeit. Doch neben den BWL-Büchern liegt nun auch Tag für Tag die Zeitung mit den Stellengesuchen, denn langsam neigt sich der Monat dem Ende zu, und die nächste Miete möchte bezahlt werden. Und wenn ich meine Eltern nicht dafür anpumpen will, brauche ich dringend einen Job. Also tippe ich auch noch zig Bewerbungen, auf die ich ebenso viele Absagen erhalte.

»Es ist zum Verrücktwerden«, beschwere ich mich bei Sylvie auf dem Weg ins *Watermelon*. »Die geben mir nicht mal die Chance auf ein Vorstellungsgespräch. Woher wollen die denn dann wissen, dass sie mich nicht einstellen wollen?« Wir setzen uns an unseren Stammtisch, und Sylvie sieht mich aufmerksam an.

»Was denn?«, frage ich unsicher. Hab ich meinen Pulli falsch rum an?

»Lexi, ich muss etwas Wichtiges mit dir besprechen«, gibt sie dann zu.

»Wusstest du, dass dieser Satz den Puls des Gegenübers um zwanzig Prozent erhöht, weil man automatisch angespannt ist?« Sie lacht und wird, noch ehe sie einen Ton sagen kann, von Johnny unterbrochen.

»Ladys, ich muss die Bar heute leider schließen«, fällt er mit der Tür ins Haus. Er sieht mitgenommen aus, sein sonst so fröhliches Gesicht ist heute ernst.

»Was ist denn passiert?«, erkundigt Sylvie sich sofort.

»Mein Cousin Armin – also Billy – hatte gestern noch einen Zusammenstoß mit einem aggressiven Gast, als wir den Laden dichtmachen wollten. Es kam zu einer handfesten Schlägerei, und jetzt liegt er mit einer Gehirnerschütterung und zwei angeknacksten Rippen im Krankenhaus. Und auf die Schnelle konnte ich einfach keinen Ersatz für ihn finden, der die Schankanlage und die Küche übernimmt.« Er wirkt total aufgelöst.

»Na, jetzt hast du einen gefunden«, meint meine Freundin schlicht, und wir sehen sie beide verständnislos an.

»Lexi hat Erfahrung in der Gastronomie. Und sie sucht einen Job«, fügt sie hinzu. Johnnys Augen blitzen auf.

»Wirklich?«, fragt er aufgeregt.

»Ich ... ja ... also nein ... ich hab noch nie eine Schankanlage bedient. Und meine Gastronomieerfahrung beschränkt sich auf zwei Monate als Küchenhilfe in der Pension meiner Schwester. Ich hab noch nie selbständig etwas gekocht. Also ja doch, aber nicht so ...« Ich rede mich hier um Kopf und Kragen. Johnny stoppt mein wirres Gerede mit einer Handbewegung.

»Hast du schon mal in der Gastronomie in der Küche gestanden?«

»Ja, aber ...«

»Kannst du einen Herd und einen Backofen bedienen?«

»Ja, das auch ...«

»Suchst du einen Job?«

»Ja!« Zumindest diese Antwort kann ich mit voller Überzeugung geben. Johnny nickt und verschwindet kurz hinter der Bar. Als er wiederkommt, hat er eine Schürze in der Hand.

»Du kennst meine Karte fast auswendig, so oft, wie ihr hier schon gegessen habt. Du kennst die Basics in der Gastronomie, du hast schon mal meinen Boden gewischt, und ich kann dich gut leiden. Das mit der Schankanlage kann ich dir auch noch beibringen, davon bin ich überzeugt. Willst du den Job als Aushilfe, oder muss ich meine bereits vorhandenen Gäste bitten, zu gehen?« Auffordernd hält er mir die Schürze entgegen. Sylvie nickt mir aufmunternd zu. Ich muss verrückt sein. Seit Wochen kann ich keinen Kochlöffel anrühren und nähere mich der Küche nur mit Bauchschmerzen, und jetzt soll ich in einer arbeiten? Aber wie heißt es: Leben ist das, was passiert, während man fleißig andere Pläne schmiedet. Also greife ich nach der Schürze.

»Sehr schön«, freut Johnny sich. »Wir sehen mal, wie es heute läuft. Wenn es für beide passt, erledigen wir den Papierkram morgen. Aber jetzt stopfen wir mal die hungrigen Mäuler.«

Als ich in der Küche stehe, kämpfe ich kurz mit aufsteigender Übelkeit und einem Anflug an Panik. Doch dann saust Johnny schon durch die Tür und ruft mir Bestellungen zu. Und als hätte ich nie etwas anderes getan, greife ich nach Tellern und werfe den Ofen an.

Sechs Stunden jongliere ich Suppen, Brote und Toasts und lasse mir zwischendurch die Schankanlage erklären. Und es klappt. Mehr als einmal komme ich zwar ins Trudeln und bin knapp davor, den Überblick zu verlieren, aber als Johnny die Küche gegen Mitternacht für geschlossen erklärt, ist alles ohne Katastrophen abgelaufen. Er mixt uns zwei *She's like the wind*, setzt sich an die Bar und klopft auf den Hocker neben sich. Müde plumpse ich darauf.

»Bis dir das Pendeln zwischen Schankanlage und Küche in Fleisch und Blut übergegangen ist, wird es zwar noch eine Weile dauern, aber du hast dich gut geschlagen heute«, lobt er mich. Erschöpft lache ich auf.

»Ich suche schon länger jemanden, der Armin für ein paar Abende die Woche ablöst. Er hat Familie und möchte etwas kürzertreten, damit er auch mal die Kinder abends ins Bett bringen kann. Vorerst brauche ich jemanden als vollständigen Ersatz für ihn, wenn er wieder gesund ist, werden die Dienste aufgeteilt. Du hast heute gesehen, wie es hier läuft. Es gibt bestimmt Arten, sich sein Geld leichter zu verdienen. Die Abende hier sind lang, und man weiß nie, was einen erwartet. Und der Chef ist ein Verrückter, der seit fünf Jahren keinen einzigen Tag freigenommen hat, weil er seine Bar so sehr liebt. Also – hast du Lust, mit an Bord zu kommen?«, fragt er mich rundheraus. Er streckt mir die Hand hin. Ich höre einfach auf mein Bauchgefühl und schlage ein. Und plötzlich habe ich einen Job. Einen Job in der Gastronomie. Meine Mutter wird ausrasten. Das entlockt mir ein Lächeln.

Kapitel 12

Am nächsten Morgen treffe ich Sylvie am Frühstückstisch, und sie fragt mich sofort über den Abend aus. Gemeinsam hüpfen wir durch die Küche und freuen uns, dass ich die Jobsuche nun endlich aufgeben und meine Zeit am Laptop ganz für meine Diplomarbeit verwenden kann.

»Was wolltest du mir denn gestern Abend so Wichtiges erzählen?«, frage ich dann und nippe an meinem schwarzen Kaffee. Sylvie druckst herum.

»Na komm, erst kündigst du es groß an, und dann rückst du nicht mit der Sprache heraus?«

Doch als sie den Mund öffnet, hören wir beide das Geräusch eines Schlüssels im Schloss. Michael! Wir dachten, er kommt erst am kommenden Wochenende aus Frankreich zurück. Den restlichen Tag verbringen wir damit, Neuigkeiten auszutauschen, ehe ich mich am späten Nachmittag wieder auf den Weg ins *Watermelon* mache. Auch der zweite Abend verläuft nicht ganz reibungslos, denn bei Lilly war ich schließlich nur eine Küchenhilfe, während hier die ganze Verantwortung bei mir liegt. Innerlich rufe ich immer wieder die Erinnerungen an die Zeit in der Küche meiner Schwester in mir wach und versuche, mir die Abläufe einzuprägen. Ich verpatze drei Bestellungen, da ich falsche Brote vorbereite, und vergesse an einem Tisch versehentlich die Suppen. Sylvie und Michael besuchen mich gegen halb elf in der Küche. Als sie das Chaos rund um mich entdecken, bleiben ihnen die Begrüßungsworte im Hals stecken. Johnny saust durch die Tür und kracht in dem kleinen Raum sofort auf Michael.

»Was zur Hölle …«, ruft er ärgerlich, ehe seine Augen den Mann, dem er gegenübersteht, deutlich von oben bis unten scannen.

»Johnny, das ist unser Mitbewohner Michael«, stellt Sylvie ihn rasch vor.

»Angenehm«, erwidert mein Chef und streckt ihm lächelnd die Hand entgegen. »Ich bin Johnny und der Besitzer dieser Bar.« Sylvie und ich wechseln rasch einen Blick. Wir sollten beide rasch aufklären, wie sich die Sachlage hier verhält.

»So schön ich es auch finde, neue Menschen kennenzulernen«, säuselt Johnny, »aber hier herrscht gerade Hochbetrieb.« Er schenkt den beiden noch ein Lächeln, ehe seine Stimme wieder geschäftig wird. »Also raus aus der Küche, Herzchen!« Sylvie schiebt Michael rasch vor sich in den Gastraum und steuert einen Tisch an, der gerade frei geworden ist.

»Äh, Johnny ...«, versuche ich eine Erklärung zu starten.

»Nein«, stoppt er mich mit einer typischen Handbewegung. »Darüber« – er deutet mit dem ausgestreckten Zeigefinger in Richtung Michael – »will ich später alles ganz genau erfahren! Aber jetzt brauche ich zwei Robbies und eine Lisa.« Ich nicke und werfe rasch einen Blick auf die Geschirrberge rund um mich.

»Schätzchen«, meint mein Chef sanft. »Mach dir über das Chaos hier keine Gedanken. Bei Armin sieht es genauso aus. Das ist der Nebeneffekt einer Einzelbesetzung in der Küche. Ganz cool bleiben, step bei step.« Und schon ist er wieder verschwunden. Ich versuche, mir seine Worte zu Herzen zu nehmen, und ignoriere den wachsenden Geschirrberg. Aber hier ist alles darauf ausgelegt, dass dazwischen nicht gespült werden kann. Wider Erwarten gehen die Teller nicht aus, und die Stapel finden bis zum Ende des Abends auch irgendwo Platz. Als alles gespült und weggeräumt ist, setze ich mich wie schon am Abend davor wieder zu Johnny an die Bar, um noch einen Schlummertrunk zu nehmen.

»Also!«, meint er auffordernd und stützt sein Kinn erwartungsvoll in beide Hände. »Ihr habt also noch einen Mitbewohner?« Es tut mir fast leid, ihm seine Illusion rauben zu müssen.

»Ja, er war in den letzten Wochen auf Geschäftsreise in Frankreich«, beginne ich zu erklären. »Aber ... also ... du musst wissen ... er steht auf Frauen«, bringe ich es schließlich auf den Punkt. Ich sehe meinen Chef vorsichtig an, doch der winkt sofort ab.

»Schatz, das weiß ich doch. Ich habe ein Radar, wer auf unserer Seite des Sees schwimmt, oder wie drückt ihr das immer so niedlich aus?«

»Du meinst am anderen Ufer?«, meine ich glucksend.

»Ja, genau«, nickt er. »Aber er ist doch sehr hübsch anzusehen. Und für mehr als einen Augenschmaus fehlt mir doch ohnehin die Zeit.« Er sieht sich um. »Das hier ist mein Leben. Und es hat bis jetzt noch kein Mann akzeptiert, dass er nur die zweite Flöte in meinem Leben spielen kann.« Grinsend zwinkert er mir zu.

Als ich schließlich nach Hause komme, bin ich absolut erledigt. Doch an der Tür meines Zimmers finde ich einen gelben Klebezettel. Darauf ist die Homepage einer sozialen Plattform notiert, ein Benutzername und ein Passwort. Die Handschrift ist von Sylvie.

»Lies die letzte Nachricht!«, steht noch darunter. Obwohl mein Körper um Schlaf bettelt, gewinnt die Neugierde, und ich starte meinen Laptop. Ich habe keine Erfahrungen mit sozialen Netzwerken – erfolgreich wehre ich mich seit Jahren gegen alles, was zwitschert oder Gesichter in ein virtuelles Buch packt. Doch als ich Sylvies Profil aufrufe, sehe ich, dass sie hier richtig zu Hause ist. Mehr als 500 »Freunde« nennt sie ihr Eigen, und ihre Neuigkeiten-Seite quillt über. Ich entdecke den kleinen Umschlag mit den Nachrichten und klicke darauf. Danach sitze ich wie vom Donner gerührt einige Minuten regungslos da und starre auf den Bildschirm. Die letzte Nachricht kommt von Niko, und das kleine Bild daneben, das sein strahlendes Lächeln zeigt, beschleunigt meinen Herzschlag in einem besorgniserregenden Ausmaß. Als ich wieder fähig bin, meine Hände zu bewegen, klicke ich auf das Kuvert, und der Text erscheint. Ich überfliege die ersten Zeilen, es sind Grußworte und Small Talk. Erst die letzten Sätze verraten, was er wirklich von ihr will.

»Du weißt sicher schon, dass Lexi wieder zurückgegangen ist. Sie hat mir keine Nummer oder Adresse hinterlassen, sodass ich sie nicht erreichen kann. Und ich kann auch verstehen, dass sie jetzt Boden unter ihre Füße bekommen muss und sich ein neues Leben aufbaut. Aber … kannst du mir sagen, ob es ihr gut geht?«

Ich lese diese Worte wieder und wieder. Mein Kopf läuft auf Hochtouren, ich meine fast, dass die Gedanken sich so laut überschlagen, dass ich Sylvie und Michael damit wecke. Er respektiert, dass ich Zeit brauche, um mich einzugewöhnen. Aber er hält es ebenso wenig wie ich aus, nicht zu wissen wie es mir geht. Und statt Lilly zu fragen und zu riskieren, sie aufzuregen, wendet er sich lieber an Sylvie, die er kaum kennt. Ja, genau das ist Niko! Plötzlich erscheint neben seinem Namen ein grüner Punkt. Ich bewege die Maus darauf, und es erscheint »Jetzt aktiv«. Ich linse auf die Uhr. Es ist kurz vor zwei. Warum zur Hölle schläft er nicht? Während sich in meinem Kopf immer noch alles überschlägt, mischt sich nun auch der Bauch ein. Bei dem Gedanken, dass er jetzt genau wie ich vor seinem Laptop sitzt, regen sich die kleinen Flatterdinger wieder, die ich schon verschollen geglaubt habe. Mein Puls beschleunigt sich noch mehr. Was mach ich jetzt? Vor meinem inneren Auge sehe ich ihn am Schreibtisch sitzen und die Neuigkeiten checken. Vielleicht sieht er auch nach der Nachricht an Sylvie, ob diese schon gelesen wurde oder nicht. Vielleicht starrt er gerade auf dieselben Worte wie ich … Und ehe mein Kopf noch nachdenken kann, beginnen die Finger zu tippen.

»Eigentlich geht es ihr gut …«, steht da plötzlich. Was? Was mach ich denn da? Ich kann doch nicht als Sylvie schreiben?
»gesehen 01.55 Uhr« erscheint unter meiner Nachricht. Oh, mein Gott … Er hat es gelesen! Rasch klicke ich auf die Neuigkeiten, damit meine Hände sich nicht wieder selbstständig machen können. Mit einem leisen »pling« erscheint rechts unten plötzlich ein Fenster.
»Was meinst du mit *eigentlich*?«, steht da.
Er schreibt.
Jetzt.
Mit mir.
Und er weiß nicht, dass ich es bin.
Was mach ich denn jetzt?
…
»Sylvie?«
Klar, er sieht immer noch, dass ich – also Sylvie – online bin. Und er wartet auf eine Antwort. Wieso hab ich »eigentlich« geschrieben? Doch ehe mein Kopf sich eine Antwort zusammenreimen kann, hat der Bauch sie mir längst gegeben. Weil er mir fehlt und weil es mir genauso geht wie ihm. Die Frage sollte wohl eher sein, was ich jetzt mache? Als Sylvie weiterschreiben? Ich schließe kurz die Augen. Die Warnleuchte in meinem Kopf ist wieder da – ich frage mich ja, wo sich diese kleinen »Helferchen« verstecken, wenn sie mich nicht mit ihren Ratschlägen quälen. Es ist unfair, wenn ich ihn im Glauben lasse, dass er mit meiner Freundin schreibt. Aber ich kann mich auch nicht zu erkennen geben. Dann müsste ich ihm zu viel erklären, müsste Fragen beantworten, auf die ich selbst keine Antwort habe. Ich könnte einfach den Laptop herunterfahren und ins Bett gehen … Als ich meine Augen wieder öffne, fällt mein Blick wieder auf den grünen Punkt neben Nikos Namen, und die Schmetterlinge gewinnen.
»Wie geht es dir?«, tippe ich und drücke rasch auf Enter, ehe

die Warnleuchte sich noch mal meldet. Es ist das Einzige, das ich jetzt wissen will – das ich seit Wochen wissen will. Nicht von meiner Schwester, keine Vermutungen, sondern von ihm. Ich sehe, dass er schreibt, und mir wird ganz mulmig vor Aufregung.

»Sie fehlt mir …«

Ich lese die Worte und sehe seine blauen Augen vor mir, wie sie mich voller Gefühl am frühen Morgen angesehen haben, obwohl ich ausgesehen habe wie ein verunglückter Waschbär. Ich spüre seine Hände, die mich nachts gehalten haben, sodass ich mich immer geborgen, aber nie festgehalten gefühlt habe. Und ich höre seinen Herzschlag, kräftig und gleichmäßig und nach manchen Stunden laut und erschöpft klopfend. Die Warnleuchte hat aufgegeben und sich in eine Ecke getrollt, während die Schmetterlinge sich in einen Wirbelsturm verwandelt haben. Es geht ihm wie mir. Ich schlucke und besinne mich, dass ich als Sylvie antworten muss, um nicht aufzufliegen.

»Ich glaube, du fehlst ihr auch …«

Ich erhalte prompt ein errötetes Smiley. »Was macht sie so?«

Ein Lächeln stiehlt sich auf meine Lippen. Immer darauf bedacht, mich nicht als Lexi zu outen, erzähle ich rasch von der neuen Wohnung und von meiner Diplomarbeit. Er ist stolz auf mich, dass ich komplett neu angefangen habe. Ich glaube, es tut ihm gut, zu hören, dass ich ihn nicht verlassen habe, um in mein altes Leben zurückzugehen, sondern dass ich mir gerade wirklich etwas Neues erschaffe. Im Gegenzug berichtet er mir von den vielen Bandproben, die er mit den Jungs gerade hat, und dass die Arbeit in der Küche nicht mehr dasselbe ist ohne mich. Daraufhin unterbreite ich Niko, dass ich jetzt in einer Bar hinter dem Herd arbeite, und er ist begeistert. Sofort erzählt er »Sylvie« von unserem Kochabend, als er mich aus dem Bauch heraus kochen ließ. Er meint, es liegt mir genauso im Blut wie Lilly, nur gehe ich es von einer anderen Seite an.

Und dann plaudert er aus, wie ich nach Rainers Unfall sofort das Kommando übernommen habe, als alle zu geschockt waren, um zu reagieren. Ich werfe ein, wie überfordert ich derzeit noch bin, aber er ist davon überzeugt, dass ich spätestens in zwei Wochen alles bestens im Griff habe und die Küche komplett umstrukturiert ist. Ein warmes Gefühl breitet sich in mir aus. Er glaubt an mich – er hat immer an mich geglaubt. Egal ob es während meines Aufenthalts bei Lilly ums Kochen oder Keksebacken ging, oder ob wir bei der Restaurant-Olympiade – dem Wettbewerb zwischen den Lokalen im Rahmen der Ferienanimation – singen, tanzen oder einen Geschicklichkeitsparcours überwinden mussten. Er hat mir den Namen Lexi gegeben, und mit ihm gemeinsam ist aus Alexandra auch Lexi geworden. Nicht weil er mich verändert hat, sondern weil er aus mir herausgeholt hat, was ohnehin schon in mir drin war. Während ich noch überlege, was ich antworten soll, ohne mich zu verraten, fällt mein Blick auf die Uhr. Es ist kurz vor drei Uhr morgens. Ich will nicht aufhören, mit ihm zu schreiben, aber ich brauche dringend Schlaf. Vorsichtig teile ich Niko mit, dass es schon sehr spät ist und ich morgen arbeiten muss. Er bedankt sich bei mir für das Update betreffend Lexi und wünscht mir eine gute Nacht. Ich tue es ihm gleich, und dann ist der kleine grüne Punkt verschwunden. Traurig starre ich auf seinen Namen. Jetzt, wo ich wieder von ihm gehört habe, fehlt er mir noch mehr. Ich klicke seinen Namen an und gelange auf sein Profil. Er postet nicht besonders viel, doch an einem Bild bleibt mein Blick hängen. Ich kenne es nur zu gut – ich habe das Logo darauf gestaltet. Es ist der Flyer für das After-Season-Fest, auf dem seine Band ihr erstes Konzert gibt. Ein Blick auf meinen Kalender verrät mir, dass das Datum praktisch vor der Tür steht. Und ehe es sich die Warnleuchte in der Ecke versieht, haben die Schmetterlinge und ich eine Entscheidung getroffen.

Kapitel 13

Am nächsten Morgen werde ich von einem lauten Geräusch geweckt. Schläfrig setze ich mich auf und höre nicht stubenreines Fluchen aus dem Badezimmer. Ich linse auf mein Handy. Es ist halb sieben Uhr morgens, und ich habe nicht einmal annähernd genug geschlafen. Trotzdem stehe ich auf und sehe nach, was bei Sylvie los ist. Im Bad bietet sich mir ein Schlachtfeld. Mit dem Kabel des Föhns hat meine Freundin den Seifenspender vom Waschtisch gefegt, den ich erst gestern mit einer Granatapfel-Seife gefüllt habe. Unser Bad ist über und über mit roter Flüssigkeit beschmiert und sieht aus, als hätte man ein Huhn darin geschlachtet. Sylvie steht im Bademantel barfuß in den Scherben und schimpft wie ein Rohrspatz.

»Beweg dich nicht, sonst trittst du dir noch einen Splitter ein«, mahne ich und hole Pantoffeln aus dem Vorzimmer. Vorsichtig helfe ich ihr, das Katastrophengebiet zu verlassen.

»So eine verfluchte Schweinerei! Ausgerechnet heute, wenn ich den ersten Termin um halb acht habe«, ärgert sich Sylvie lautstark. Ich lasse meinen Blick über sie schweifen. Sie ist geschminkt, und ihre Haare sind trocken und in Form.

»Los, zieh dich an und geh frühstücken«, fordere ich sie auf. Sylvie schüttelt den Kopf.

»Ich muss das aufräumen!«, wirft sie ein.

»Lass mal, ich mach das«, erwidere ich mit einem Gähnen.

»Aber du bist ...«

»... ohnehin schon auf, da hast du völlig recht«, unterbreche ich sie.

»Sicher noch todmüde, wollte ich eigentlich sagen«, wirft Sylvie ein.

Ich wiege den Kopf. »Etwas mehr als drei Stunden Schlaf

sind nicht die Welt, aber Putzen macht wenigsten den Kopf etwas frei. Außerdem schulde ich dir etwas!«

Sie sieht mich fragend an. »Du hast die Nachricht gelesen?«, mutmaßt sie. Ich nicke und kann mir ein Lächeln nicht verkneifen. Das ist völlig verrückt, oder? Ich stehe um halb sieben Uhr morgens in meinem Bad, das wie ein Tatort aussieht, habe nach einem arbeitsamen Diplomarbeitstag, einem mörderisch anstrengenden Barabend und einer emotionalen Achterbahnfahrt in der Nacht nur zwei Stunden geschlafen und grinse hier meine Freundin an, als hätte ich Stimmungsaufheller geschluckt.

»Danke!«, flüstere ich ihr dann zu und ziehe sie in eine Umarmung.

Sylvie drückt mich fest an sich. »Und was hast du jetzt vor?«, will sie dann wissen.

Ich atme tief durch. »Ich fahr auf das Konzert«, sage ich fest. Meine Freundin sieht erstaunt auf, doch ich lasse sie nicht zu Wort kommen. »Als ich noch bei Lilly war, habe ich gemerkt, wie sehr ich mich verändert habe, vor allem, nachdem ich mit Niko zusammengekommen bin. Und ich habe mich immer wieder gefragt, wer ich eigentlich wirklich bin – die Alexandra, die ich mit Robert war, oder Nikos Lexi, oder ob ich mich beiden Männern nur angepasst habe. Und jetzt bin ich seit Wochen wieder hier, und ich merke mehr und mehr, dass von Roberts Alexandra nichts mehr in mir übrig ist. Sie ist wie ein Mantel, der mir nie ganz gepasst hat und den ich abgelegt habe. Aber mit Niko war ich zum ersten Mal einfach ich, und mit ihm hab ich auch ein Stück von mir selbst zurückgelassen, das mir wahnsinnig fehlt und das ich nicht verlieren will.« Vorsichtig sehe ich sie an und warte auf tadelnde, warnende Worte, doch sie schweigt.

»Kommst du mit?«, frage ich sie dann. Mit ernstem Blick schüttelt sie den Kopf.

»Wegen Georg?«, vermute nun ich und erhalte nur ein stummes Nicken.

»Sylvie, ich weiß, wie du über Fernbeziehungen und Urlaubsflirts denkst. Aber inzwischen bin ich davon überzeugt, dass Georg nicht nur ein Flirt für dich war. Du hängst immer noch an ihm, obwohl nicht einmal wirklich etwas zwischen euch gelaufen ist. Und bevor du dir eine wirklich großartige Gelegenheit und einen tollen Mann durch die Lappen gehen lässt, würde ich an deiner Stelle noch mal in Ruhe über alles nachdenken. So eine Freundschaftsanfrage bei Facebook scheint mir doch gar nicht so schwer zu sein, oder?«, zwinkere ich ihr zu, ehe ich sie aus dem Bad schiebe und nach Lappen und Eimer greife. Ich habe recht, die Arbeit erdet mich, und mein Kopf organisiert schon die nächsten zwei Wochen durch, bis das After-Season-Fest steigt. Doch diese Pläne müssen sich erst einmal hinten anstellen, denn den restlichen Tag grabe ich mich in meine Diplomarbeit ein und vergesse darüber sogar das Mittagessen. Für meinen Besuch an der Ostsee brauche ich einen Vorsprung, damit ich die Vorgaben meines Dozenten einhalten kann.

Am Abend fahre ich wie gerädert den Laptop herunter und lasse mich auf mein Bett fallen. Ich danke Gott dafür, dass Johnny mich heute nicht braucht, weil angeblich der ruhigste Tag der Woche ist. Einfach einzuschlafen ist sehr verlockend, doch erst möchte ich etwas regeln und greife nach meinem Handy.

»Hey, wie geht's meiner Lieblingsschwester?«, höre ich nach einem Tuten und lächle.

»Als ob du mehr als eine hättest«, ziehe ich Lilly auf. Dann bringe ich sie auf den neuesten Stand, was meine Arbeit und die Diplomarbeit betrifft. Sie freut sich sehr, dass sich alles so gut entwickelt.

»Aber das ist nicht der Grund, aus dem ich anrufe«, gebe ich schließlich zu.

»Sondern?«

»Ich habe mich entschieden, dass ich auf das After-Season-Fest komme«, rücke ich mit der Sprache heraus. Aus meinem Telefon ertönt ein Quieken. Erstaunt schnellen meine Augenbrauen nach oben.

»Lexi kommt her«, erklärt Lilly offenbar dem herangeeilten Paul.

»Wann kommst du an?«, will sie nun von mir wissen. »Und wie lange bleibst du? Ich geb dir unser schönstes Zimmer, ich muss nur schnell sehen, wen ich umquartiere …«

»Lilly, nein!«, unterbreche ich sie rasch, ehe sie sich auf den Weg zum Computer macht, um die Reservierungen zu checken.

»Wann genau und für wie lange ich komme, muss ich hier erst regeln, aber ich möchte bitte nicht in einem der Gästezimmer wohnen. Kann ich wieder mein altes Zimmer haben?«, frage ich schüchtern.

Ich höre ein leises Lachen. »Ja, natürlich! Und auch den alten Zimmernachbarn. Gott, Niko wird ausflippen, wenn ich ihm das erzähle.«

»Kein Wort zu Niko!«, sage ich scharf. Meine Schwester stutzt. »Ich möchte ihn überraschen, und er wird vor dem Konzert schon nervös genug sein«, erkläre ich dann schnell.

»Gut, einverstanden!«

Wir verabreden, dass ich mich in den nächsten Tagen melde, sobald ich mich um alles gekümmert habe, und ich schicke meinem zukünftigen Patenkind in Lillys Bauch noch einen dicken Kuss durchs Telefon. Dann schlafe ich völlig erschöpft ein.

Kapitel 14

Die nächste Woche läuft wie im Hamsterrad für mich. Aufstehen, duschen, an der Diplomarbeit arbeiten, essen, im *Watermelon* arbeiten, schlafen, und dasselbe wieder von vorne. Dann wird es Zeit, um an die Planung meines Trips zu denken.

Zuerst lege ich meinem Betreuer die Fortschritte meiner Diplomarbeit vor, die ihn aufgrund des beträchtlichen Umfangs etwas beeindrucken. Diese gute Miene nutze ich schamlos aus, um unser nächstes Treffen um eine Woche zu verschieben. Ich erzähle ihm von meinem Aufenthalt im *L&P* und erkläre ihm, dass ich noch einige Dinge vor Ort checken muss. Er schmunzelt kurz und meint, dass ich mir ein paar Tage Auszeit bei meiner Schwester sicher verdient habe, aber dass er in drei Wochen einen ebenso umfangreichen Fortschritt meiner Arbeit erwartet. Mit diesem Deal kann ich gut leben. Das Thema liegt mir wirklich, und es fällt mir zum ersten Mal nicht schwer, etwas betriebswirtschaftlich zu betrachten und dabei nicht reflexartig gähnen zu müssen.

Nach der Uni mache ich mich auf den Weg ins *Watermelon* und bin schwer überrascht, Armin am Tresen sitzend vorzufinden. Er ist aus dem Krankenhaus entlassen worden und kann ab der nächsten Woche wieder arbeiten. Ich schlag ihm vor, dass er noch eine Woche zum Erholen dranhängt, aber dafür dann ein paar Tage komplett übernimmt. Nach meiner Rückkehr teilen wir die Schichten dann. Er ist einverstanden, und als wir einschlagen, kommt Johnny um die Ecke, dem wir den Plan auch noch verklickern. Er sieht ernst von Armin zu mir und wieder zurück, und als ich schon fürchte, dass er sich übergangen fühlt und sauer ist, zieht er mich an seine Brust und meint theatralisch: »Schätzchen, ich weiß nicht, wie ich die Küche ohne dich rocken soll, aber wie heißt es so schön: She's like the wind.«

»Johnny, ich komm ja wieder«, nuschle ich in sein Hemd. Er lässt mich los und erinnert mich, dass meine Schicht um sechs beginnt. Das ist mein Chef!

Auch die zweite Woche vergeht wie im Flug, und schließlich stehe ich vor meinem Koffer und weiß nicht, was ich packen soll. Morgen setze ich mich entsetzlich früh ins Auto, damit ich gegen Mittag bei Lilly ankomme und noch ein Nickerchen machen kann, bevor es abends auf die Party mit dem Konzert von Nikos Band *B.U.* geht. Die Nacht wird sicher lang werden, denn Niko wird morgen zwanzig, und ich freue mich schon wie verrückt, dass ich an seinem Geburtstag bei ihm sein kann. Sein Geschenk liegt als einziges Ding bereit in meinem Koffer. Es ist ein Songbook von ABBA mit den entsprechenden Gitarrennoten. Ich denke, dass er die Symbolik dahinter verstehen wird, aber die größte Überraschung werde ich wohl selbst sein. Und vielleicht möchte er die ja auch nach dem Konzert noch auspacken … Also sollte ich hübsche Unterwäsche mitnehmen. Während ich Klamotten in den Koffer werfe, lasse ich die letzten Tage Revue passieren. Es ist gut gelaufen. Der Job in der Bar geht mir immer leichter von der Hand, und die Geschirrberge schocken mich nicht die Bohne mehr. Vor drei Tagen habe ich mich sogar unserer eigenen Küche schüchtern genähert und die Reste vom Braten meiner Mutter aufgewärmt, die diese mir vorbeigebracht hat. Ich grinse in mich hinein. Wenn schon ein kurzer Chat mit Niko mir so viel Elan und Antrieb gegeben hat, wie wird es mir dann erst nach ein paar Tagen mit ihm gehen?

Als ich am nächsten Morgen in der Küche stehe und der Kaffeemaschine einen doppelten Espresso entlocke, damit ich fahrtüchtig werde, höre ich hinter mir die Küchentüre. Überrascht drehe ich mich um und entdecke Sylvie.

»Hast du es dir anders überlegt? Lilly hat sicher noch ein Zimmer für dich«, zwinkere ich ihr zu. Sie schüttelt den Kopf.

»Lexi, ich hab mir geschworen, nichts zu sagen, weil ich dich schließlich gedrängt habe, Nikos Nachricht zu lesen, und somit eigentlich an allem schuld bin, aber … Bist du dir sicher, dass du das noch mal schaffst? Du liebst ihn, und ich habe dich gesehen, als du das letzte Mal zurückgekommen bist. Du warst am Boden zerstört. Bist du dir sicher, dass du ihn noch mal verlassen kannst?« Ich nehme einen großen Schluck aus meiner Tasse.

»An den Abschied denke ich jetzt einfach noch nicht«, gebe ich dann zu. »Ja, das ist vielleicht völlig verrückt, aber vielleicht bleiben wir diesmal in Kontakt und sehen, wie es funktioniert? Hast du noch nie einfach etwas aus dem Bauch heraus gemacht oder entschieden?«

Meine Freundin zögert kurz, und etwas blitzt in ihren Augen auf. Doch sie schweigt.

»Ein kluger Mensch hat einmal gesagt, dass eine Situation dann richtig ist, wenn sie uns glücklich macht. Und seit ich mich entschieden habe, dass ich zu Niko fahre, fühle ich mich wieder ganz«, flüstere ich. Ich denke an den Kampf, den die Warnleuchte in meinem Kopf seit zwei Wochen mit den Schmetterlingen in meinem Bauch ausficht und der alle drei Stunden von jemand anderem gewonnen wird. Natürlich habe ich mir Sylvies Frage auch selbst schon gestellt und finde keine Antwort darauf. Eine Fernbeziehung ist nie einfach. Aber ich habe mich entschieden, trotzdem zu fahren. Ich versuche es ihr zu erklären.

»Weißt du, in unserem Leben gibt es oft Situationen, in denen sich Kopf und Bauch nicht einig sind. Der Kopf ist der vernünftige Part, der logisch denkt und Pläne schmiedet. Der Bauch beschränkt sich nicht auf das, was man sieht und weiß, er fühlt. Er ist der emotionale Teil, der uns Unlogisches tun lässt und dessen Pläne oft keinen Sinn ergeben. Aber hast du in deinem Leben schon einmal einen Menschen getroffen, der dich angestrahlt hat und dir gesagt hat, es geht ihm gut, weil alles vernünftig und logisch läuft? Und wie oft haben Menschen dir von einem Herzen erzählt, das vor Glück überströmt, von Schmetterlingen im Bauch und einem freudig klopfenden Herzen? Wir alle wollen letztlich glücklich werden, und da muss man den Bauch oder das Herz schon mit einbeziehen – denn glücklich ist man nicht mit dem Kopf! Darum muss ich fahren ...«

Sie nickt, und ich habe das Gefühl, dass sie weiß, wovon ich spreche. Dann umarmt sie mich.

»Egal, was danach ist, ich bin für dich da!«, versichert sie mir, ehe ich mich auf den Weg mache.

Kapitel 15

Die Sonne geht auf, als ich bereits auf der Autobahn düse. Der Himmel ist klar, und es scheint ein traumhafter Herbsttag zu werden. Meine ohnehin schon gute Laune steigert sich mit jedem Kilometer, den ich der Pension meiner Schwester näher komme. Die kleine Stadt begrüßt mich in den schönsten Farben, und ich spüre, dass ich mich sofort entspanne und wohlfühle. Der alte Leuchtturm – das Wahrzeichen der Stadt – thront auf seinem Felsen und wird so malerisch von der Sonne beleuchtet, dass es aussieht wie aus einem Reiseprospekt. Die Bäume tragen ihr Blätterkleid in leuchtendem Gelb oder sattem Rot, und alles macht den Eindruck, als würde es sich nach einer erfolgreichen Tourismussaison noch einmal für den grandiosen Abschluss von seiner besten Seite zeigen, ehe der Ort wieder zum Großteil den Einheimischen gehört und man sich eine verdiente Pause gönnt. Ich bedaure, dass ich während meines Aufenthalts nicht alles hier entdecken konnte, und nehme mir vor, diese freien Tage auch dafür zu nutzen. Im *L&P* angekommen, parke ich auf dem Gästeparkplatz statt wie üblich hinter dem Haus bei den Mitarbeitern, damit Niko meinen Wagen nicht doch schon vorzeitig entdeckt. Vorsichtig schleiche ich mich mit meiner Tasche zur Rezeption. Eigentlich sollte die Luft gerade rein sein, denn es ist Mittag, und in der Küche herrscht sicher Hochbetrieb. Inge steht hinter dem Tresen und tippt auf dem Laptop. Sie grüßt freundlich, ehe sie aufsieht und mit einem überraschten Aufschrei zu mir nach vorne stürmt und mich in die Arme schließt.

»Lexi, wie schön, dich zu sehen! Wie geht es dir? Was machst du hier? Weiß Lilly Bescheid, dass du kommst? Und Niko?« Ich stoppe ihren Überfall mit einer abwehrenden Handbewegung.

»Lilly weiß Bescheid, Niko nicht, ich will ihn zum Geburtstag überraschen, also bitte Stillschweigen«, erkläre ich leise. Inge nickt und schiebt mich rasch den Gang entlang zur Wohnung meiner Schwester, die sie mir aufschließt.

»Ich gebe Lilly unauffällig Bescheid, dass du da bist. Sobald die meisten Gäste weg sind, schickt Paul sie ohnehin jeden Tag sofort aus der Küche. Niko wird nichts merken«, zwinkert sie mir zu.

Während ich warte, krame ich in meiner Handtasche nach meinem Handy und gebe Sylvie Bescheid, dass ich gut angekommen bin. Doch schon bald höre ich einen Schlüssel im Schloss, und Sekunden später fällt mir meine Zwillingsschwester um den Hals. Ich drücke sie ausgiebig, bevor ich sie ein Stück von mir schiebe und ihren wachsenden Bauch bestaune.

»Hey, da ist aber jemand schon groß geworden«, raune ich der kleinen Babykugel zu. Lilly streichelt glücklich über die Wölbung unter ihrer Schürze.

»Ja, es wächst und gedeiht. Alles in bester Ordnung, sagt mein Arzt«, meint sie dann fröhlich.

»Und ihr wisst immer noch nicht, was es wird?«, hake ich nach.

Sie schüttelt den Kopf. »Nein, wir lassen uns überraschen. Mama ist bald am Rande des Wahnsinns, weil sie nicht weiß, ob sie Blau oder Rosa kaufen soll.« Lilly gluckst vergnügt, und ich grinse.

»Und das ist natürlich noch das Sahnehäubchen auf dem Eisbecher für dich.«

»Ja«, gibt sie zu. »Und die Kirsche auf der Sahne bist du. Ich freu mich so, dass du da bist. Niko bleibt, bis der Speisesaal geschlossen wird. Das Aufräumen übernehmen heute die anderen, weil er noch mit der Band aufbauen muss und die Generalprobe um vier ansteht.« Ich sehe sie fragend an.

»Nein, er ahnt von nichts«, beruhigt sie mich. »Inge war sehr diskret, als sie mir Bescheid gegeben hat, und Paul verbannt mich schon seit drei Wochen nach dem Hauptgeschäft aus der Küche, also war es nicht auffällig, dass ich abgehauen bin.«

Ich grinse, als ich ihre genervte Miene sehe. »Er sorgt sich um dich«, versuche ich zu beschwichtigen.

»Er bringt mich mit seiner Fürsorge bald in die Klapsmühle«, stöhnt sie auf und zieht mich zu ihrem Sofa. Ausgiebig bringen wir einander auf den neuesten Stand, und ich erfahre alles an Klatsch, das ich verpasst habe. Ich bin nun schon länger weg, als ich hier war, und trotzdem fühlt es sich an, als wäre ich nach Hause gekommen.

Um halb vier wage ich mich ins Mitarbeiterquartier, nachdem Paul mir Bescheid gegeben hat, dass Niko weg ist. Lilly hat sich inzwischen etwas hingelegt, um fit zu sein, da sie am Abend auch auf das Konzert mitkommen will. Ich schließe mein altes Zimmer auf und muss lächeln. Es ist, als wäre ich nur mal schnell für zwei Tage weg gewesen. Das Bett ist mit einer karierten Bettwäsche bezogen, und neben dem Kopfpolster sitzt der Teddy, den ich eigentlich für das Baby hiergelassen habe. Im Bad liegen frische Handtücher, und sogar Duschgel und Shampoo meiner Lieblingsmarke sind vorhanden. Habe ich schon erwähnt, dass ich meine Schwester liebe? Rasch schlüpfe ich in leichte Sachen und mache mich auf den Weg zum Strand. Die Ostsee begrüßt mich mit einem leisen Plätschern wie einen alten Freund. Ich vertrete mir etwas die Beine und lande nach einigen Umwegen bei dem Bootssteg, auf dem Niko und ich bei unserem ersten Date saßen und auch beim Picknick, als er mich gebeten hat zu bleiben. Das dazugehörige Haus sieht immer noch aus, als läge es im Dornröschenschlaf. Ich setze mich, baumle mit den Füßen über dem Wasser, sehe aufs Meer hinaus und lasse meine Gedanken einige Wochen zurückgleiten. Ich atme die Seeluft tief ein – so oft, bis ich mir sicher bin, dass nicht ein Kubikmilliliter Stadtluft mehr in meiner Lunge verblieben ist. Und mir wird klar: Das, was ich mir in den letzten beiden Monaten aufgebaut habe, fühlt sich richtig an. Ich habe mich den Herausforderungen gestellt, werde mein Studium beenden, habe mir ein Heim geschaffen, Freunde um mich und einen Job, der Spaß macht. Aber wenn ich hier nicht zur Ruhe gekommen wäre und mich selbst gefunden hätte, dann könnte ich mein jetziges Leben nicht führen. Und der Grund, warum in letzter Zeit über allem ein leichter Schleier lag und ich mich unvollständig gefühlt habe, war, dass ich die Lexi von hier ausgeschlossen und verdrängt habe. Langsam wandere ich wieder zurück und stehe schließlich vor dem Strandkorb am Strandabschnitt des *L&P*, der sich etwas abseits von den anderen befindet – Nikos und meinem Strandkorb. Hier trifft mich die Erinnerung an ihn mit voller Wucht. Ich ziehe die Knie an und kuschle mich in das Polster, während die Sehnsucht unermesslich groß wird. Fast spüre ich seine Anwesenheit hier noch und kann es nicht erwarten, ihn heute Abend zu sehen.

Als die Schatten länger werden, gehe ich in mein Zimmer und mache mich für die Party fertig. Mir wird klar, dass ich zu Hause schon ewig nicht mehr unterwegs war. Entweder arbeite ich abends im *Watermelon*, oder ich schreibe an meiner Diplomarbeit. Aber heute gebe ich mir mit Make-up und Haaren besonders viel Mühe und schlüpfe in Spitzenwäsche. Darüber wähle ich zur Party passend ein hübsches rotes Shirt, eine schwarze Strickjacke, Jeans, die meinen Hintern gut zur Geltung bringen, und schwarze Chucks. Nachdem ich Lilly und Paul abgeholt habe, machen wir uns gemeinsam auf den Weg zum Konzert.

Als wir das Zelt betreten, das auf einem besonders breiten Strandabschnitt im Zentrum aufgebaut wurde, klopft mir das Herz bis zum Hals. Wir treffen auf Lillys Mitarbeiter Rainer, Inge, Susi, Gabi und Gerd, die mich alle herzen und drücken. Gemeinsam bahnen wir uns einen Weg zur Bühne, als ich eine

Hand auf meinem Arm spüre. Kurz befürchte ich, dass Niko mich schon entdeckt hat, doch es ist Georg. Beinahe hätte ich ihn nicht erkannt. Sein früher stets glatt rasiertes Gesicht ist nun einem Dreitagebart gewichen, und sein Körperbau zeigt, dass er mehr trainiert als zuvor.

»Lexi, das ist ja eine Überraschung«, ruft er und nimmt mich ebenfalls freundschaftlich in den Arm. »Lilly hat gar nicht erwähnt, dass du kommst.«

Ich nicke. »Ich wollte alle überraschen«, meine ich der Einfachheit halber.

Georg sieht sich fragend um. »Ist …«

Ich schüttle den Kopf. »Nein, Sylvie ist nicht hier«, erahne ich seine Frage.

»Oh …« Man sieht ihm die Enttäuschung an, obwohl er versucht, sie zu überspielen. »Wieso sollte sie auch«, fügt er dann hinzu. »Ich muss noch hinter die Bühne. Amüsiere dich gut, wir sehen uns später. Du bleibst doch ein paar Tage, oder?« Ich nicke und hebe grüßend die Hand. Ich habe die anderen verloren, doch eigentlich ist es mir egal, so kann ich mich besser auf die Band konzentrieren. Ich stelle mich nicht direkt vor die Bühne, damit Niko mich nicht gleich entdeckt. Das Zelt füllt sich, und ich freue mich für Georg, dass das Event so gut bei den Gästen und den Einheimischen ankommt, und auch für die Band *B.U.*, dass ihr erstes Konzert vor einer sozusagen gefüllten Halle stattfindet. Dann ist es so weit, das Licht wird gedimmt, und Georg betritt die Bühne. Er heißt uns alle herzlich willkommen und verliert noch ein paar Worte über die nun abgeschlossene Saison, ehe er den Haupt-Act ankündigt. Danach wird es dunkel. Nach einigen Sekunden ist eine Gitarre zu hören, und ich erkenne den Song sofort als *Where the streets have no name* von U2. So oft hat Niko mir etwas von dieser Band vorgespielt, und es ist die perfekte Wahl, damit zu starten. Langsam erscheint ein einzelner Spot, der sich auf die

Bühne richtet. In seinem immer heller werdenden Licht steht Niko mit seiner Lady um die Schultern und ist voll auf die Musik konzentriert, spielt mit geschlossenen Augen und so viel Gefühl, dass ich augenblicklich eine Gänsehaut bekomme. Das Intro nähert sich seinem Höhepunkt, und in meinen Augen sammeln sich Tränen. Das ist er – mein Niko, so wie ich ihn kennengelernt habe, so wie ich mit ihm zusammen war und so wie ich ihn in den letzten Wochen unsagbar vermisst habe. Und jetzt ist er praktisch zum Greifen nahe, und seine Anwesenheit bringt alle gut verborgenen und verdrängten Gefühle mit einem Gitarrengriff wieder hoch, und sie kochen über. Tränen laufen mir über die Wangen, und ich bin zum einen froh, dass ich jetzt nicht bei Lillys Team stehe und niemandem erklären muss, wieso ich total aufgelöst bin, und zum anderen, dass ich mich für wasserfeste Wimperntusche entschieden habe. Als die anderen drei in den Song mit einsteigen, wird die gesamte Band beleuchtet. Jojo am Bass, Ben auf dem Keyboard und Chris hinter dem Schlagzeug gehen gemeinsam mit Niko so richtig ab. Die vier sind durch die regelmäßigen Proben noch besser geworden und verstehen sich blind. Ich schließe kurz die Augen. Nein, da ist keine Verzögerung mehr und keine Unstimmigkeit. *B.U.* haben geübt – jeder für sich und alle gemeinsam – und sind zu einer Einheit geworden. Stolz schwillt in meiner Brust an. Man sieht ihnen an, dass sie Spaß haben. Es folgen weitere Songs, und wie schon bei den Proben, bei denen ich dabei sein durfte, gibt es keinen fixen Bandleader, sondern bei jedem Song übernimmt ein anderer den Gesang. Außerdem bleiben sie ihrer Linie treu, dass sie keine Linie haben und alles querbeet spielen. Doch mir gefallen besonders die vielen Klassiker. *Wouldn't it be nice* von den Beach Boys bringt mit Chris' Stimme das Strandfeeling zurück, und mit Bon Jovis *Livin' on a prayer* heizen die Jungs mit Ben am Mikrofon der Menge mächtig ein. Überraschend bleiben sie der

Band auch beim nächsten Song treu, jedoch lässt *Always* die Feuerzeuge und Handykameras leuchten. Darauf folgt *Keep on loving you* von REO Speedwagon, das wieder etwas mehr Schwung mit sich bringt. In eine völlig andere Richtung gehen die vier mit *You shook me all night long* von AC/DC, womit sie mich sehr überraschen. Doch sie beweisen, dass sie sich auch in dieser Musikrichtung gut auskennen. Es folgt *Dancing in the dark* von Bruce Springsteen. Und schließlich treibt mir *I will be right here waiting for you* von Richard Marx erneut die Tränen in die Augen, weil es Nikos letzte Worte an mich waren. Ganz besonders freue ich mich über *Don't stop believin'* von Journey, das Jojo ausdrucksvoll zum Besten gibt. Ich singe aus vollem Hals mit und bin nicht die Einzige.

Schließlich bedankt sich Chris beim Publikum für die Wahnsinnsstimmung, und Ben verabschiedet sich im Namen der Band. Doch auch als die Jungs die Bühne verlassen, ebbt der Applaus nicht ab, und das Publikum schreit laut: »Zugabe, Zugabe!«

Kurz darauf kehren die vier winkend wieder zurück, und Niko schnappt sich das Mikrofon. Augenblicklich wird es leiser.

»Leute, ihr habt keine Ahnung, wie toll es für uns ist, dass ihr so viel Spaß bei unserem Konzert habt«, hallt seine Stimme rau durch das Zelt und geht mir unter die Haut. »Dabei wäre dieser Auftritt noch vor einem halben Jahr nicht möglich gewesen.« Nun hat er auch die Aufmerksamkeit des letzten Zuhörers. »Die Band hatte sich aufgrund verschiedener persönlicher Probleme getrennt und die Musikinstrumente an den Nagel gehängt. Dass wir heute hier vor euch stehen, ist einem besonderen Menschen zu verdanken.« Ich schnappe mit brennenden Augen nach Luft. »Diese Frau hat Probleme gelöst, uns wieder vereint, diesen Gig verschafft und unser Logo entworfen. Sie kann heute leider nicht hier sein, aber als großes Dankeschön an sie möchten wir euch mit dem folgenden Song Gute Nacht sagen.«

Ich halte den Atem an und habe keinen Zweifel, was nun folgen wird. Trotzdem laufen mir erneut die Tränen über die Wange, als ich die ersten Takte von *With or without you* von U2 höre. Und während Niko auf der Bühne steht und mit der Band spielt, schließe ich die Augen und sehe ihn auf seinem Bett im *L&P* sitzen und verträumt auf der Lady diesen Song spielen. Und ich höre ihn während des Stromausfalls aufgrund des Gewitters diese Melodie summen, bis ich eingeschlafen bin.

Als das Lied vorüber ist, tobt das Zelt. Doch mich hält nun nichts mehr hier. Ich will zu Niko! Rasch dränge und schlängle ich mich zum Vorhang, der den Künstlerbereich der Bühne vom Publikum trennt. Zwei muskelbepackte, breitschultrige Männer in Schwarz stehen dort in Shirts, auf denen »Security« prangt. Ich setze mein gewinnendstes Lächeln auf und bleibe vor einem der Sicherheitsmänner stehen. Ich habe oft genug Events organisiert, um mich von seiner Erscheinung nicht beeindrucken oder gar einschüchtern zu lassen.

»Hi, ich möchte gerne zur Band«, beginne ich selbstbewusst. »Ich bin …«

Doch er hebt die Hand, um mich zu stoppen. »Lass mich raten. Du bist eine Freundin der Jungs? Das hat mein Kumpel hier auch gerade zu hören bekommen«, unterbricht er mich und deutet auf den Gorilla auf der anderen Seite. »Aber wir haben Anweisung, aufgrund der teuren Technik keine Leute hinter die Bühne zu lassen.«

Ich folge seinem Blick. »Nein, Sie verstehen mich falsch. Ich bin …« Doch dann sehe ich, wer bei seinem Kollegen steht und mit lauter Stimme und aufgeregten Gesten erklärt, dass sie mit einem der Bandmitglieder zusammen ist. Es ist Conny, Nikos Ex-Freundin. Zumindest dachte ich bis eben, dass sie seine Ex ist. Aber sie erklärt so inbrünstig, dass der Mann, den sie liebt, gerade sein erstes Konzert gegeben hat und sie einfach zu ihm muss, dass ich überrascht nach Luft schnappe. Ist es nur ein Vorwand, damit sie den Jungs zum Auftritt gratulieren kann? Oder ist tatsächlich was dran, und sie und Niko ... aber das ist doch verrückt, oder ...?

Der Sicherheitsmann gibt schließlich nach und lässt Conny hinter die Bühne. Als er den Vorhang öffnet, stürmt sie jedoch sofort auf Jojo zu, der sie in die Arme schließt. In diesem Moment komme ich mir unsagbar dumm vor. Wie konnte ich nur auf solch idiotische Gedanken kommen? Ein wenig Vertrauen in Niko wäre schon gut, oder? Doch ehe ich mich wieder dem Schrank von Mann zuwenden kann, der sich immer noch vor mir aufbaut, entdecke ich, dass Jojo nicht das einzige Bandmitglied ist, das hinter der Bühne Damenbesuch hat. Niko unterhält sich angeregt mit einer blonden Frau. Sein Blick ist so liebevoll, dass ich augenblicklich zur Salzsäule erstarre und kaum atmen kann.

Der Sicherheitsmann vor mir wird langsam unruhig. »Ähm, also ich habe schon bessere Ausreden gehört, aber wollen Sie jetzt nach hinten oder nicht?«

Ich registriere ihn nur am Rande. Mein Blick ist fest auf die junge Frau geheftet. Doch noch ehe mein Gehirn harmlose Gründe finden kann, wieso das zierliche Wesen bei Niko steht, strahlt dieser sie übers ganze Gesicht an, umarmt sie innig und wirbelt sie herum. Ich bin unfähig zu atmen, und wenn ich mich jetzt bewege, zerspringe ich wahrscheinlich in tausend Stücke. Es ist, als würde ich fallen und gleichzeitig wissen, dass ich niemals auf dem Boden aufschlagen werde und nirgends mehr Halt finde. Wie im Traum spüre ich eine Berührung an meiner Schulter und löse nun doch meinen Blick von dem glücklichen Paar.

»Ist alles in Ordnung?«, will der Security von mir wissen.

Ich sehe ihn an, als würde ich einen Geist vor mir haben, doch dann murmle ich: »Ja, natürlich!« und lasse ihn stehen. Rasch bahne ich mir einen Weg durch die Menschenmenge ins Freie. Erst als ich die kühle Nachtluft auf meinem Gesicht spüre und den Sand unter meinen Schuhen fühle, atme ich auf. Meine Füße bewegen sich ganz automatisch, ich laufe und stolpere am dunklen Meer entlang, und ich bleibe erst stehen, als ich das *L&P* vom Strand aus sehe. Hier irgendwo muss auch der Strandkorb stehen – unser Strandkorb. Kraftlos sinke ich zu Boden, und meine Tränen tropfen ungehindert in den Sand. Mein Kopf ist voll mit sich wild drehenden Gedanken. Ich fühle mich unsagbar dumm! Ich habe Nikos Worte für voll genommen, seine Worte »Ich werde warten!«, und geglaubt, er würde außer sich vor Freude sein, wenn er mich sieht. Ich habe zwischen all den Uniterminen und den Schichten im *Watermelon* ein paar Tage mühsam freigeräumt, bin stundenlang gefahren und habe mir das Wiedersehen in den schönsten Farben ausgemalt. Habe ich tatsächlich angenommen, dass er warten würde, bis mein Leben wieder in geordneten Bahnen läuft? Wie naiv von mir ... Ich hätte einfach die Kraft haben müssen, mich in den letzten Wochen bei ihm zu melden. Dann wäre ich jetzt nicht in die Situation gekommen, wie bei Robert mitanzusehen, wie der Mann, den ich liebe, mit einer anderen auf Tuchfühlung geht. In diesem Moment wird mir etwas klar. Oh Gott! Er wird die Blondine mit nach Hause nehmen. Mit ins *L&P*. Ins Zimmer neben meinem! Ich habe weder Lust, den beiden die ganze Nacht durch die Wand zuhören zu müssen, noch auf eine unangenehme Begegnung im Flur, bei der Niko irgendetwas erklären will. Schnell rapple ich mich hoch und mache mich auf den Weg in die Pension.

Als mein Koffer gepackt ist, setze ich den Teddy vor Lillys Tür. »Musste weg, erkläre es dir ein anderes Mal! Niko darf nicht erfahren, dass ich da war. Sorg dafür, dass die anderen auch den Mund halten. Danke und Kuss, Lexi«, steht auf dem kleinen Zettel, den ich ihm zwischen die Pfoten gesteckt habe. Ich starte meinen Wagen, doch mein Weg führt mich nicht auf die Autobahn. Auf der Gabelung Richtung Stadtzentrum wähle ich die kurvenreiche Straße die Anhöhe hinauf, auf der die kleine Kapelle steht, die mir Niko im Sommer gezeigt hat. Dort parke ich, bleibe jedoch im Auto. Von hier oben sehe ich die Lichter der Kleinstadt, die beleuchteten Straßen, die sich wie Schlangen durch die Landschaft ziehen, und den Leuchtturm, der mir mit seinem Licht ein Gefühl von Stabilität und Sicherheit vermittelt. Und ich sehe die Ostsee, die ewige Konstante hier an der Küste. Egal ob Freud oder Leid, ob Lachen oder Tränen, ob Schmerz oder Glück – sie hat alles schon miterlebt und zeigt uns mit ihren steten Wellen und der scheinbaren Unendlichkeit des Wassers, welch kleine Sandkörner wir eigentlich sind. Die Enttäuschung über die letzten Stunden liegt bleiern auf mir. Auch die Wunde, die Roberts Betrug und Christines Verrat hinterlassen haben und die ich schon als Narbe ad acta gelegt hatte, schmerzt nun wieder. Doch schlimmer ist die Erkenntnis, dass ich Niko verloren habe. Ich denke an sein Strahlen, als er diese Blondine an sich gedrückt hat, und der Schmerz bricht so plötzlich, ungebremst und heftig über mich herein, dass ich kaum Luft bekomme. Als wäre in mir nichts anderes mehr übrig und es gäbe in meiner Brust vor lauter Schmerz kein Platz mehr für Sauerstoff. Ich liebe ihn. Klar wusste ich das auch schon die letzten Wochen und Monate, aber da war es mehr eine Erinnerung. Heute ist dieses mächtige Gefühl mit aller Kraft über mich hereingebrochen und war zu heftig, als dass ich es fassen hätte können. Bei Niko ist es viel stärker und reiner, als ich es je zuvor gespürt habe. Doch seine Liebe gilt dieser blonden Frau, das war eindeutig zu sehen. Ich komme zu spät … Heiße Tränen laufen über meine Wangen, und ich schlinge die Arme um meinen Körper, als könnte ich die zerbrochenen Teile von mir so zusammenhalten.

Irgendwann muss ich eingeschlafen sein, denn plötzlich ist es hell um mich herum. Meine Muskeln beschweren sich über die ungewohnte Schlafhaltung, und ich steige aus dem Auto, um mich zu strecken und meinen Körper aufzuwecken. Vorsichtig fühle ich in mich hinein. Doch da ist nichts. Wo gestern noch der unbeschreibliche pochende Schmerz war, ist jetzt Leere. Als hätte sich mein geschundenes Herz in eine Kiste zurückgezogen, die alle Enttäuschungen und Verletzungen sorgfältig einschließt. Nur die Wut, die gestern gar keinen Platz zum Ausbrechen hatte, ist noch übrig. Ich bin sauer auf Niko, dass er mir etwas versprochen hat, was er nicht gehalten hat, und dass er mich ins offene Messer hat laufen lassen. Sein Chat neulich bei Facebook klang so, als wären seine Gefühle für mich immer noch vorhanden. Und kaum gebe ich einmal meinem Bauchgefühl nach – bumm, turtelt er mit Blondie vor meinen Augen. Warum hat er sich denn dann überhaupt bei Sylvie gemeldet? Um zu sehen, ob die Herdplatte Lexi noch warm ist? Und seine Worte vor der Zugabe? Was sollte das denn?

Aber ich bin auch auf mich selbst sauer, weil ich nicht aus meinem Fehler mit Robert gelernt und Niko vertraut habe. Kennt ihr das Sprichwort: »Wenn du jemandem vertraust, schenkst du ihm ein Schwert, mit dem er dich entweder beschützen oder verletzen kann«? Was soll ich sagen? Ich hatte in diesem Jahr zwei dieser Schwerter im Rücken, und nun hab ich eines im Herzen stecken. In meinem Fall ist die Waffenkammer ab sofort geschlossen. Da wird nichts mehr verschenkt! Aber ich bin ja selbst schuld! Wer glaubt denn auch noch daran, dass sich in der heutigen Zeit jemand mit Schwertkampf auskennt? Das einzig Gute ist, dass ich mich diesmal nicht so bodenlos blamiert habe. Niko hat keine Ahnung, dass ich da war, und Lilly wird dafür sorgen, dass es so bleibt. Ich werde jetzt nach Hause fahren, zu meinen Freunden, wo ich einen Job habe, einen coolen Chef, ein schönes Heim und mit meiner Diplomarbeit eine Aufgabe, die es zu erledigen gilt. Mein Leben ist noch intakt, nicht in Scherben wie beim letzten Mal. Mit diesem Gedanken setze ich mich wieder hinters Steuer und mache mich auf den Weg.

Kapitel 16

Als ich in unserer Wohnung ankomme, ist es Abend, und ich gehe schnurstracks in mein Zimmer und räume meine Sachen aus. Als Letztes nehme ich mein Geschenk für Niko aus dem Koffer. Ich sehe das Songbook lange an, ehe ich es im hintersten Winkel meines Kleiderschranks verstaue. Ein wenig fühle ich mich wie in Watte, doch das ist die Nebenwirkung dieser Gefühlskiste. Schon in Ordnung so. Dann werfe ich einen Blick auf mein Handy, bei dem der Akku aufgrund der vielen Anrufe meiner Schwester bald aufgeben wird. Ich schließe das Ladekabel an und rufe Lilly zurück.

»Sag mal, was war denn los? Erst haben wir dich im Zelt verloren, zu Hause finde ich nur dieses Gekritzel, und dann erreiche ich dich ewig nicht!«, höre ich die alarmierte Stimme meiner Zwillingsschwester ohne ein Grußwort. Dumpf höre ich Paul im Hintergrund.

»Doch, ich rege mich auf, wenn meine Schwester einfach verschwindet! Damit muss das Baby leben«, keift sie ihn an.

»Lilly, es tut mir leid!«, sage ich nur. Ich schließe kurz die Augen und denke an Pauls Sorge. Er kennt Lilly sehr gut und weiß, wie quirlig sie nun mal ist. Wenn er sich Sorgen macht, dass sie sich zu sehr aufregt oder zu viel zumutet, hat er meistens recht. Außerdem hatte sie schon einmal einen Schwächeanfall, weil ihr alles zu viel wurde. Also fasse ich einen Entschluss.

»Ich habe einen Termin in der Uni übersehen«, lüge ich sie an. »Die Termine mit meinem Betreuer habe ich zwar verschoben, aber da ist morgen noch ein Vorlesungstermin, an dem ich teilnehmen muss. Und ich darf mir nichts mehr zuschulden kommen lassen, also bin ich Hals über Kopf nach Hause gefahren. Entschuldige, dass ich keine vernünftige Nachricht hinterlassen habe und nicht erreichbar war.« Zumindest das Ende entspricht der Wahrheit, aber es war eine Notlüge.

»Und warum darf Niko nichts erfahren?«, forscht meine Schwester nach.

»Wir hatten keine Möglichkeit mehr, uns zu sehen, und er wäre sicher sehr enttäuscht, wenn er wüsste, dass ich da war und ohne ein kurzes Treffen wieder gefahren bin.« Ich schwindle ihr da das Blaue vom Himmel herunter und bete, dass sie es mir abkauft.

»Ok, verstehe. Keine Sorge, die anderen wissen Bescheid«, meint sie, und ich atme innerlich auf.

»Ich muss noch etwas vorbereiten für morgen, ich melde mich in den nächsten Tagen wieder bei dir, in Ordnung?«, erwidere ich gespielt fröhlich. Wir verabschieden uns, und ich bin zum ersten Mal seit sehr langer Zeit froh, dass ich nicht länger mit Lilly reden muss.

In der Küche tische ich wenig später meinen Mitbewohnern die gleiche Story auf. Michael meint nur, dass ihm das leidtut für mich, und macht sich dann auf den Weg, um sich noch mit einigen Kumpels zu treffen. Nur Sylvie erdolcht mich mit ihrem Blick. Als die Tür hinter Michael ins Schloss gefallen ist, verschränkt sie ihre Arme vor der Brust und sieht mich auffordernd an.

»So, und nun erzählst du deiner besten Freundin bitte die Wahrheit!«, fordert sie mich auf.

»Aber ... ich ... das ist die Wahrheit«, protestiere ich, doch Sylvie wischt meine Worte vom Tisch.

»Papperlapapp, du hast schon seit Jahren keine Vorlesungen mehr. Und bei deinem Betreuer warst du erst vorige Woche, und er war zufrieden. Also schieb hier nicht die Uni vor, sondern sag mir, was wirklich los war!« Ihre Stimme lässt keine Widerrede zu, doch ich bin noch nicht so weit, um über den gestrigen Abend zu reden. Außerdem geht mir ihre bestimmende Art gerade gegen den Strich.

»Ich habe ihn gesehen und gemerkt, dass es besser ist, wieder nach Hause zu fahren.« Ich sehe sie herausfordernd an. Sie will etwas erwidern, doch ich schneide ihr das Wort ab. »Übrigens habe ich Georg getroffen und soll liebe Grüße bestellen.« Es ist unfair, den Finger in ihre Wunde zu legen, doch ich fühle mich in die Ecke gedrängt.

Sylvie sieht mich nur mit zusammengekniffenen Augen an und nickt. Wortlos lässt sie mich in der Küche stehen und knallt ihre Zimmertüre hinter sich zu. Ich lasse den Kopf in den Nacken fallen und stöhne auf. Kaffee! Ich brauche Koffein, und zwar eine Volldröhnung. Doch auch nach einem dreifachen Espresso geht es mir nicht wirklich besser. Kurz bin ich versucht, Johnny im *Watermelon* zu besuchen, doch dann beschließe ich, die freie Zeit besser in meine Diplomarbeit zu stecken.

In den nächsten Tagen lebe ich hinter dem Laptop. Das Schreiben fällt mir schwerer als vor dem Besuch bei meiner Schwester, weil ich bei jedem Wort über das *L&P* automatisch an Niko denken muss. Doch die Kiste, die meine Gefühle fest eingeschlossen hat, machte ihren Job gut. Zwar fühle ich mich ein wenig wie in einer Seifenblase, aber das ist besser als der Schmerz und die Demütigung, die ich zuvor empfunden habe. Michael lässt mich in Ruhe und verhält sich die Woche über sehr ruhig, während Sylvie erst am Donnerstag wieder mit mir spricht.

»Ein paar Mädels aus dem Büro und ich machen heute die Clubs unsicher. Lust, mitzukommen?«, fragt sie mich, doch ich erkenne noch eine gewisse Kühle in ihrer Stimme. »Du hast doch heute noch frei und siehst aus, als könntest du mal ein wenig Spaß und Abwechslung gebrauchen …«

Ich schüttle den Kopf. »Danke, dass du fragst«, meine ich

versöhnlich. »Aber ich werde mir heute ein langes Bad, eine große Pizza und einen guten Film gönnen.«

Sylvie sieht mich fragend an. »Aber du versprichst, dass ich dich nicht wieder hinter dem Computer finde, wenn ich nach Hause komme?«

Ich gluckse. »Nach einer Clubrunde mit den Mädels kannst du froh sein, wenn du die Toilette findest.« Ich zwinkere ihr zu, und sie stimmt in mein Lachen ein.

Froh, dass mit Sylvie wieder alles in Ordnung ist, lasse ich mir wenig später ein Bad ein. Seufzend sinke ich in den nach Mango duftenden Schaum und greife nach meinem Handy. Gestern Abend habe ich mir das neue Album eines deutschen Sängers heruntergeladen, das mich garantiert nicht an *B.U.* erinnert, und lehne mich entspannt zurück. Als eine Stunde später der Pizzaservice klingelt, bin ich bereits auf die Couch gewechselt und pausiere den Krimi, den ich aus Michaels DVD-Sammlung herausgesucht habe, und schlurfe in meinem kuscheligen Hausanzug und den Flauschsocken zur Tür. Der Bote sieht mich überrascht und abschätzig an, aber hey, wer bin ich denn, dass ich Männer beeindrucken muss? Sein Trinkgeld fällt geringer aus, als ich es geplant habe, und ich schlage ihm die Tür vor der Nase zu, ehe ich es mir wieder im Wohnzimmer bequem mache. Kurz darauf höre ich einen Schlüssel im Schloss. Für Sylvie ist es noch zu früh, also muss es Michael sein. Er hat heute Morgen etwas von einem wichtigen Meeting gefaselt, ehe er verschwunden ist.

»Micha, ich habe Pizza hier. Sie ist noch heiß!«, rufe ich auf den Flur hinaus.

»Und ich habe Wein mitgebracht. Auch ein Glas?«, kommt prompt die Antwort.

»Mpf«, mache ich laut, da ich gerade ein großes Stück abgebissen habe. Er kommt ins Wohnzimmer, stellt eine Flasche Rotwein und zwei Gläser auf den Tisch, ehe er sein Sakko und die Krawatte achtlos über die Lehne wirft, den obersten Knopf seines hellblauen Hemdes öffnet und die Ärmel hochschlägt.

»Mir ist gerade auf der Treppe ein mürrischer Pizzalieferant entgegengekommen.« Er angelt nach einem großen Stück. »Ist der bei dir so unter die Räder gekommen?«

»Wer mich so idiotisch von oben bis unten mustert, nur weil ich im Schlabberlook die Türe öffne, hat nichts Besseres verdient«, gebe ich zurück. »Ich weiß ja nicht, in welch aufreizendem Outfit andere Frauen den Lieferdienst erwarten, aber für einen Couchabend werfe ich mich normalerweise nicht in Schale.«

Michael lacht sarkastisch auf. Danach essen wir schweigend weiter, während der Film nebenherläuft. Als Michael sein Glas zum wiederholten Mal nachfüllt, sehe ich ihn fragend von der Seite an.

»Kann es sein, dass dein Meeting heute nicht besonders gut gelaufen ist?«, frage ich vorsichtig. Er greift nach dem Wein, lehnt sich zurück und nimmt einen großen Schluck.

»Ich hatte heute kein Meeting«, gibt er dann zu, den Blick auf das Glas geheftet. »Sondern einen Termin mit Christine und unseren Anwälten wegen der Scheidung.«

»Scheiße«, entfährt es mir. »Aber was ist mit dem Trennungsjahr?«

»Ihr Anwalt versucht ein paar Monate herauszuschlagen, indem wir angeben, dass die Trennung bereits vor ihrem Auszug stattgefunden hat. Zumindest was den sexuellen Teil unserer Ehe betrifft, kann ich das mit reinem Gewissen unterschreiben, denn so im Nachhinein betrachtet, haben wir schon seit dem Frühjahr nur mehr nebeneinanderher gelebt. Also falls du dich fragst, wann das mit den beiden begonnen hat, tippe ich auf diesen Zeitpunkt.« Er lacht sarkastisch auf.

»Tja, dann war Christine auf jeden Fall loyaler als Robert, denn der hat absolut keine Gelegenheit auf Sex mit mir ausgelassen. Das letzte Mal haben wir am Abend, bevor ich hinter ihre Affäre gekommen bin, miteinander geschlafen, und ich musste ihn nicht dazu überreden.« Ich lasse mir Michaels Beobachtung durch den Kopf gehen. »Weißt du, was ich denke? Robert hatte nie vor, diese Dreiecksbeziehung zu beenden. Er wollte mich behalten und Christine als Abenteuer nebenherlaufen lassen. Jeder brav mit dem eigenen Partner und zwischendurch die beiden miteinander. Aber sie hätte nicht mitgespielt. Sie wollte mehr als seine Affäre sein, sonst hätte sie eure Ehe nicht so auf Eis gelegt. Und jetzt hat sie das erreicht, denn Robert ist aus der Sache nicht mehr rausgekommen, nachdem wir beide gegangen sind. Und er braucht eine Frau an seiner Seite, schon allein aus Prestigegründen und weil er nie lernen wird, seine beschissenen Hemden selbst zu bügeln. Und der Einfachheit halber ist diese Frau jetzt eben Christine.« Michael nickt.

»Klingt einleuchtend«, stimmt er mir zu. »Aber für mich ändert das nichts an der Tatsache, dass meine Frau heute auf jeglichen Anspruch verzichtet hat und alles unterschrieben hätte, nur damit sie so schnell wie möglich von mir geschieden wird.« Erneut greift er nach der Weinflasche.

»Micha, das tut mir leid …« Doch er winkt ab.

»Muss es nicht. Gerade dir muss es nicht leidtun, du hast ja das Gleiche durchgemacht.«

Ich wiege den Kopf. »Keine Scheidung.«

»Ja, weil du nicht so dumm warst, den Idioten auch noch zu heiraten«, erwidert er leise. »Ich bin unter dreißig und hab schon eine Ehe in den Sand gesetzt.«

»*Christine* hat sie in den Sand gesetzt«, unterbreche ich ihn aufgebracht. »Diese verlogenen Verräter, schleimigen Scheißidioten, egoistischen …«

»Sie ist glücklich mit ihm«, fällt er in mein Gezeter. Ich blicke überrascht auf. »Robert hat sie begleitet, und sie wirkte heute mit ihm glücklicher als in all den Jahren mit mir. Obwohl man meinen würde, dass es ihr auch nahegeht, wenn sie mit der heutigen Unterschrift die lange Zeit mit mir beendet, aber sie hat mehr gestrahlt als bei unserer Hochzeit.« Er sieht mich an. »Also muss ich etwas falsch gemacht haben, wenn ich sie nicht so glücklich machen konnte. Was stimmt denn nicht mit mir?« Diese Frage verursacht Risse in meiner Gefühlskiste. Ich bin nicht mehr so teilnahmslos, kann seinen Schmerz nachempfinden.

»Das fragst du leider die Falsche«, erwidere ich leise, senke den Blick auf mein Weinglas und trinke es aus. »Mit mir stimmt auch etwas ganz gewaltig nicht.« Nun sieht Michael mich auffordernd an und schenkt mir schweigend nach. Inzwischen haben wir eine zweite Flasche angebrochen.

»Ich bin nicht wegen der Uni so schnell zurückgekommen«, gebe ich dann zu und schildere ihm kurz, was auf dem After-Season-Fest geschehen ist. »Es muss wohl an mir liegen, dass kein Mann sich wirklich für mich entscheiden kann, ganz gleich, was er mir verspricht. Robert hat mich mit Christine betrogen und hintergangen, und Niko hat sich eine Neue gesucht, kaum war ich zu Hause angekommen. Die beiden waren so … innig und vertraut. Also, gib mir mal deine männliche Meinung. Was stimmt mit mir nicht?« Meine Augen werden feucht, und ich leere mein Glas erneut. Langsam wird mir etwas schwindelig, denn Wein vertrage ich ganz und gar nicht. Vorsichtig nimmt Michael es mir aus der Hand. Eine Träne rollt meine Wange hinunter, und er wischt sie sanft mit dem Daumen weg.

»Mit dir ist alles in Ordnung!«, versichert er mir dann. »Sogar mehr als nur in Ordnung. Du bist eine wunderbare Frau, klug, humorvoll und wunderschön.«

»Trotz des Schlabberlooks?« Ich versuche ein leichtes Lächeln und sehe ihn an. Doch in seinem Blick finde ich nichts Scherzhaftes. Überrascht weiten sich meine Augen. Er hat das ernst gemeint. Was will er mir denn damit sagen? Plötzlich spüre ich eine gewisse Spannung zwischen uns und höre mein Herz schlagen. Wenn ich doch nur irgendetwas fühlen würde! Ach, kommt schon, Schmetterlinge, tut doch was, oder was ist mit dir, Warnleuchte? Himmel, einmal braucht man diese Plagegeister, und dann sind sie in Urlaub, oder wie? Durch diese Kiste in meiner Brust, die alle Gefühle sorgfältig von mir fernhält, dringt kaum etwas an Emotion. Ich kann die Lage nicht einschätzen. Ich weiß nicht, was ich davon halten soll, und sehe nur, dass Michaels Blick von meinen Augen zu meinem Mund wandert und er langsam näher kommt. Unfähig, irgendetwas zu tun, halte ich einfach still und warte ab. Dann treffen sich unsere Lippen, und … keine Ahnung. Der Kuss fühlt sich warm und tröstend an. Als er sich nach wenigen Sekunden wieder von mir löst, sucht er meinen Blick. Die Situation ist … eigenartig. Ich muss an die vielen gemeinsamen Urlaube denken, die wir noch zu viert mit Robert und Christine verbracht haben, an die Grillpartys, Skihüttenabende, Konzerte, Kinofilme und Spieleabende. Er ist mir vertraut und doch fremd. Mein Ex-Freund und seine Ex-Frau sind nun ein glückliches Paar. Aber es wäre doch verrückt, wenn aus Michael und mir auch mehr werden würde, oder? Während mir noch all diese Gedanken durch den Kopf schießen, küsst mich Michael erneut. Ich horche in mich hinein, versuche alles an Emotionen zusammenzukratzen und fühle mich … gewollt! Mehr ist im Moment nicht möglich, und nach zwei so herben Enttäuschungen in den letzten drei Monaten, dem Gefühl, abgeschoben und ersetzt worden zu sein, reicht das, um meine Arme wie selbstverständlich um Michaels Nacken zu schlingen und seinen Kuss zu erwidern.

Kapitel 17

Am nächsten Morgen erwache ich mit rasenden Kopfschmerzen. Doch das ist nicht alles, was ich spüre. Ein Arm liegt über meiner Taille, und ein warmer Körper kuschelt sich an meinen Rücken. Ich blinzle und versuche, mich daran zu erinnern, was gestern Abend passiert ist. Ich liege auf der Couch im Wohnzimmer. Mein Blick fällt auf drei leere Weinflaschen, und ich rekonstruiere vorsichtig, was ich noch weiß. Die Pizza, Michael, der Wein, unser Gespräch, sein Kuss ... Oh Mann! Vorsichtig linse ich unter die Decke und stelle erleichtert fest, dass ich angezogen bin. Also ist die Scheiße, die wir gebaut haben, nicht ganz so groß, wie ich befürchtet habe. Ich setze mich auf und wecke damit auch Michael.

»Hey«, murmelt er verschlafen. Er scheint nicht so überrascht zu sein, wie ich es eben war. Vermutlich weiß er noch etwas mehr vom gestrigen Abend.

»Hey«, gebe ich unsicher zurück. Keine Ahnung, wie ich mich verhalten soll. Warum hab ich das gestern zugelassen? Warum hab ich ihn zurückgeküsst? Ich mag Michael als Freund, aber ...

»Du machst dir zu viele Gedanken«, unterbricht Michael mein Kopfkarussell.

»Ich überlege nur, wie ich das Chaos von gestern wieder in Ordnung bringen kann«, erwidere ich.

Er deutet auf den Couchtisch. »Geschirrspüler und Abfalleimer würde ich vorschlagen«, zwinkert er. »Komm, ich helfe dir.«

Ich lege meine Hand auf seine, die er gerade nach dem Pizzakarton ausstreckt.

»Micha, du weißt, dass ich das anders gemeint habe.«

Er legt den Kopf zur Seite und sieht mich einen Moment

lang an. »Ich glaube, dass wir beide eine beschissene Woche hatten und uns gestern in einem schwachen Moment zu etwas hinreißen haben lassen«, meint er dann. »Und wenn du willst, müssen wir da jetzt keine große Sache draus machen.«

Ich bin erstaunt, weil ich nicht gedacht hätte, dass er so relaxed mit dem gestrigen Abend umgeht.

»Das heißt, wir reden nicht weiter darüber und machen weiter wie bisher?«, versichere ich mich.

Er nickt. »Ich übernehme den Abfalleimer und du den Geschirrspüler, und dann verschwindet jeder in sein Zimmer, oder legst du Wert darauf, Sylvie zu erklären, wieso wir beide gemeinsam auf der Couch geschlafen haben?«, fragt er mit süffisantem Lächeln.

»Spinner!«, gebe ich zurück.

Wenig später erinnert nichts mehr an unseren Ausrutscher von gestern Abend, und ich sitze frisch geduscht mit einer großen Kanne Kaffee vor dem Laptop.

Als Sylvie am Abend aus dem Büro kommt, habe ich beschlossen, dass ich auch ihr die Wahrheit über meine Abreise von der Ostsee erzählen sollte. Mit der Speisekarte des chinesischen Lieferservice bewaffnet, erwarte ich sie am Esstisch in der Küche. Sie merkt sofort, dass etwas im Busch ist, lässt mir aber Zeit, bis ich nach den Frühlingsrollen so weit bin, mit meiner Geschichte zu starten. Während ich in meinem Hühnerfleisch nach Szechuan Art herumstochere, erzähle ich ihr von dem verpatzten Abend und meiner Entdeckung. Als ich geendet habe, rechne ich mit Nachfragen oder Ratschlägen, stattdessen steht sie auf, kommt um den Tisch herum und nimmt mich wortlos in den Arm. Tränen brennen nun doch in meinen Augen, doch ehe die Schutzhülle um mein Herz Risse bekommen kann, löse ich mich von ihr.

»Kein *Ich hab dich gewarnt*?«

Sylvie schüttelt den Kopf. »Damit konntest du nicht rechnen. Außerdem habe ich dir versprochen, dass ich für dich da bin, egal wie mies es dir geht.« Dann setzt sie sich wieder auf ihren Platz und meint verschmitzt: »Wollen wir nach dem Essen einen Film schauen? Ich hatte da mal eine DVD über eine Frau, die die Ex-Freunde ihrer Freundinnen verfolgt hat.«

»Krimi? Action? Horror?«, erkundige ich mich.

»Komödie!«

Ich lache, muss jedoch ablehnen, da meine Schonfrist vorbei ist und ich wieder zur Arbeit muss.

Als ich gegen sechs ins *Watermelon* komme, schlägt Johnny theatralisch die Hände zusammen.

»Gottlob bist du wieder hier, Schätzchen!«, ruft er. »Bitte nimm Armin so schnell wie möglich die Suppenkelle aus der Hand. *Lisa* war gestern wirklich ungenießbar.«

»Bis vor ein paar Wochen haben dir meine Suppen auch geschmeckt«, protestiert sein Cousin und steckt seinen Kopf aus der Küche. »Hi, Lexi!«

»Hallo zusammen! Kann man euch nicht eine Woche allein lassen?«, begrüße ich die beiden erfreut und mache mich auf den Weg in die Küche. Johnny folgt mir.

»Dann hat Lexi meine Geschmacksknospen eben verwöhnt«, meint er an Armin gerichtet. »Lexi, heute brauch ich euch beide. Dich in der Küche und Armin an der Schankanlage. Ein Junggesellinnenabschied hat sich angemeldet, und die Mädels halten uns sicher auf Trab. Sie haben sogar gegen Mitternacht einen Stripper gebucht.« Freudig reibt er sich die Hände.

Ich lache und mache mich an die Arbeit.

Bis ich ins Bett falle, ist es halb zwei Uhr morgens. Doch ehe ich einschlafen kann, klingelt mein Handy. Kurz bin ich versucht, den Anruf einfach wegzudrücken, doch da ich die Nummer nicht kenne, melde ich mich schläfrig.

»Hallo?«

Mit einem Ruck setze ich mich wenige Sekunden später auf. »*Was* ist passiert?«, frage ich fassungslos.

Eine halbe Stunde später hetze ich durch die Gänge des Krankenhauses und stürze auf die Anmeldung der Notaufnahme zu.

»Alexandra Manninger, ich wurde angerufen«, presse ich luftschnappend hervor. Die Schwester nickt.

»Ihre Eltern hatten einen schweren Autounfall, Frau Manninger«, informiert sie mich. »Die Polizei sagt, dass ihnen offenbar ein Wagen auf ihrem Fahrstreifen entgegengekommen ist und sich das Auto Ihrer Eltern dann überschlagen hat.«

Ich schlage mir die Hand vor den Mund. »Was ist mit ihnen?«, zwinge ich mich zu fragen, obwohl mich die Angst vor der Antwort fast umbringt.

»Ihr Vater ist gerade beim Röntgen. Er hat einige Schnittwunden und vermutlich einen komplizierten Beinbruch, aber ansonsten ist er glimpflich davongekommen. Ihre Mutter wurde sofort in den OP gebracht, und ich habe leider keine weiteren Informationen erhalten«, teilt sie mir ruhig mit.

»Ist das gut oder schlecht?«, will ich wissen.

Die Krankenschwester sieht mich entschuldigend an. »Es ist zumindest nicht sehr schlecht«, erwidert sie dann, und ich verstehe.

»Kann ich zu meinem Vater?«, frage ich dann und erhalte eine Wegbeschreibung zum Röntgen, wo er noch auf dem Flur wartet.

»Papa«, rufe ich, als ich ihn sehe, und laufe zu ihm. Er liegt in einem Bett, und die Schnittwunden auf seinen Armen sind mit Verbänden versorgt.

»Schon gut, mein Schatz«, versucht er mich zu beruhigen. »Ich komm schon wieder auf die Beine. Hast du etwas von deiner Mutter gehört?« Sein Blick verrät mir, dass er sich große Sorgen macht. Langsam schüttle ich den Kopf.

»Sie ist noch im OP«, sage ich ihm. »Was ist denn passiert?«

»Wir waren auf der Geburtstagsfeier einer guten Freundin deiner Mutter, und auf dem Heimweg war da plötzlich dieses Auto, das in Schlangenlinien auf uns zukam. Ich wollte ausweichen, aber dann sind wir von der Fahrbahn abgekommen. Der Wagen hat sich überschlagen, und die Beifahrerseite wurde komplett zusammengedrückt. Man hat mir gesagt, dass man deine Mutter aus dem Auto herausschneiden musste.« Seine Stimme bricht.

»Herr Manninger, wir sind bereit für Sie«, unterbricht uns ein Arzt.

»Lass du dich mal in Ruhe röntgen, ich versuche inzwischen etwas über Mamas Zustand herauszufinden«, verspreche ich meinem Vater und hoffe, es beruhigt ihn etwas.

Nach einigem Herumfragen erhalte ich schließlich die Auskunft, dass meine Mutter einige Quetschungen und einen Milzriss erlitten hat, aber außer Lebensgefahr ist. Erleichtert berichte ich dies auch meinem Vater und pendle zwischen den beiden Stationen, auf denen meine Eltern untergebracht sind, hin und her, bis man mich gegen sechs Uhr schließlich nach Hause schickt.

Kapitel 18

Einige Tage später wird mein Vater aus dem Krankenhaus entlassen. Sein rechtes Bein ist mit einem Liegegips versorgt, was bedeutet, dass er unmöglich alleine für sich sorgen kann. Also packe ich erneut ein paar Sachen zusammen und ziehe wieder ins Gästezimmer meiner Eltern. Langsam fühle ich mich wie ein Nomade.

Mein Vater entpuppt sich als angenehmer Patient, während meine Mutter die Krankenschwestern auf ihrer Station wohl bald mit ihrer Sturheit in den Wahnsinn treiben wird. Mindestens einmal pro Tag rücke ich im Krankenhaus an, rede ihr ins Gewissen, bringe vorbei, was sie möchte, und versorge das Schwesternzimmer mit tonnenweise Schokolade – als Bestechung, dass sie meine Mutter nicht doch noch über die Klinge springen lassen. Ich habe keine Ahnung, wie ich meine beiden Elternteile, die Diplomarbeit, Einkaufen, Kochen, das Nötigste Putzen und den Job im *Watermelon* unter einen Hut bekommen soll, ohne jemanden aus der Familie um Hilfe zu bitten, aber ich will um jeden Preis vermeiden, dass Lilly erfährt, was passiert ist, denn sie würde mir helfen wollen und soll es ohnehin ruhiger angehen lassen. Bei unserem letzten Telefonat hat sie sich nicht besonders gut angehört. Die Pension ist im Winter nicht geschlossen, sondern beherbergt laufend einige Gäste, die auch die kalte Jahreszeit an der Ostsee kennenlernen wollen. Lilly sagt, dass sich das *L&P* eine verlorene Nebensaison noch nicht leisten kann. Doch für ihre fortschreitende Schwangerschaft wäre es wesentlich besser, wenn sie sich nur auf das Baby konzentrieren würde. Also möchte ich sie auf keinen Fall noch zusätzlich belasten. Aber langsam merke auch ich, dass mir der fehlende Schlaf und die vielen Sorgen und Gedanken zusetzen.

Bei Dr. Thiemann habe ich kein Wort über meine derzeitige Lage verloren, weil ich nicht will, dass ich schwierig erscheine. Ich hatte in der Uni lange genug einen schlechten Ruf als faul und unzuverlässig. Darum halte ich alle Vorgaben ganz genau ein. Sylvie ist mit der Planung der Weihnachtsfeiern, die Anfang Dezember starten werden, total im Stress, und Michael ist wieder mal für eine Woche irgendwo im Ausland, ich habe mir nicht gemerkt, wo. Also kann ich auch die beiden nicht um Unterstützung bitten. Johnny gibt mir unter der Woche so oft wie möglich frei, und Armin übernimmt viele Schichten, aber ganz ohne mich läuft es im *Watermelon* einfach nicht mehr. Zu sehr haben sich die Gäste inzwischen an mein Essen gewöhnt. Auch bei meinen Eltern bereite ich inzwischen Kleinigkeiten zu, weil ich meinen Vater ja nicht nur vom Lieferservice ernähren kann.

Heute habe ich endgültig den Überblick über meine Termine verloren. Ich fühle mich, als würde ich nicht schwimmen, sondern mich nur irgendwie über Wasser halten. Doch irgendwie hat alles geklappt. Ich habe für Johnny die Bestellung der Lebensmittel erledigt, war im Krankenhaus, habe eingekauft und noch ein schnelles Nudelgericht zubereitet, das ich eben meinem Vater serviert habe. Nun liegt alles für ihn bereit, was er noch brauchen könnte, und ich will mich auf den Weg ins *Watermelon* machen, wo in zwanzig Minuten meine Schicht beginnt. Armins ältester Sohn hat heute eine Schulaufführung und spielt eine Giraffe in einem Kindertheaterstück, also muss ich mit Johnny den Laden alleine rocken.

Ich schnappe mir meinen Schlüssel von der Kommode im Vorzimmer, öffne die Tür und … erstarre. Das ist jetzt ein schlechter Scherz, oder? Seit Tagen hetze ich so von einem Termin zum nächsten, dass Warnleuchte, Schmetterlinge, Gefühlskiste und die ganzen anderen Helferlein wegen Schleudertrauma kapituliert haben, doch jetzt stehen sie alle mit offenen

Mündern auf der Matte. Nur die innere Batterie, die meinen Energiestatus anzeigt, schwingt die weiße Fahne und bittet um Gnade.

»Was machst *du* denn hier?«, stoße ich fassungslos hervor. Seine blauen Augen und sein strahlendes Lächeln kommen mir so unwirklich vor, dass ich kurz an eine Sinnestäuschung glaube und blinzle. Nein, er steht immer noch vor mir. Niko!

»Hi, Lexi«, höre ich nun auch seine Stimme, und meine Nackenhaare richten sich auf. »Lilly hat mich geschickt. Ich soll dich hier unterstützen.«

Das habe ich jetzt davon, dass ich Lilly nichts von meiner Beobachtung auf dem After-Season-Fest erzählt habe. Sie hat bestimmt gedacht, mir einen riesigen Gefallen zu tun, stattdessen hat sie mir da ein ziemliches Ei gelegt. Herzschmerz und Ex-Beziehungsdrama haben mir im derzeitigen Chaos gerade noch gefehlt. Was mach ich denn jetzt? Und wieso ist er überhaupt hergekommen? Wieder zurückschicken kann ich ihn schlecht, ohne dass alles auffliegt, oder? Ich atme tief durch. Okay, ich krieg das irgendwie hin, ohne mich zu blamieren. Er hat mich nicht auf dem Konzert gesehen, er weiß nicht, dass ich ihm nachgefahren bin.

»Braucht sie dich denn nicht viel dringender?«, erkundige ich mich steif und lasse ihn mit einem gezwungenen Lächeln ins Haus.

»Die paar Wochen bis Weihnachten werden ruhig, und Rainer schafft die Küche alleine«, erklärt Niko. »Und da Lilly nicht selbst kommen kann, hat sie mich darum gebeten, als Haushaltshilfe bei deinen Eltern einzuspringen, und mir sogar für diese Zeit ihr Auto geliehen. Keine Sorge, sie zahlt mich natürlich weiterhin – als Außendienstmitarbeiter sozusagen. Und ich erfülle ihr diesen Wunsch sehr gerne.« Er schenkt mir ein strahlendes Lächeln, das mich früher hätte schmelzen lassen, jetzt allerdings sehr verwirrt.

Ich führe ihn ins Wohnzimmer und überlege währenddessen, woher Lilly vom Unfall unserer Eltern eigentlich weiß. Dann widme ich mich wieder meinem Gegenüber.

»Mein Vater ist versorgt und wird bald schlafen. Morgen überlege ich, in welchem Zimmer ich dich unterbringe, aber für heute kannst du erst mal hier im Wohnzimmer bleiben und dich von der Fahrt ausruhen«, sage ich geschäftig und ernte einen überraschten Blick von Niko. »Die Toilette ist die erste Tür rechts und das Bad die zweite. Der Kühlschrank ist voll, bediene dich. Ich muss jetzt los, meine Schicht beginnt …« Ich werfe einen Blick auf die Uhr. »Jetzt!« Mit einem »Bis morgen!« bin ich aus dem Haus und lehne mich aufatmend von außen gegen die Tür. Ich habe keine Ahnung, wie es mir gerade geht. Es ist einfach alles zu viel. Dieses Problem vertage ich hiermit. Für einen Tag hatte ich heute wirklich schon genug zu tun. Und er ist noch nicht zu Ende.

Ich erscheine natürlich zu spät im *Watermelon*, doch als Johnny demonstrativ auf die Uhr sieht und den Mund öffnet, stoppe ich ihn mit einer Handbewegung.

»Frag nicht!«, sage ich mit einem Kopfschütteln. Mein Chef und inzwischen guter Freund erkennt, dass dies der falsche Zeitpunkt für einen flapsigen Spruch ist. Er nickt kurz und deutet mit dem Kopf in Richtung Küche.

Es wird ein stressiger Abend. Die Leute kommen in Scharen, und alle haben Hunger mitgebracht. Ich rotiere am Herd und versuche nur mehr verzweifelt, den Überblick nicht zu verlieren. Gegen halb elf kommt Johnny in die Küche.

»Zwei Lisa und drei Penny für Tisch sieben, ich weiß, aber es dauert noch einen Moment«, rufe ich, ohne mich umzudrehen.

»Du wirst an der Bar verlangt«, erwidert mein Chef.

»Ich … was? Aber die Bar betreue ich doch heute gar nicht …«, beginne ich, doch er unterbricht mich.

»Da steht ein schnuckeliger Typ, der mir freundlich mitgeteilt hat, dass er nicht eher gehen wird, bevor er mit dir reden konnte«, stellt Johnny klar. Mir schwant Böses, und als ich über seinen Kopf hinweg zum Tresen schaue, werden meine Befürchtungen bestätigt. Hatte ich dieses Problem nicht verschoben?
»Ich kann jetzt nicht«, wimmle ich meinen Chef ab.
»Aber ...«
»Nein, Johnny!« Ich sehe ihn eindringlich an. Er nickt und geht wieder nach draußen. Womit habe ich das nur verdient? Habe ich nicht gerade genug Katastrophen in meinem Leben, dass auch noch Niko hier auftauchen muss? In Gedanken versunken mache ich eine Bestellung nach der anderen fertig und achte nicht auf das, was rund um mich passiert. Bis Johnny erneut neben mir steht.
»Tu etwas!«, verlangt er von mir und gestikuliert wild mit den Händen. Mein Blick ist ein einziges Fragezeichen. »Deine Barbekanntschaft beschlagnahmt seit einer halben Stunde die Jukebox und spielt ohne Unterbrechung ABBA-Songs. Langsam wird es sogar mir zu schwul in meinem eigenen Lokal«, erklärt er aufgeregt. »Ich habe versucht, mit ihm zu verhandeln, aber weder mit Alkohol noch mit Essen oder sogar Geld kann ich ihn von diesem verdammten Ding weglocken. Das Einzige, was die Sahneschnitte will, ist mit dir reden. Ich fürchte, die Gäste werden bald den Aufstand proben. Als dein Chef befehle ich dir hiermit: *Tu was!*« Er schiebt mich vor sich zur Küchentür hinaus, als wäre ich ein bockiges Kleinkind.
Als ich den Gastraum betrete, schmettern Anni-Frid und Agnetha gerade *Voulez-vous*, und ich stürme auf Niko zu.
»Hab ich es doch gewusst, dass ich dich mit ABBA hinterm Ofen hervorlocken kann«, meint er grinsend. »Wobei ich schon Angst hatte, deinen Chef in die Knie zu zwingen.«
Johnnys Augen werden schmal, dann mustert er Niko von

oben bis unten. »Schätzchen, wenn du mich vor dir auf den Knien haben willst, hättest du doch nur was sagen müssen«, zwinkert er ihm zu.

Erkenntnis blitzt in Nikos Augen auf. »Also so war das eigentlich nicht gemeint«, rudert er zurück.

Mein Chef lacht. »Keine Sorge, Süßer! Ich weiß schon, dass du nicht auf meiner Seite des Meeres schwimmst«, beruhigt er Niko und dreht sich dann zu mir. »Hab ich das jetzt richtig benutzt?«, raunt er mir zu.

Ich schüttle den Kopf. »Am anderen Ufer, Johnny!«, erkläre ich ihm grinsend. Dann wende ich mich an Niko.

»Also du wolltest mich vom Ofen weglocken, hier bin ich. Was willst du?«, frage ich.

»Sylvie hat mir verraten, dass du hier arbeitest«, erwidert er. Na ja, genau genommen war ich das sogar selbst, aber das weiß wiederum er nicht.

»Ich hab dich nicht gefragt, woher du weißt, wo ich bin, sondern was du hier willst«, stelle ich klar.

Seine Augen blitzen verletzt auf. »Warum habe ich das Gefühl, dass du mit dieser Frage nicht nur meinst, was ich hier im Lokal will, sondern wieso ich überhaupt gekommen bin?«, erwidert er.

Ich schweige.

»Ich möchte wissen, was los ist!«, sagt er schlicht. »Vor deiner Abreise waren wir glücklich miteinander, und nach der Nachricht, die du mir an deinem letzten Tag hinterlassen hast, dachte ich, wir wären uns einig, nicht nur Freunde zu bleiben.« Er öffnet seine Geldbörse und zieht ein zerknittertes Foto heraus. Ich muss nicht hinsehen, um zu wissen, dass es jenes Bild ist, das uns beide beim Volleyballturnier zeigt und auf dessen Rückseite in meiner Handschrift die drei magischen Worte stehen. Erschüttert erstarre ich. Er hat es noch? Er schleppt es mit sich herum? Ich versteh das alles nicht.

»Und dann komme ich hier her und stehe vor einem Eisblock, der mich ins Wohnzimmer verfrachtet«, fährt er fort. »Welchen Teil hab ich nicht mitbekommen?«

Ich kann einfach nichts antworten. Stattdessen sehe ich ihn nur an. Und mit jeder Sekunde, in der meine Augen auf ihm ruhen, stürzen mehr Erinnerungen auf mich ein. Ich spüre seine Hand auf meiner wie damals beim Gemüseschneiden und beim Mopedfahren, ich spüre sie an meiner Taille, wie bei unseren Tänzen, und ich sehe sie auf seiner Lady, wie an dem Abend, als er mit mir gemeinsam gesungen hat. Ich sehe sie kochen und backen und mich halten. Und ich erinnere mich an seinen Blick, als er mir gesagt hat, dass er mich liebt und ich bei ihm bleiben soll. Aber ich erinnere mich auch an den Abend auf dem Konzert, als sein Blick einer anderen galt und seine Hände sie umarmt und herumgewirbelt haben. Erneut spüre ich einen Stich im Herzen. Nach ein paar Minuten drückt Niko gnadenlos auf der Jukebox einen Knopf, und es ertönt *SOS* von ABBA. Wenn diese Situation nicht so grotesk wäre, würde ich lachen.

»Herrgott, hatten wir dieses Hin und Her nicht lange genug?«, meint er dann. »Lexi, rede mit mir!«

Aus den Augenwinkeln entdecke ich Johnnys besorgten Blick. Die Bar ist brechend voll, und er befürchtet sicher, dass ich Niko eine Szene mache.

»Lilly hat dich geschickt, damit du dich um unseren Vater kümmerst. Tu ihr zuliebe einfach das, weshalb du da bist«, erwidere ich ruhig, jedoch kühl. »Ich habe dich nicht gebeten zu kommen.«

Ich sehe in seinen Augen, dass der letzte Satz ihn getroffen hat. Doch ich frage mich, warum? Verletzter Stolz? Ich spüre, dass die Kiste, die meine Gefühle für ihn so sorgfältig verschließt, weitere Risse bekommt. Dann schiebe ich ihn von der Jukebox weg und drücke C 16. Mit *The winner takes it all* von

ABBA in den Ohren gehe ich wieder in Richtung Küche. Die vier singen von einer verlorenen Liebe, davon, dass nur einer so dumm war, nach den Regeln zu spielen, und dass jemand seinen Geliebten verliert. Jedes Wort passt haargenau auf meine Lage. Ja, wahrscheinlich verrate ich mich mit dieser Liederwahl, zeige ihm, dass ich verletzt bin, und weiß, dass es eine andere in seinem Leben gibt. Aber langsam geht mir einfach die Kraft aus, mein Leben zu meistern, für alle da zu sein und noch eine Fassade aufrechtzuerhalten. Ja, Niko, auch ich habe mir unser Wiedersehen anders vorgestellt – in den buntesten Farben und mit vor Freude überquellenden Gefühlen. Und auch ich wurde enttäuscht. Ich wäre dir gerne heute einfach in die Arme gefallen, überglücklich, dich wiederzusehen, und froh, nun eine Stütze im täglichen Wahnsinn zu haben und eine Schulter zum abendlichen Entspannen. Aber das Leben ist keine Jukebox, auf der man nur die Songs spielen kann, die einem gefallen.

Ich habe keine Ahnung, wie ich den Abend heil überstehe. Doch am Ende sind alle Gäste satt und zufrieden, die Jukebox spielt wieder etwas anderes als die schwedische Kultband, und die Küche ist sauber und aufgeräumt. Johnnys Angebot, noch einen *Big girls don't cry* mit ihm zu trinken, schlage ich aus, denn das Letzte, das ich gerade brauchen kann, sind Kopfschmerzen morgen früh. Die werde ich ohnehin bekommen.

Kapitel 19

Am nächsten Morgen erkläre ich meinem Vater, dass Lilly unerwartet Hilfe geschickt hat, und frage ihn bei der Gelegenheit, ob er ihr vom Unfall erzählt hat. Hat er! Na, toll, da meine ich es gut … Rasch rufe ich meine Schwester an, die mir Gott sei Dank nicht böse ist, dass ich ihr diese Nachricht verschwiegen habe.

»Ich habe mir schon gedacht, dass du mich schonen wolltest und darum nichts gesagt hast«, meint sie verständnisvoll. »Das ist auch total lieb, aber nicht nötig. Ich bin nicht aus Zuckerwatte. Was sagst du denn zu meiner Idee?«, fragt sie dann schelmisch.

»Ich … äh … war überrascht«, antworte ich so ehrlich wie möglich. »Es ist ungewohnt, ihn hier zu haben.«

Und das ist es auch. Niko hat zwar wortlos akzeptiert, dass ich das Bügelzimmer meiner Mutter für ihn als Gästezimmer hergerichtet und ihn dort untergebracht habe, aber ich sehe immer wieder die Verwirrung und die Fragen in seinem Blick. Und wenn mich seine Augen dann streifen, reagieren diese illoyalen Flatterdinger in meinem Bauch. Doch die Warnleuchte baut sich dann drohend vor ihnen auf und gewinnt jedes Mal die Oberhand. Trotzdem verstehe ich die ganze Situation einfach nicht. Warum verhält er sich mir gegenüber so … normal? So wie vor meiner Abreise vom *L&P*? Gott sei Dank fehlt mir die Zeit, um groß darüber nachzudenken.

Niko kauft ein, kocht, hält das Haus in Ordnung und findet außerdem überraschenderweise einen guten Draht zu meinem Vater. Nachdem er mich ganz selbstverständlich bei meinem Spitznamen nennt, weiß dieser auch inzwischen, dass aus seinen Töchtern Alexandra Charlotte Cecilia und Elisabeth Karoline Emilia nun Lexi und Lilly geworden sind. Außerdem haben Niko und mein Vater eine Gemeinsamkeit entdeckt, denn offenbar hat Paps in seiner Jugend auch Gitarre gespielt. Im Keller findet sich noch sein altes Instrument, das Niko sofort ausprobiert. Gemeinsam spielen und singen die beiden Männer und treiben mich damit an den Rand der Verzweiflung. Nicht, dass es sich schlecht anhören würde, ganz im Gegenteil. Aber als ich Nikos Stimme durch das Haus hallen höre, werden meine Knie, diese verräterischen Gelenke, weich.

Am Abend habe ich frei und liege im Bett. Da ist es am schlimmsten. Ich höre ihn wie früher nur ein paar Zimmer weiter singen und auf der Akustikgitarre spielen und habe Angst, dass die verrückten Schmetterlinge in meinem Bauch doch noch gewinnen und ich zu ihm rübergehe und mich wortlos in seine Arme werfe.

Am nächsten Morgen macht er es mir auch nicht einfacher, denn wie schon früher genügt ihm ein Blick auf mich, und er zaubert mir den passenden Frühstückskaffee aus der Hightech-Kaffeemaschine, mit der ich immer noch auf Kriegsfuß stehe. Ich bedanke mich kurz für die Tasse mit doppeltem Espresso ohne Milch und versuche, seinen blauen Augen aus dem Weg zu gehen.

»Lexi, können wir mal kurz miteinander reden?«, trifft mich seine Samtstimme bis in die Zehenspitzen. Ich nehme einen großen Schluck, um Zeit und Selbstbeherrschung zu gewinnen. Dann stelle ich die Tasse auf die Arbeitsfläche.

»Wenn du Geld für den Einkauf brauchst, in der Keksdose über der Spüle müsste noch genügend sein«, blocke ich ihn ab. »Danke für den Kaffee, ich muss los.« Und schon schnappe ich mir meine Laptoptasche und bin aus der Tür.

Das kann nicht so weitergehen. Ich werde ihm sagen, dass er wieder zurück zu Lilly fahren muss. Irgendwie kriege ich die Pflege meiner Eltern schon alleine hin, zum Duschen und Verbandwechseln kommt ja ohnehin eine Krankenschwester.

Aber ihn in meiner Nähe zu haben und ständig gegen plötzlich wieder aufkeimende Gefühle kämpfen zu müssen, macht mich auf Dauer noch verrückt. Mit diesem Plan im Hinterkopf mache ich mich auf den Weg zu Dr. Thiemann.

Dieser sieht sich meine Fortschritte an und wiegt den Kopf. Nervös warte ich, was er mir zu sagen hat.

»Finden Sie das letzte Kapitel nicht gelungen?«, platze ich schließlich heraus. »Vielleicht verfange ich mich etwas zu viel in der Einleitung …« Doch er stoppt mich mit der Hand.

»Frau Manninger, Ihre bisherige Arbeit war wirklich gut. Nur die Teile, die Sie seit unserem letzten Treffen verfasst haben, wirken so, als wären Sie nicht wirklich bei der Sache gewesen«, bringt er es auf den Punkt und sieht mich auffordernd an. Ich hatte noch nie ein gutes Pokerface oder konnte etwas erfolgreich verheimlichen. Also rücke ich wohl oder übel mit der Wahrheit heraus und erzähle vom Unfall meiner Eltern.

»Es tut mir leid, dass ich nun doch Schwierigkeiten mache, aber ich werde mich wieder fokussieren, alles überarbeiten und beim nächsten Treffen perfekt vorbereitet sein«, gelobe ich.

Doch Dr. Thiemann schüttelt den Kopf. »Sie hätten gleich mit mir reden sollen«, meint er dann. »Nehmen Sie sich die Zeit, um ihre familiäre Situation zu regeln. Ihre derzeitige Lage ist durch höhere Gewalt bestimmt, und das werde ich Ihnen nicht zur Last legen. Ich schlage vor, dass wir unseren nächsten Termin erst in drei Wochen festsetzen, und vielleicht schaffen Sie es ja, in dieser Zeit die zuletzt geschriebenen Teile sinnvoll zu überarbeiten?« Mit so viel Verständnis hätte ich nicht gerechnet und nicke dankbar.

Zu Hause bringe ich meine Unterlagen in mein Zimmer und sehe dann nach meinem Vater. Er liest gerade ein Buch, das er zur Seite legt, als ich klopfe und sein Zimmer betrete.

»Hey, Paps, wie geht es dir?«, frage ich.

Er nickt. »So weit gut. Ich bin gespannt, was die Ärzte morgen bei der Kontrolluntersuchung sagen. Hoffentlich brummen sie mir nicht noch ein paar Wochen im Bett auf«, meint er und verdreht die Augen. »Wenn mir Niko und du keine Gesellschaft leisten würdet, wäre ich schon in der Klapsmühle«, fügt er hinzu, und ich sehe meinen Plan leise verpuffen.

»Schön, dass du dich mit Lillys Koch so gut verstehst«, erwidere ich vage.

Mein Vater sieht mich prüfend an. »Kann es sein, dass er in den Sommermonaten nicht nur Lillys Koch gewesen ist, sondern dass mehr zwischen euch war?«, fragt er vorsichtig.

Ich senke meinen Blick. »Wie kommst du darauf?«, weiche ich ihm aus.

»Weil es nicht zu übersehen ist, wie er dich ansieht, und weil ich gestern, als wir gemeinsam gesungen haben, das Gefühl hatte, dass er in Gedanken ein paar Räume weiter bei dir war«, antwortet mein Vater, und ich sehe bei seinen letzten Worten auf. »Aber ich merke auch deine ablehnende Haltung und wüsste gerne, was zwischen euch vorgefallen ist. Und sag jetzt nicht nichts! Du bist meine Tochter, und ich weiß, dass du unter normalen Umständen dankbar wärst und in dieser schwierigen Zeit Hilfe mit offenen Armen empfangen würdest. Also? Muss ich ihm in den Hintern treten? Mein Gips wäre dafür sicher gerade gut geeignet.« Er zwinkert mir auffordernd zu.

Ich weiß nicht, was ich ihm antworten soll. Ich weiß ja gerade nicht einmal selbst, was ich denken soll. Irgendwie passt Nikos Verhalten jetzt absolut nicht zu dem, was auf dem Konzert geschehen ist. Es ist wie ein Puzzle, unter das sich Stücke eines anderen gemischt haben. Und man ist unsicher, welches Motiv nun wirklich zu sehen ist. Mein Vater merkt mir die Ratlosigkeit anscheinend an.

»Sag einfach Bescheid, wenn ich dir meinen Gipsfuß leihen soll«, meint er dann. »Und wenn es dir zu viel ist, dass er hier ist, kannst du ihn auch wegschicken. Wir schaffen das schon zu zweit, Lexi!«

Überrascht hebe ich die Augenbrauen. »Das ist das erste Mal, dass du mich Lexi genannt hast«, stoße ich hervor.

Er lächelt. »Ich glaube, dass seit dem Sommer aus meiner früheren Alexandra eine andere, stärkere Frau geworden ist, zu der dieser neue Name gut passt. Oder bist du jetzt nicht mehr Lexi?«, fragt er mich dann, und ich merke, dass er nicht nur den Namen meint. Einen Moment werfe ich einen Blick auf die letzten Monate meines Lebens zurück. Auf die Zeit, in der ich ein ganzes Stück reifer geworden bin. Dann nicke ich.

»Doch, Paps!« Mit einem Kuss auf die Wange gebe ich meinem Vater recht und bedanke mich für das Kompliment.

Es ist still im Haus, Niko kauft wohl gerade ein. Und ich mache mich auf den Weg ins Krankenhaus, um nach meiner Mutter zu sehen. Ich erfahre, dass sie in ein paar Tagen entlassen werden kann, und kümmere mich am Nachmittag um einen Platz in einer Rehabilitationsklinik. Durch pures Glück und Zufall sagt mir eine angesehene Einrichtung kurzfristig zu, da dort eben ein Patient abgesprungen ist. Ich veranlasse im Krankenhaus die direkte Verlegung, und schon ist mein Tag wieder fast vorbei, und ich schlendere in die Küche, um mir vor meiner Schicht im *Watermelon* einen kleinen Snack zu machen.

Als ich den Kühlschrank öffne, höre ich jemanden hinter mir sagen: »Ich habe deinem Vater Suppe und einen leichten Hähnchensalat gemacht. Es ist noch etwas da, wenn du möchtest.«

Seine Stimme jagt mir Gänsehaut über den Rücken, und diese hinterhältigen Flatterdinger machen meinen Magen ganz flau. Oder ist es der Hunger? Aus Reflex habe ich schon eine Absage auf den Lippen, doch nach einem kurzen Gedanken an das Gespräch mit meinem Vater heute Vormittag schlucke ich sie hinunter. Niko ist derzeit die einzige Hilfe, die ich habe, und wir sollen irgendwie miteinander auskommen.

»Ein wenig Salat wäre toll«, sage ich bemüht freundlich und drehe mich um. Niko sieht mich erstaunt an. Offenbar hat er nicht mit einer positiven Reaktion gerechnet. »Suppe ist für gewöhnlich mein Mitternachts-Imbiss«, versuche ich ein wenig Small Talk, und er reicht mir einen Teller mit Salat und getoastetem Weißbrot.

»Kochst du die Suppe selbst, oder wird sie geliefert?«, erkundigt sich Niko vorsichtig.

»Wir bereiten alles selbst und so gut es geht frisch zu. Derjenige, der die Nachmittagsschicht hat, kocht die jeweilige Tagessuppe in einer so großen Menge, dass sie bis zum nächsten Tag reicht. Allerdings besteht Johnny seit einiger Zeit darauf, dass auch Armin nach meinen Aufzeichnungen kocht.« Ich rede, um ihn nicht ansehen zu müssen, und mache mich über den Salat her.

»Verwendest du Lillys Rezepte?«, will Niko wissen. Ich blicke auf, und mit einem Mal schnürt es mir die Luft ab. *Vor allem deine*, wäre die richtige Antwort, doch ich bringe nichts heraus. Ich sehe nur seine Augen. Und dann passiert es. Die Kiste bricht auf, und alle Gefühle stürmen gleichzeitig auf mich ein. Sehnsucht, Enttäuschung, Wut, Liebe, Verletzung, Schmerz – alles tanzt gemeinsam Breakdance, und mir wird davon ganz schlecht.

»Ich kann das nicht«, flüstere ich überfordert, verlasse den Tisch und grußlos die Küche. Unfähig, einen klaren Gedanken zu fassen, flüchte ich aus dem Haus.

Viel zu früh erscheine ich heute in der Bar, und Johnny sieht mich verwirrt an.

»Ich wollte Armin beim Kochen helfen«, schiebe ich vor, doch mein Chef hält mich zurück und bugsiert mich auf einen Barhocker.

»Schätzchen, jetzt bekommst du mal einen *Big girls don't cry* von mir und erzählst Onkel Johnny, was gerade mit dir los ist«, beschließt er, und ich seufze. Nach einem großen Schluck aus meinem Cocktailglas zucke ich nur mit den Schultern.

»Hat deine Stimmung etwas mit dem ABBA-Kerl zu tun?«, fragt Johnny, und ich glucke sarkastisch. Die Bezeichnung würde Niko gefallen.

»Er ist eine Praline, richtig?«, mutmaßt er.

»Eine was?« Ich bin verwirrt.

»Eine Praline! Schön anzusehen, wahnsinnig gut, aber nur für kurze Zeit. Danach bereut man, dass man sich hinreißen hat lassen. Bei der Schokopraline, weil sie einem ewig auf den Hüften liegen, bei den Männern ist es eher der Magen oder das Herz …« Nach seiner Erklärung sieht er mich fragend an. Ich würde sagen, er hat es auf den Punkt gebracht.

»Hast du auch ein Rezept gegen Pralinen-Kummer?«, erkundige ich mich dumpf.

Johnny nickt. »Sport!« Er grinst und zwinkert mir zu.

»Ja, bei der Schokolade sicher hilfreich, aber ich meine …«

Ich unterbreche mich selbst, weil mein Chef immer noch grinst und ich endlich verstehe, was er meint.

»Ja klar, du kurierst Kopfschmerzen nach einen Totalabsturz sicher auch mit einem Reparatur-Drink«, antworte ich kopfschüttelnd und gehe in die Küche.

Ich mache mich an die Suppe, und dass heute eines von Nikos Rezepten auf dem Speiseplan steht, verlangsamt mein Gedankenkarussell nicht gerade. Da wir heute Abend zu dritt sind, wird es nicht besonders hektisch. Armin übernimmt die Schankanlage, Johnny den Service und die Cocktails, und ich zaubere in der Küche. Gegen zehn kommt Armin lachend herein.

»Lexi, schnell, das musst du dir ansehen. Ich glaube, ich habe Johnny noch nie so heroisch gesehen«, schüttet er sich förmlich aus.

»Was ist denn los?«, frage ich grinsend nach.

Armin bekommt vor Lachen kaum ein Wort heraus. »Er hat

sich todesmutig zwischen einen Gast und die Jukebox geworfen. Als der Typ reinkam, hat er etwas von ABBA gemurmelt und ist in den Kampf gezogen.« Als er ABBA sagt, vergeht mir das Lachen, und ich stürze in den Gastraum. Oh nein …

Niko beschwichtigt meinen Chef gerade und steuert dann den Tresen an, hinter dem ich stehe. Warum muss er so verdammt gut aussehen? Chucks, gut sitzende Jeans, ein langärmeliges, blau-weiß gestreiftes Shirt, Jeansjacke und das Lächeln, das mich schon im Sommer um den Verstand gebracht hat. Die Schmetterlinge tanzen wieder, und die Warnleuchte dreht gerade durch.

»Was tust du denn hier?«, frage ich Niko entnervt.

In seinen Augen blitzt etwas auf. »Dein Vater schläft, die Küche ist geputzt, und jetzt will ich in einer Bar etwas trinken. Oder hat meine Sklaventreiberin etwas dagegen einzuwenden?«, herrscht er mich an. Ich zucke zusammen. Er studiert die Karte und bestellt dann bei Johnny einen *Be my baby*.

»Und du willst mir erklären, dass es nichts mit mir zu tun hat, dass du ausgerechnet in diese Bar etwas trinken gehst?«, erwidere ich sarkastisch.

»Das hat sogar sehr viel mit dir zu tun!«, kontert er in derselben Stimmung. »Lass mich mal überlegen: Erst sagst du mir, dass du mich liebst, dann meldest du dich nach deiner Rückkehr nicht mehr bei mir, obwohl du es versprochen hast, und statt einer freudigen Begrüßung bei meiner Ankunft hier erwartet mich der eisigste Empfang westlich von Sibirien. Ehrlich gesagt verstehe ich das einfach nicht, also hab ich beschlossen, mich sinnlos zu betrinken. Aber da wir offensichtlich nicht einmal mehr Freunde sein können, kann ich dich wohl kaum um eine Stadtführung bitten und bin daher in das einzige Lokal gegangen, das ich hier kenne. Also musst du wohl damit leben, dass ich hier am Tresen sitze!« Seiner Stimme ist der Ärger anzumerken, und sein Vorwurf tut weh, weil er berechtigt ist.

»Ich wollte mich melden, Niko, aber ...«

»Niko?«, unterbricht mich Johnny, der eben den Cocktail serviert. »Die Praline ist Niko? *Der* Niko?«

»Johnny, misch dich da nicht ein«, zische ich ihm zu.

»Ich bin eine Praline?«, will Niko verwirrt wissen.

»Aber wieso hat er letztes Mal ständig etwas von Funkstille gefaselt?« Mein Chef versteht meinen Wink mit der Zaunlatte nicht.

»Johnny!«, warne ich ihn erneut.

»Was ist hier eigentlich los?«, fragt Niko und sieht zwischen Johnny und mir hin und her, als wäre er auf einem Tennismatch.

»Das würde ich auch gerne wissen«, lässt dieser sich nicht den Mund verbieten. »Du warst doch erst vor Kurzem bei deiner Schwester, um Niko auf dessen Konzert zu sehen, oder nicht?«

»*Johnny, halt den Mund*!«, rufe ich nun laut. Ich brauche nicht zu hoffen, dass Niko es nicht gehört hat. Sein Blick spricht Bände.

»Du warst *da*?«, ruft er außer sich. »Warum weiß ich das nicht? Hast du unseren Auftritt gesehen? Wieso bist du nicht zu mir gekommen? Warum ...« Er redet sich völlig in Rage.

»Ja, ich hab dich gesehen!«, stoße ich laut hervor. »Und auch deine neue Freundin, die du nach eurem Auftritt hinter der Bühne so innig umarmt hast.«

So, nun ist es raus. Jetzt wissen alle, dass ich ein naives Dummchen bin, das ihm nachgelaufen ist und zurückgewiesen wurde. Aber das ist mir gerade egal. Es tut so verdammt weh, sich an den Anblick der beiden zurückzuerinnern. Niko sieht mich einen Augenblick überrumpelt an. Ich kann die Verwirrung in seinem Gesicht erkennen und wie sich die Mosaiksteinchen in seinem Kopf zu einem Ganzen zusammensetzen.

»Du bist wieder gefahren, nachdem du mich mit ihr gesehen hast?«, fasst er dann zusammen. Was ist das denn für eine

Frage? Was hat er denn erwartet? Dass ich ihm zu seiner neuen Flamme gratuliere?

»Du bist ohne ein einziges Wort zu mir wieder gefahren, weil du eine Situation gesehen hast, die du nicht verstanden hast?«, wiederholt er fassungslos. Seine Augen sind so groß wie Untertassen.

»Was soll ich denn daran bitte nicht verstanden haben?« Meine Stimme ist laut und wütend.

»Lexi, ich kann dir das erklären«, beginnt er aufgebracht, doch ich unterbreche ihn.

»*Den* Satz hab ich vor gar nicht allzu langer Zeit schon mal gehört, und ich verzichte auch heute«, fauche ich ihn an. Meine Augen funkeln, und am liebsten würde ich ihm wie eine Katze mit ausgefahrenen Krallen ins Gesicht springen.

»Ich störe euch zwei Süßen ja nur ungern«, mischt sich nun Johnny ein, »aber falls ihr es noch nicht mitbekommen habt, mein Lokal ist angelehnt an *Dirty Dancing* und nicht an *Der Widerspenstigen Zähmung*. Könntet ihr das bitte zu einem anderen Zeitpunkt klären? Und vielleicht nicht unbedingt lautstark in meiner Bar?«

Ja klar, erst einmischen und sich dann beschweren. Ich will eben etwas Patziges erwidern, da fange ich seinen Blick auf. Er ist eindringlich und lässt keine Zweifel daran, dass Johnny es ernst meint.

»Von mir aus gerne. Morgen Abend um acht in eurer Küche?«, schlägt Niko vor und sieht mich bittend an. Warnleuchte und Schmetterlinge führen wieder einmal erbitterten Krieg, doch diesmal gewinnen die kleinen Flatterdinger, auch wenn mein Kopf keine Ahnung hat, wieso ich mir Nikos Ausreden überhaupt anhören sollte.

»Wenn mein Chef mir freigibt?«, erwidere ich mit Seitenblick auf Johnny, der gequält nickt.

Kapitel 20

Die Untersuchung meines Vaters verläuft gut. Die Ärzte sind zufrieden, aber verabschieden darf er sich von seinem Gips noch nicht. Also habe ich Niko wohl oder übel noch eine Weile in meiner Nähe.

Ich versuche den ganzen Tag, mir eine Ausrede einfallen zu lassen, doch schließlich stehe ich um acht Uhr abends vor der Küchentüre und ignoriere mein klopfendes Herz und die Zweifel der Warnleuchte. Als ich den Raum betrete, duftet es schon verführerisch. Kurz schließe ich die Augen und genieße den leckeren Geruch. Niko steht mit dem Rücken zu mir vor dem Herd, und ich zwinge mich, nicht auf seinen wohlgeformten Hintern zu starren.

»Hi«, sage ich schlicht. Ich bin immer noch wütend auf ihn, auch wenn mich die schönen Erinnerungen immer wieder einholen und mir schwache Momente bescheren. Niko dreht sich um.

»Hi«, erwidert auch er kurz und lächelt mich an. Ich bete, dass meine Knie diesem Anblick standhalten. Das kann ja ein heiterer Abend werden. Ruhig nimmt er die Schürze ab und legt sie auf die Arbeitsfläche.

»Es freut mich, dass du da bist. Bevor du irgendetwas sagst, würde ich gerne genau da weitersprechen, wo wir gestern Abend unterbrochen wurden«, fällt er gleich mit der Tür ins Haus. Der Gedanke an das Gespräch steigert meine Anspannung und stärkt meine Standfestigkeit. Aber ich habe versprochen, zuzuhören, was er dazu sagen kann, also nicke ich stumm und sehe ihn aufmerksam an. Niko kommt langsam auf mich zu.

»Kannst du dich noch an die Tanzdisziplin auf der Restaurantolympiade erinnern? Als ich dich abgeholt habe und du mich gefragt hast, ob ich shoppen war oder schon einen Anzug hatte?«, fragt er mich. Was sollen die alten Geschichten denn jetzt? Aber ich denke kurz nach und nicke schließlich verwirrt.

»Ja, du sagtest, den Anzug hättest du noch von der Hochzeit deiner Schwester«, erinnere ich mich.

Niko sieht mich nur an, als würde er auf etwas warten. Ich überlege kurz, worauf, dann verstehe ich und schüttle aufgebracht den Kopf.

»Nein, nein, nein! *Das* ist die älteste Ausrede der Welt. Du willst mir jetzt nicht erzählen, das war deine Schwester?«

»Doch, genau das«, versichert er mir. Er kommt noch einen Schritt auf mich zu und reicht mir sein Handy. Auf dem Display sehe ich ein Foto, das ihn mit einer hübschen blonden Frau zeigt. »Das war auf ihrem Junggesellinnenabschied. Ich war Chauffeur für die Ladys«, erklärt er.

»Mein Gott, wer ist denn auf diese wahnwitzige Idee gekommen, dass sie dich fahren lassen?«, murmle ich, in das Foto vertieft. Die Größe und die Haarfarbe stimmen mit dem Mädchen überein, das ich hinter der Bühne gesehen habe. Sagt er doch die Wahrheit? Aber es war dunkel, deshalb bin ich mir nicht sicher, ob es sich um die gleiche Person handelt. Außerdem, was soll ein Foto schon groß beweisen?

»Das kann jeder sein. Ich weiß, was ich gesehen habe!« Genau wie bei Robert. Der hat auch viel Mist erzählt und mich von vorne bis hinten belogen. Erst durch seine Taten ist er letztlich aufgeflogen. »Du hast sie innig umarmt, angestrahlt und herumgewirbelt und …«

»Lexi!«, unterbricht er mich, doch ich kann den Blick nicht von dem Foto wenden. »Wenn du bei der Eröffnung des *L&P* dabei gewesen wärst, hättet Lilly und du euch anders verhalten als Svenja und ich? Es war mein erstes Konzert.«

Ich denke an den Moment, als Lilly mir von ihrer Schwangerschaft erzählt hat. Dann hebe ich den Kopf und sehe direkt in Nikos blaue Augen. Sie suchen nach einem Zeichen des

Verstehens in meinen und sind so voller Hoffnung und Angst und … Liebe. Und diese Liebe war von unserem ersten Treffen an in seinem Blick. Sie hat ihn überrascht und überfallen, doch er war sich seiner Gefühle für mich von Anbeginn an so sicher. Er hat mich nie angelogen, das wäre nicht seine Art. Ich bemerke, dass ich ihn ebenfalls intensiv ansehe, und spüre das Knistern. Plötzlich zweifle ich keinen Augenblick mehr an seiner Geschichte.

»Ihr habt euch nicht geküsst«, flüstere ich, mehr zu meiner Warnleuchte als zu ihm, aber er nickt lächelnd.

»Ich weiß ja nicht, wie du das mit deiner Schwester handhabst, aber ich habe mir meine Küsse für jemand anderen aufgehoben. Ich hatte so gehofft, dass du zum Konzert kommst. Und als ich auf die Bühne ging, hatte ich auch so ein eigenartiges Gefühl, aber ich dachte, ich wäre nur nervös«, antwortet er leise. Die Anziehung zwischen uns ist greifbar. Die warnenden Worte in meinem Inneren sind verstummt, und ich höre nichts mehr außer … der Türklingel.

»Wer kann das denn sein?«, murmle ich und zwinge mich, einen Schritt von Niko wegzugehen.

Als ich die Eingangstür öffne, steht mein Mitbewohner vor mir.

»Michael? Was machst du denn hier?«, frage ich erstaunt.

»Ich bin heute erst aus Spanien zurückgekommen, und Sylvie hat mir erzählt, was passiert ist. Da dachte ich, ich bringe dir etwas Süßes zur Aufheiterung«, erklärt er und hält mir ein Stück Torte in der Kunststoffbox eines Supermarktes entgegen. Ich spüre, wie Niko hinter mich tritt.

»Hallo, ich bin Niko«, höre ich seine Stimme und entdecke einen Unterton, den ich nicht ganz einsortieren kann.

»Niko also? Von dir hab ich schon gehört«, entgegnet Michael kühl und mustert Niko von oben bis unten. »Ich bin Michael, Lexis Mitbewohner und langjähriger guter Freund.« Es klingt herausfordernd. Moment mal …

»Dafür, dass du Lexi so lange kennst, weißt du aber noch nicht besonders gut über sie Bescheid«, erwidert Niko in meinem Rücken, und ich frage mich, was hier abgeht. Sie knurren einander an wie zwei Hunde.

»Wie meinst du das?«, will Michael wissen.

Niko deutet auf die Torte und lacht ironisch auf. »Lexi isst grundsätzlich keine Süßigkeiten oder Süßspeisen ohne Schokoanteil, und auf Erdbeeren reagiert sie allergisch«, erklärt er. Während Michael auf den Erdbeer-Käsekuchen in seinen Händen starrt, sehe ich Niko erstaunt an.

»Das weißt du noch?«, stoße ich überrascht hervor.

Seinen Blick kann ich nur schwer zuordnen. Wir stehen uns nun gegenüber, als er leise, aber bestimmt sagt: »Deine Blutgruppe ist A positiv, und du bist im Sternzeichen Krebs. Du kannst deine Cousinen größtenteils nicht ausstehen, deine Lieblingsfarbe ist Gelb, und du hasst Marzipan. Du magst keine Hunde, weil du mit sieben von einem Cockerspaniel gebissen wurdest, wovon du bis heute eine kleine Narbe an der linken Wade hast. Und ich habe nie auch nur eine einzige Information gebraucht, um dich von Lilly zu unterscheiden.« Ich bin unfähig zu sprechen und sehe ihn wie vom Blitz getroffen an.

Niko wendet sich an Michael. »Nimm die Torte wieder mit, und tröste dich mit ihr darüber hinweg, dass Lexi den heutigen Abend mit mir verbringt. Ich hab Mousse au Chocolat gemacht und Schokokekse gebacken.« Es klingt wie eine Kriegserklärung. Erst als er mich ansieht, wird sein Blick wieder weich. »Eckige«, fügt er leise hinzu, und ich muss lächeln. Während die Schmetterlinge in meinem Bauch Cha-Cha-Cha tanzen, versinke ich in Nikos Augen. Michael muss wohl gegangen sein, denn Niko schließt die Türe, doch ich bekomme es kaum mit.

»Lexi, glaubst du mir jetzt?«, erkundigt er sich mit rauer Stimme. Ich nicke nur und lasse mich von der Magie dieses

Moments einhüllen. Vorsichtig umfasst Niko meine Taille und zieht mich an sich. Seine Berührung ist wie ein Stromstoß, der mich durchfährt und meinen Puls hinaufschnellen lässt. Er kommt noch ein Stück näher, und ich lege meine Wange an seine. Nun höre ich mein Herz schlagen, so laut, dass ich meine, auch er müsste es hören. Ich schließe die Augen und atme seinen Duft ein. Den Duft nach Küche und einem leichten Hauch Aftershave. Es vergehen noch Sekunden, in denen wir so verharren, und ich wünschte, dieser Moment würde ewig dauern. Schließlich finden sich unsere Lippen. Seine sind so warm und weich und fühlen sich an, als wären sie dafür gemacht, auf meinen zu liegen. Und es ist, als wäre keine Stunde vergangen, seit ich ihn das letzte Mal geküsst habe. Ich schlinge meine Arme um ihn und dränge mich in seine Umarmung. Unsere Küsse werden mutiger, unsere Zungen necken und umkreisen sich, spielen und reizen, bis ich alles rund um mich vergessen habe. Es ist, als würde ich aus einem tiefen Schlaf aufwachen, und mein ganzer Körper kribbelt. Langsam gehen meine Hände auf Wanderschaft, begrüßen Nikos Schultern und seine kräftige Brust. Er streichelt mir über den Rücken, was mich dazu bringt, mich noch näher an ihn zu drängen. Durch seine Jeans kann ich spüren, wie erfreut er darüber ist, und mir entschlüpft ein Seufzen. Niko versteht das als Aufforderung, umfasst meinen Po, und seine starken Hände tragen mich ins Wohnzimmer, wo unsere Kleider bald auf dem Boden liegen und wir uns nicht nah genug kommen können.

Als wir einige Zeit später gemeinsam am Herd stehen, bin ich froh, dass mein Vater derzeit nicht alleine aufstehen kann, sonst hätte es eine peinliche Situation geben können. Ich kuschle mich in Nikos Arme, und er küsst mein Haar und flüstert: »Ich habe dich so vermisst!«

»Ich dich auch!«, antworte ich ihm leise.

Als wir schließlich viel später als geplant beim Essen sitzen, spreche ich Niko darauf an, dass er nun auch ein Fossil ist, weil er die Zwei vorne hat. Er lacht nur.

»Wie war dein Geburtstag?«, will ich wissen und schiebe ein Raviolo in meinen Mund.

Niko überlegt. »Toll und schrecklich. Klar war es super, dass unser Konzert genau an meinem Geburtstag war. Alle waren da, meine Freunde, meine Familie, und wir haben ewig lang gefeiert. Aber es war schrecklich, weil du mir an diesem Tag so wahnsinnig gefehlt hast«, gibt er leise zu. »Wenn ich gewusst hätte, dass du da unten im Publikum warst …« Abrupt sieht er auf. »Du hast mir noch nicht gesagt, wie dir unser Auftritt gefallen hat.«

Ich grinse. »Er war der Hammer!«, schwärme ich begeistert. »Von der Bühnenperformance über die Songauswahl bis zu eurem Timing war es perfekt. Ich hatte die ganze Zeit über Gänsehaut. Und nach der Zugabe wollte ich sofort zu dir …«

»… und bist über Svenja gestolpert«, führt Niko meinen Gedanken zu Ende. »Ich bin so froh, dass wir dieses Missverständnis endlich aus der Welt geschafft haben.«

»Ja, ich auch«, stimme ich ihm zu. Dann küsst er mich, und mehr braucht es nicht.

Kapitel 21

Mein Vater erkennt am nächsten Morgen sofort, dass sich die Stimmung zwischen Niko und mir geändert hat. Ich ahne, dass er schon davor mehr wusste, als er mir gegenüber erwähnt hat, denn ich sehe aus dem Augenwinkel den Blick, den Niko und er tauschen, und ein amüsiertes Zwinkern von Paps. Niko und ich sprechen nicht darüber, doch es ist klar, dass wir wieder zusammen sind. So wie Mond und Sterne sich nicht verabreden müssen, dass sie Nacht für Nacht gemeinsam am Himmel stehen. Zwar behält Niko sein eigenes Zimmer, doch mehr damit er seine Klamotten irgendwo unterbringt und um mich abends zu fragen, ob wir bei ihm oder bei mir schlafen. Auch nach meinen Schichten im *Watermelon* schlüpfe ich leise unter seine Decke und kuschle mich selig an meinen Freund.

Niko fügt sich in mein Umfeld nahtlos ein. Sylvie freut sich über seinen Aufenthalt, als wäre ein Familienmitglied heimgekehrt. Keine Ahnung, was in letzter Zeit mit ihr los ist, so gefühlsbetont kenne ich meine rational denkende Freundin gar nicht. Aber ich finde es schön, dass sie es Niko so leicht macht, sich hier einzuleben, und die beiden Freunde werden.

Als ich Niko zum ersten Mal mit ins *Watermelon* nehme, zieht Johnny fragend seine Augenbrauen hoch.

»Muss ich mich wieder schützend vor die Jukebox stellen? Oder die teuren Gläser in Sicherheit bringen?«, fragt er skeptisch, und ich lache.

»Nein, die Wogen sind geglättet.«

»Und was macht die Praline hier?«, erkundigt er sich dann.

Niko hebt theatralisch die Hände. »Was redet ihr denn da immer?«, will er wissen, doch ich ignoriere seinen Einwand.

»Er ist keine Praline mehr«, antworte ich Johnny, »sondern viel mehr mein tägliches Dessert, das immer etwas Überraschendes an sich hat, jeden Tag ein wenig variiert, aber mich letztlich glücklich macht und befriedigt, sodass ich nie genug davon bekommen kann.« Nun grinst mein Chef.

»Na, da hat es aber jemanden ganz schön erwischt«, gluckst er und streckt Niko die Hand hin. »Also gut, dann willkommen in meiner bescheidenen Bar. Ich bin Johnny, der Chef und beste Freund deiner Süßen hier, und wenn du sie unglücklich machst, dein schlimmster Albtraum.« Beeindruckt blinzle ich kurz. So ein männliches Reviergehabe hätte ich ihm gar nicht zugetraut.

»Niko«, stellt dieser sich vor. »Und Lexi unglücklich zu machen ist ohnehin mein größter Albtraum.« Na, da liegt aber heute viel Testosteron in der Luft.

»Jaja, piep piep piep, wir haben Lexi alle lieb. Jetzt lasst doch das Herumzicken bleiben, und schüttelt euch die Pfote«, ertönt hinter mir die Stimme meiner Freundin, mit der wir verabredet sind. Die beiden Männer grinsen und kommen ihrer Aufforderung nach. »So, nachdem wir jetzt alle Freunde sind, hätte ich gerne einen *Be my baby*, einmal *Robbie* und einen ruhigen Sitzplatz, denn der Tag im Büro war die Hölle. Ich hasse Weihnachtsfeiern«, sagt Sylvie erschöpft.

Wir verkrümeln uns in eine Nische, wo wir uns an einem Ecktisch niederlassen. Während wir essen, fällt mir ein, dass ich den beiden immer noch etwas verheimliche. Also hole ich tief Luft und unterbreche ihr angeregtes Gespräch über den laufenden Song mit einem: »Ich muss euch was gestehen!« Überrascht sehen mich beide an und schenken mir ihre volle Aufmerksamkeit.

»Bis jetzt hat noch niemand ein positives Geständnis mit diesen Worten eingeleitet, das ist dir klar, oder?«, zieht Sylvie mich auf und beißt in ihr Brot. Niko kann sich das Lachen nicht verkneifen, und ich hoffe, dass mir die beiden nicht böse sind. Ich beschließe, mich erst an Sylvie zu wenden, da mir ihre Reaktion weniger Sorge bereitet.

»Als Niko damals mit dir Kontakt aufgenommen und dich nach mir gefragt hat, da habe ich mich in der Nacht als du ausgegeben, als wir gechattet haben«, gestehe ich ihr und halte nervös die Luft an. Doch meine Freundin isst genüsslich weiter. »Äh, Sylvie?«

»Ach so, das war's schon?«, erkundigt sie sich und greift nach ihrem Glas. »Das wusste ich schon, Süße!«

»Ich, aber … woher?«

»Euer Gespräch ist in meinen Nachrichten gespeichert«, klärt sie mich auf. »Ich habe es gelesen.«

»Du hast es gelesen?«, stoße ich hervor. »Aber das war privat.«

Sylvie hebt eine Augenbraue. »Also ist es o.k., dass du dich als ich ausgibst und dich unter meinem Namen mit jemandem unterhältst, aber wenn ich lese, was ich angeblich gesagt habe, ist es verwerflich?« O.k., sie hat mich am Arsch.

»Du hast recht, sorry!«, gebe ich kleinlaut zu, doch Sylvie winkt ab. Dann wage ich es, Niko anzusehen.

»Es tut mir leid, dass ich dir nicht gesagt habe, dass ich es war!« Nikos Blick ist auf sein Glas geheftet, und gerade als ich beginne, mich schlecht zu fühlen, sieht er auf und lacht.

»Ich wusste auch Bescheid«, gibt er dann zu. Ich stoppe die beiden mit einer Handbewegung.

»Moment mal! Also bei Sylvie verstehe ich das ja noch, aber wie konntest du davon erfahren? Als du zum ersten Mal hier im *Watermelon* aufgetaucht bist, hast du mir gesagt, dass Sylvie dir gesagt hat, wo du mich findest. Da warst du also noch der Meinung, dass du mit *ihr* geschrieben hast.« Doch ich ernte Kopfschütteln von beiden.

»Vor Nikos Ankunft hat er mich nochmals kontaktiert. Bei der Gelegenheit hab ich auch den Chat zwischen euch gelesen. Er wollte fragen, ob ich es für eine gute Idee halte, wenn er kommt, weil du dich die ganze Zeit nicht bei ihm gemeldet hast. Und eben weil er so um dich besorgt war, dachte ich, dass irgendetwas damals auf dem Konzert schiefgelaufen ist und ihr das klären solltet. Deshalb habe ich ihm auch den Tipp gegeben, dass er dich im *Watermelon* findet, falls du nicht im Haus deiner Eltern bist. Er wusste es also tatsächlich von mir, wo er dich findet.« Sie zwinkert mir zu.

»O.k., das macht Sinn«, lenke ich ein. »Aber woher wusstest du dann, dass ich es war, die damals am Laptop saß?« Ich sehe meinen Freund fragend an. Er greift nach meiner Hand und streichelt sie leicht.

»Ich wollte damals von Sylvie wissen, wie es dir geht. Und als Antwort kam *Eigentlich gut*. Als ich nachgefragt habe, was eigentlich bedeutet, kam statt einer Erklärung nur die Frage, wie es mir geht. Da wusste ich, dass du es bist. Sylvie hätte mir Infos über dich geschrieben oder mir gesagt, ich soll sie in Ruhe lassen. Aber es wäre ihr nicht wichtig gewesen, wie es *mir* geht. Außerdem hätte sie gleich geantwortet, als sie meine Nachricht gelesen hat, und nicht um zwei Uhr morgens.« Sein Blick ist intensiv. »Ich hab immer schon gewusst, wann du es bist, weißt du nicht mehr?« Dann beugt er sich zu mir und küsst mich. Erleichtert, dass keiner der beiden mir böse ist, erwidere ich den Kuss. Nach einigen Minuten räuspert sich Sylvie neben uns.

»Muss Liebe schön sein«, murmelt sie sarkastisch.

Niko löst sich von mir und grinst sie an. »Solltest du auch einmal versuchen«, rät er ihr.

»Ja, das finde ich auch«, gibt Johnny, der eben meinen *Will you still love me tomorrow* an den Tisch bringt, ihm recht.

»Dass du mir in den Rücken fällst, wundert mich aber«, gibt Sylvie zu. »Du bist doch auch allein, oder?«

Johnny sieht sich in der Bar um. Außer unserem ist noch ein Tisch besetzt, und der Abend neigt sich dem Ende zu. Also schnappt er sich einen Stuhl, dreht ihn um und setzt sich rittlings darauf.

»Schätzchen, ich bin vielleicht Single, aber alleine bin ich nicht so oft, wie du vielleicht denkst.« Er zwinkert Sylvie zu. Doch ich blicke hinter die fröhliche Fassade und sehe einmal bewusst den Mann, der hier am Tisch sitzt und mir in den letzten Wochen zum Freund geworden ist. Er ist um die dreißig, und seine braunen Augen machen den Eindruck, als hätten sie schon mehr gesehen, als manch einer von ihm denkt. Sein blondes Haar trägt er kurz und lässig mit Gel gestylt, sein Körper ist trainiert und dezent muskulös. Ohne Frage achtet er auf sich, und auch wenn mein umwerfender Freund neben mir sitzt und ich nicht auf diese Art an Johnny interessiert wäre, wenn er auf meiner Uferseite schwimmen würde, muss ich zugeben, dass er sehr attraktiv ist. An Angeboten mangelt es ihm bestimmt nicht.

»Sylvies Frage bezog sich aber nicht darauf, ob du alleine ins Bett gehst, sondern weshalb du nicht einen deiner Bettgefährten behältst«, werfe ich ein. Er sieht mich lange an und erkennt, dass er mit einer witzigen Ausflucht jetzt nicht mehr davonkommt.

»Weißt du, Herzchen, im Märchenbuch des Lebens ist meines leider eines ohne Happy End«, erwidert er dann leise. »Bei mir ist eben alles sehr unkonventionell und schwierig. Das hat schon bei meiner Familie angefangen.«

»Hat die es nicht so gut aufgenommen, dass du …« Niko sucht nach einer passenden Formulierung.

»Dass ich schwul bin?«, hilft ihm Johnny und bringt es auf den Punkt. Mein Freund nickt, doch mein Chef winkt ab.

»Also *meine* Homosexualität war vermutlich das kleinste Problem für meine Eltern«, beginnt er dann zu erzählen. »Eigentlich hätte es mich gar nicht geben dürfen. Denn auch mein Vater steht dem männlichen Geschlecht näher als dem weiblichen. Aber vor fünfunddreißig Jahren war das noch ein Tabuthema, und so hat er meine Mutter nach einigen Monaten Beziehung eben geheiratet. Aber die Fragen wurden immer mehr, wann sie denn nun endlich Nachwuchs bekommen würden, darum gab er sich wohl einige Male einen Ruck und hat sich dazu überwunden, mit ihr Sex zu haben, damit der Schein der heilen Familie gewahrt blieb. Und nachdem sie mich zur Welt gebracht hat, war er ein liebevoller und fürsorglicher Familienvater, aber nie wirklich ein Ehemann oder der Liebhaber meiner Mutter. Also gab es für diesen Part in ihrem Leben einen anderen. Ich kannte ihn in meiner Kindheit als Onkel Reinhard, der angeblich ein alter Freund meines Vaters war. Erst mit sechzehn habe ich dieses Lügenspiel durchschaut und verstanden, dass meine Eltern eine Ehe zu dritt führten, und auch, warum.«

Wir lauschen seiner Geschichte mit offenen Mündern.

»Wow«, entfährt es der fassungslosen Sylvie, und auch Niko und mir fehlen die Worte. »Und wann hast du dann gemerkt…«

»Dass ich ganz nach meinem Vater komme? Auch in diesem Alter. Ich hatte dann ein langes Gespräch mit ihm, in dem ich ihn gefragt habe, ob wir abstoßend sind, sodass man es verstecken muss. Das hat ihm die Augen geöffnet, was für ein schlechtes Vorbild er für mich ist, wenn er mir vorlebt, dass man nicht dazu steht, wer und wie man ist. Wir haben uns ein Jahr später gemeinsam geoutet – ich mit siebzehn und er mit zweiundvierzig. Für meine Mutter war es eine große Erleichterung, dass sie die Scheidung einreichen und mit ihrem eigentlichen Lebenspartner offiziell zusammen sein konnte. Und mein Vater und ich haben die Koffer gepackt und sind hierher gezogen.«

»Hast du noch Kontakt zu ihnen?«, frage ich.

»Meiner Mutter geht es gut, und sie hat Reinhard kurz nach der Scheidung geheiratet. Wir telefonieren einmal im Monat miteinander. Mein Vater ist vor drei Jahren bei einem Verkehrsunfall ums Leben gekommen. Schade, dass er seinen Freund nicht mehr offiziell heiraten konnte, das wäre sein großer Wunsch gewesen. Und dass sein Sohn auch einmal Glück in der Liebe hat.«

»Womit wir wieder beim Thema wären, weshalb du Single bist«, wirft Sylvie ein. Johnny zuckt mit den Schultern.

»Ich würde sagen, das liegt an der Arbeit«, meint er dann nach kurzem Überlegen. »Bisher hatte ich zwei Beziehungen, die wirklich ernst waren. Den Ersten habe ich verlassen, weil er seinen Job als Küchenchef mehr geliebt hat als mich und zu viel gearbeitet hat. Danach habe ich beschlossen, meinen Traum von der eigenen Bar zu verwirklichen. Und der Zweite hat dann mich verlassen, weil *ich* hier zu viel gearbeitet habe. Also bleibt das *Watermelon* meine einzig wahre Liebe.« Die Stimmung ist betreten, doch er lacht.

»Jetzt macht nicht solche Gesichter, mir geht es gut. Ich sitze hier mit zwei tollen Frauen und einer knackigen Praline in meiner gut gehenden Traumbar. Es hätte schlechter kommen können. Und jetzt ab auf die Tanzfläche, wir brauchen eine Auflockerung.« Er zieht Sylvie hoch und nimmt auch meine Hand. Dann drückt er ein paar Tasten der Jukebox und *Hungry Eyes* von Eric Carmen ertönt.

»Für euch zwei Turteltauben«, raunt er Niko und mir augenzwinkernd zu und zieht dann Sylvie an sich, um mit ihr einen lupenreinen Mambo aufs Parkett zu legen, wie ich neidlos anerkennen muss. Niko und ich achten weniger auf die Schritte als auf die gemeinsamen Bewegungen und zeigen dem guten Herrn Carmen, wie hungrig Augen wirklich schauen können.

Es läuft also alles wirklich gut, nur Michael und Niko kommen nicht besonders gut miteinander klar. Wenn sie aufeinandertreffen, habe ich immer das Gefühl, dass sie sich am liebsten wie Hunde anknurren würden. Mit beiden habe ich schon das Gespräch gesucht, doch während Michael so tut, als hätte er keine Ahnung, wovon ich rede, sagt mir Niko geradeheraus, dass er denkt, mein Mitbewohner würde mehr als nur Freundschaft von mir wollen. Da Micha und ich dieses Thema jedoch nach unserer unglücklichen Knutscherei besprochen haben, kann ich Nikos Vermutung getrost widerlegen. Allerdings verbessert sich die Situation dadurch leider nicht.

Die Wochen vergehen, aus Herbst wird Winter, und ich bin einfach nur glücklich. Natürlich habe ich nach wie vor viel um die Ohren, doch Niko und ich ergänzen einander hervorragend, und alles geht mir viel leichter von der Hand. Und wenn ich nicht gerade Schicht im *Watermelon* habe, spielt er mir jeden Abend etwas auf der Gitarre vor. Und zwar schon wie früher bevorzugt U2.

Kapitel 22

Als der Tag gekommen ist, an dem meine Mutter aus der Rehaklinik nach Hause entlassen wird, ist mir trotzdem leicht mulmig. Es ist eine Sache, dass Niko sich mit meinen Freunden gut versteht und sogar meinen Vater auf seiner Seite hat. Aber meine Mutter ist ein ganz anderes Kaliber. Zudem habe ich am Vormittag noch einen Termin bei Dr. Thiemann und muss kurz danach schon los, um sie abzuholen. Doch als ich nach der Uni nach Hause komme, ist alles anders als geplant. Im Flur stehe ich plötzlich meiner Mutter gegenüber.

»Mama, was machst du denn schon hier?«, stoße ich überrascht hervor.

»Mein Zimmer wurde schon früher benötigt, und ich wollte nicht bis zum Nachmittag in der Cafeteria sitzen«, erklärt sie. »Also habe ich angerufen, ob mich jemand schon früher abholen kann.«

Ich zucke mit den Schultern. »Und wer hat dich abgeholt?«, erkundige ich mich.

»Ich natürlich«, antwortet Niko, der gerade aus der Küche kommt.

»*Du*?«, rufe ich entsetzt. Himmel, meine Mutter hatte doch gerade erst einen Autounfall.

»Beruhig dich, Lexi! Ich habe heimlich fahren geübt«, zwinkert er mir zu. »Gertrud, war das das Buch, das du meintest?« Er hält ihr ein Kochbuch entgegen, doch meine Mutter sieht ihn nur entsetzt an.

»Lexi?«

»Gertrud?«

Auch ich kann es nicht fassen! Robert hat meine Mutter über ein Jahr gesiezt, ehe ihm das Du angeboten wurde, und Niko schafft es innerhalb einer Autofahrt zu *Gertrud*?

»Ja und Niko«, meint Niko und deutet auf sich selbst. »Jetzt haben wir uns alle vorgestellt.« Er zwinkert uns zu und küsst mich rasch auf den Mund. »Ich werde uns dann mal etwas Leckeres kochen.« Als er in der Küche verschwunden ist, sieht mich meine Mutter an.

»Er ist nett«, sagt sie dann. »Ich mag ihn, aber er ist ganz anders als Robert.« Sie mag ihn? Die Hölle friert wohl gerade zu. Ich glaube nicht, was ich da höre, aber nicke gehorsam.

»Ja, das ist er tatsächlich«, gebe ich dann zu und meine beide Aussagen. Dann sieht sie mich tadelnd an.

»Lexi also?«, fragt sie dann mit spitzen Lippen.

Ich nicke nur.

»Und Elisabeth?«, will sie wissen.

»Ist jetzt Lilly«, bestätige ich ihre Vermutung. Sie sieht nicht begeistert aus.

»Ich sehe mal nach deinem Vater«, beschließt sie dann.

»Seinen Gips ist er morgen los«, bringe ich sie auf den Letztstand.

»Das ist großartig«, freut sie sich. »Und wie lange bleibt ihr noch bei uns?« Es liegt Hoffnung in ihrer Stimme. Vor ein paar Monaten hätte ich schwören können, dass sie mich keinen Tag länger als unbedingt nötig in ihrem Haus haben will, und jetzt hofft sie, dass ich bleibe? Nein, dass *wir* bleiben?

»Ich habe gestern mit Eli ... mit Lilly telefoniert, und sie kann Niko noch bis Weihnachten entbehren. Und da ihr ja noch Hilfe im Haushalt, beim Kochen und Einkaufen braucht, dachten wir, dass Niko so lange noch hierbleibt. Natürlich nur, wenn das für euch in Ordnung ist?«, füge ich rasch hinzu und erhalte ein Lächeln von meiner Mutter.

»Das wäre schön«, sagt sie nur und geht dann langsam die Treppe zum Elternschlafzimmer hoch.

»Du hast tatsächlich den Drachen gezähmt«, gluckse ich, als ich zu Niko in die Küche gehe. »Wie hast du das geschafft?«

Mein Freund grinst. »Ich war erstaunt, dass sie nichts von mir wusste«, erwidert er dann mit strengem Seitenblick. »Also hab ich ihr kurzerhand während der Fahrt erklärt, dass ich in ihrem Haus wohne und ihren Mann pflege, dass ich für ihre erstgeborene Tochter arbeite und die zweitgeborene liebe, und bis wir hier angekommen sind, waren wir beim Du.«

Ich schüttle lachend den Kopf. »Das bringst auch nur du fertig!« Dann küsse ich ihn.

Es hat sich ein Alltag eingependelt, und wir fühlen uns beide wohl, so wie es läuft. Niko und ich sprechen nicht über die Zeit nach Weihnachten. Es ist zwar die Vogel-Strauß-Taktik, aber im Moment sind wir glücklich damit.

An einem Samstag mache ich mich um sechs auf den Weg zu meiner Schicht im *Watermelon*, doch dort erwartet mich eine Überraschung. Armin versperrt mir den Weg in die Küche, und Johnny drückt mir einen *Be my baby* in die Hand, ehe er mich an einen kleinen Ecktisch verfrachtet. Wenig später betritt Niko die Bar.

»Was machst du denn hier?«, will ich wissen und küsse ihn rasch. Er zaubert hinter seinem Rücken meinen dicken Mantel, Schal, Mütze und Stiefel hervor.

»Wir haben heute freibekommen«, informiert er mich dann lächelnd. »Deine Eltern haben mir versichert, dass sie alleine zurechtkommen, und dein Chef hat sich auch bereit erklärt, den Laden heute allein mit Armin zu schmeißen. Du und ich haben nämlich jetzt ein Date.« Begeistert sehe ich zu Johnny, der mir aufmunternd zunickt.

»Im Ernst?«

Seit Nikos Ankunft hatten wir keinen kompletten Abend für uns. Natürlich haben wir uns Stunden für gewisse Vergnügungen und ausgiebiges Kuscheln geklaut, aber ein geschenkter Abend klingt fantastisch.

»Ja! Keine Küche, keine Diplomarbeit, keine Eltern, nur du

und ich und der Weihnachtsmarkt«, verrät er, was er mit mir vorhat. Ich überlege kurz. Es ist tatsächlich schon Dezember? Rasch schlüpfe ich in die mitgebrachten Sachen, die mich schön warm halten werden, greife nach Nikos Hand und verschwinde schnell aus dem *Watermelon*, ehe Johnny es sich noch anders überlegt.

Eng umschlungen schlendern wir über den großen Weihnachtsmarkt beim Rathaus. Der riesige Christbaum strahlt und funkelt, die Lichterketten auf den Buden leuchten hell, und alles wirkt wie auf einer Kitschpostkarte. Wir trinken Punsch, essen Schokolollys in Weihnachtsmannform und kaufen einander Lebkuchenherzen mit den Aufschriften *Liebling* und *Herzblatt*. Heute sind wir nur ein ganz normales verliebtes Paar.

»Wollen wir vielleicht ins Kino?«, frage ich Niko, als wir uns an einem Hotdog gestärkt haben.

Mein Freund grinst schelmisch. »Ich habe noch eine Überraschung für dich.«

»Theaterkarten?«, mutmaße ich, während er in seiner Tasche kramt und schließlich einen Schlüssel hervorzieht. Genau genommen *meinen* Schlüssel.

»O.k., und was ist daran überraschend? Deine Fertigkeiten als Taschendieb?«, scherze ich.

»Auch Sylvie findet, dass wir mal einen ganzen Abend als Paar verdient haben«, erklärt er, »und übernachtet heute bei einer Freundin. Und dein Mitbewohner ist wieder mal auf Geschäftsreise, also haben wir eure Wohnung ganz für uns.«

Ein leises Prickeln breitet sich in mir aus. Ungestörte Zweisamkeit mit Niko? Ohne die Gewissheit, dass Eltern im selben Haus schlafen? Also, haltet mich für verklemmt, aber der letzte Punkt hemmt mich schon in gewisser Weise – auch wenn ich keine sechzehn mehr bin und meinen Eltern klar ist, dass wir Sex miteinander haben. Ich mache einen Schritt auf Niko zu und küsse ihn stürmisch. Er schlingt die Arme um mich und zieht mich noch näher an sich.

»Lass uns gehen«, flüstere ich atemlos, als wir uns voneinander lösen.

In meiner Wohnung werfe ich Niko einen tiefen Blick zu, kaum dass die Tür ins Schloss gefallen ist, doch er lacht und winkt ab.

»Erst mal möchte ich wissen, wie du wohnst«, vertröstet er mich und sieht sich um. Wie eine Maklerin führe ich ihn durch die Räume und beende die Besichtigungstour in meinem Zimmer.

»Und hier hätten wir ein großes, gemütliches Bett, sehr stabil, garantiert nicht quietschend und sehr einladend.« Ich greife nach seinen Händen. Niko küsst mich leidenschaftlich, und ich glaube in seinen Armen zu schmelzen. Immer inniger und tiefer werden unsere Küsse, bis er nach meinem Pullover greift und ihn mir rasch auszieht. Ich zerre an seinem Hemd und bin froh, dass es nur Druckknöpfe hat. Heiß zieht er eine Spur von Küssen über meinen Hals bis zu meinen Schultern, von denen er Top und BH-Träger schiebt. Ich schnappe nach Luft und revanchiere mich, indem ich an seinen Brustwarzen knabbere. Ein leises Stöhnen entwischt ihm, und schon bin ich obenrum nackt. Auch unsere Hosen landen in kürzester Zeit auf dem Boden, ehe wir auf das Bett sinken. Ich dränge mich begierig an Niko, doch er lächelt nur, schiebt mich zurück in die Kissen und bedeckt meine Brüste mit Küssen, was mich fast um den Verstand bringt. Dann wandert er nach unten, bis seine Küsse sehr intim werden und mich aufkeuchen lassen. Ich will ihn. Jetzt. Sofort. Ich winde mich unter seinen Händen, doch ernte nur ein leises Lachen, während er mich weiter innig liebkost. Mein Höhepunkt kommt völlig überraschend, doch sehr heftig, und ich schreie kurz auf. Niko legt sich neben mich, stützt seinen Kopf auf die Hand und grinst mich an.

»Du brauchst gar nicht so selbstzufrieden zu sein«, necke ich ihn, sobald ich wieder zu Atem komme. Dann küsse ich ihn leidenschaftlich, bringe ihn dazu, sich auf den Rücken zu legen, und revanchiere mich ausgiebig, bis auch er seine Hände in die Decke krallt. Anders als erwartet braucht Niko jedoch keine Verschnaufpause. Sein feuriger Blick verspricht mir, dass es eine lange Nacht wird, in der wir auf keinen Fall schlafen werden. Und er hält sein Versprechen.

Kapitel 23

Als Niko am nächsten Morgen mit zwei Tassen schwarzem Kaffee wieder unter meine Decke schlüpft, kuschle ich mich wohlig an ihn.
»Daran könnte ich mich gewöhnen«, seufze ich zufrieden.
Niko grinst. »An den Sex oder an den Kaffee im Bett?«
»An beides«, gebe ich zu. Er legt seinen Arm um mich und streichelt gedankenverloren meine Schulter.
»Ich hätte im Sommer mit dir gehen sollen«, sagt er dann leise. Überrascht setze ich mich auf.
»Aber das Thema hatten wir doch damals«, erinnere ich ihn und überlege einen Moment. »Und wenn ich ganz ehrlich bin, halte ich es nach wie vor für die richtige Entscheidung, dass ich dich nicht gebeten habe mitzukommen. Ich hatte den Plan, mein Leben wieder in die richtige Spur zu bringen, mit einem Job, einer Wohnung und Feuer hinter meiner Diplomarbeit. Ja, vielleicht wäre mir das auch gelungen, wenn du bei mir gewesen wärst, aber ich hätte die Landstraße zum Ziel genommen und nicht die Autobahn wie jetzt. Du hättest mich an der Hand gehalten, aber ich hatte einen kräftigen Tritt in den Arsch nötig.« Ich sehe ihn an, unsicher, ob er mir böse ist.
»In Ordnung, ich hab es verstanden«, beruhigt er mich. »Aber was würdest du dazu sagen, wenn ich jetzt bleiben würde?«
»Dass meine Schwester mich umbringt, wenn ich ihr den Koch abspenstig mache«, platze ich heraus.
Er lacht. »Ich glaube, dass sie dieses Risiko durchaus mit eingeplant hat, als sie mich zu dir geschickt hat.«
Ich lege den Kopf schief. Das wäre gut möglich. Nein, eigentlich wäre es Lilly absolut zuzutrauen. Abrupt setze ich mich auf und starre ihn an. Ist das sein Ernst? War das jetzt wirklich eine Frage? Er blickt mich abwartend an und lächelt. Ich fasse

es nicht! Niko will hierbleiben? Niko will hierbleiben! Bei mir! Keine Trennung mehr! Keine Beziehung auf Zeit, einfach nur zusammen sein ohne Ablaufdatum. Ich schlage die Hände vor den Mund, um nicht hysterisch aufzulachen.

»Du musst nur noch Ja sagen.« Niko sieht mich fragend an. Ich nicke schnell. »Ja!«, flüstere ich und kann noch gar nicht glauben, was da eben passiert ist. Ich höre Trompeten in meinem Kopf, und die Schmetterlinge in meinem Bauch tanzen zu deren Musik. Rasch küsse ich Niko, und er schlingt erneut seine Arme um mich. Als sein Kuss leidenschaftlicher wird, bringe ich etwas Abstand zwischen uns.

»Ich bremse dich ja nur ungern, aber ich habe heute noch Termine und muss dringend duschen und mich fertig machen«, erkläre ich wehmütig.

»Duschen klingt toll«, raunt mein Freund und drängt mich unter ständigem Küssen in Richtung Badezimmer. Allerdings nicht mit dem Gedanken an Körperpflege, und zu meinen Terminen komme ich hoffnungslos zu spät, allerdings mit einem zufriedenen Grinsen auf dem Gesicht.

Die Tage vergehen, und der Dezember schreitet voran. Die Physiotherapie meines Vaters läuft gut, und meine Mutter kann immer mehr Arbeiten eigenständig erledigen. Nikos größter Stress ist vorüber, und ich erlaube mir, einen Gang bei meiner Diplomarbeit runterzuschalten. Wir nehmen uns einen Nachmittag frei, um Weihnachtseinkäufe zu machen, und bummeln verliebt durch das Einkaufszentrum und die Innenstadt. Nachdem ich kleine Aufmerksamkeiten für meine Eltern und Lilly besorgt habe, frage ich Niko, was er sich wünscht.

»Eigentlich reicht es mir, wenn wir zusammen sind. Aber vielleicht sollten wir uns gegenseitig ein paar Tage Urlaub schenken, wenn deine Diplomarbeit fertig ist«, schlägt er vor. Diese Idee begeistert mich.

»Aber wohin es geht, überlegen wir uns erst später«, stimme ich zu. Es ist schön, mit ihm zu planen und gemeinsam an die Zukunft zu denken. Ich fühle mich angekommen und geliebt.

An einem Donnerstag sitzt Niko an der Bar des *Watermelon*. Es ist früh, und noch trudeln kaum Bestellungen in der Küche ein, also stehe ich hinter dem Tresen und spüle Gläser, während Johnny neben mir abtrocknet. Niko erzählt gerade von seiner Band *B.U.*, und Johnny schüttet sich vor Lachen aus über die christlich angehauchten Namen der vier Bandmitglieder, denn die vier heißen mit vollen Namen Christophorus, Benedikt, Nikolaus und Johannes-Maria.

»Hey, du brauchst dich gar nicht über uns zu amüsieren«, beschwert sich Niko scherzend, während sich hinter ihm die Türe öffnet und zwei weitere Gäste den Raum betreten. »Ich würde mal sagen, dass Johnny auch nicht dein richtiger Name ist. Na komm, spuck aus, was in deiner Geburtsurkunde steht!« In diesem Moment erkenne ich, wer sich da eben einen Platz neben dem Fenster gesucht hat.

»Robert«, stoße ich hervor und fühle mich wie versteinert.

»Nein, eigentlich heiße ich Jonas. Wie kommst du denn auf Robert?«, will mein Chef irritiert wissen. Doch Niko hat sofort begriffen, was los ist, und sieht sich um. Sein Blick bleibt an dem Paar hängen, das auch meine Augen fixieren. Sie sitzen nebeneinander, mit dem Rücken zu uns, und beugen sich über Papiere.

»*Das* ist Robert?«, stößt er hervor. Ich nicke nur. Für einen Moment nehme ich die beiden so wahr, wie Niko sie sehen muss. Robert ist hochgewachsen und schlank, sein Haar braun, und seine Augen sind noch dunkler. Sein Gesicht ist kantig und glatt rasiert, er trägt einen dunkelgrauen Anzug mit weißem Hemd und dunkelblauer Krawatte, darüber einen Mantel, den er nun lässig über die Stuhllehne geworfen hat. Auch Christine ist wohl direkt vom Büro hierhergekommen, was mir ihr dunkelblaues Kostüm mit der schicken hellblauen Bluse und die eleganten Stiefel verraten. Ihr Haar ist mit einer Spange hochgesteckt. Genau so einer, wie ich sie früher immer getragen habe, weil Robert hochgestecktes Haar besser gefällt. Johnnys Blick folgt unseren.

»Robert? Du meinst dein Ex? Mit seiner neuen Freundin?«, kombiniert er dann.

»Genau genommen mit meiner ehemaligen besten Freundin und Michaels Bald-Ex-Frau«, konkretisiere ich und spüre, wie Johnny sich verspannt und sich an mir vorbeischieben will.

»Geh ruhig in die Küche, ich kümmere mich darum. Die beiden kriegen lebenslänglich Hausverbot«, knurrt er, doch ich halte ihn auf.

»Danke, aber das regle ich selbst«, erwidere ich ruhig und greife nach zwei Karten. Selbstbewusst mache ich mich auf den Weg zu ihrem Tisch. Im krassen Gegensatz zu den beiden trage ich Jeans, ein weißes T-Shirt mit einer glitzernden pinken Wassermelone darauf und Chucks. Mein Haar ist offen, ich bin nahezu ungeschminkt und fühle mich so gut und so sehr wie ich selbst, wie ich es früher nie für möglich gehalten hätte.

»Guten Abend! Hier eure Karten«, sage ich freundlich. »Als Tagessuppe gibt es eine Knoblauchcremesuppe, die ich euch sehr empfehlen kann.« Christine sieht auf und erstarrt stumm. Robert hat seinen Blick immer noch auf die Unterlagen geheftet.

»Ich könnte mich nicht erinnern, mit einer Kellnerin per Du zu sein«, erwidert er dann arrogant.

»Dann haben wir hier wohl ein Problem, denn ich sieze grundsätzlich keine Männer, mit denen ich schon im Bett war«, gebe ich zurück.

»Alexandra«, stößt Christine schließlich hervor, und Robert dreht sich entsetzt um.

»Oh, mein Gott!«, entfährt es ihm. »Es tut mir leid … dass

du hier kellnerst ...« Er redet Unsinn, doch ich bin die Ruhe in Person.

»Mir nicht! Ich fühle mich sehr wohl. Eigentlich kellnere ich hier auch nicht, sondern koche, aber für euch beide hab ich eine Ausnahme gemacht.« Dann fällt mein Blick auf die Unterlagen auf dem Tisch. Es ist ein Plan für ein Haus, nein, es ist *mein* Plan für Roberts und mein Haus.

»Ihr solltet die Küche größer machen«, rate ich ihnen dann. »Die hab ich damals viel zu klein geplant. Wenn man im Esszimmer einen Tisch für zwanzig Personen stehen hat, sollte man in der Küche auch den Platz haben, um für sie zu kochen. Oder wenigstens, um die Kisten des Lieferdienstes auszuräumen.« Ich werfe einen Seitenblick auf Christine.

»Wie schön, dass du mein altes Leben so nahtlos übernommen hast«, stelle ich zuckersüß fest. Doch als sie etwas erwidern will, stoppe ich sie mit einer Handbewegung. »Keine Sorge, ich würde es um keinen Preis mehr zurückhaben wollen.« Dann beuge ich mich zu ihr hinunter. »Aber du weißt ja, was man sagt, oder? Wenn du deinen Mann einer anderen wegnehmen konntest, wird es auch die Nächste bei dir schaffen.« Dann richte ich mich auf und lächle beide an. »Johnny wird gleich eure Bestellungen aufnehmen. Ich empfehle euch meinen Lieblingscocktail – einen *Big girls don't cry*.« Mit diesen Worten gehe ich erhobenen Hauptes Richtung Küche. Nikos Blick ist besorgt und ernst. Immer wieder wandert er zwischen Robert und mir hin und her.

In der Küche sehe ich mir an, welche Bestellungen als Nächstes rausmüssen. Kurz darauf steht mein Chef neben mir.

»Sie sind geflüchtet, und ich glaube nicht, dass wir sie hier wiedersehen werden«, teilt er mir dann mit und klopft mir auf die Schulter. »Denen hast du es gezeigt.« Er geht, doch bald darauf kommt Niko herein.

»Ist alles okay bei dir?«, fragt er mich leise und umarmt mich von hinten. Ich nicke.

»Es ist eigenartig, zu sehen, dass er seinen Plan stur weiterverfolgt und die weibliche Hauptrolle einfach nur ausgetauscht hat. Aber eigentlich ist es mir egal.« Ich drehe mich zu ihm. »Ich habe einen wundervollen Freund, der mich liebt, so wie ich bin, und mehr will und brauche ich nicht.« Niko nickt stumm, küsst mich und lässt mich dann wieder arbeiten.

Da meine Eltern noch nicht ganz auf Nikos Hilfe verzichten können, wohnen wir beide noch immer bei ihnen. Aber ich vermisse meine Wohnung und meine Mitbewohner schon sehr. Doch genau hier liegt ein weiteres Problem: Niko weigert sich, mit Michael unter einem Dach zu leben.

»Mit dem Typen stimmt was nicht«, beharrt er, als ich ihn darauf anspreche. »Sobald du nicht darauf achtest, sieht er dich an wie einen Erdbeer-Käsekuchen.«

»Den kann ich nicht ausstehen«, spiele ich dieses Argument zurück. »Niko, du verrennst dich da in etwas. Micha und ich kennen uns schon sehr lange und haben viel miteinander unternommen, als wir mit Christine und Robert noch ein Viergespann waren. Vielleicht kommt es ihm jetzt komisch vor, mich mit dir zu sehen, und du interpretierst das falsch.«

Niko sieht mich nachdenklich an. »Ihr vier wart schon eine eigene Liga, oder?«, fragt er dann. »Michael managt den Einkauf für diese Kosmetikfirma, Robert ist in der Werbung ein hohes Tier, und Christine?«

»Arbeitet im Controlling einer Bank«, antworte ich knapp.

»Wow ...«, meint Niko leise. »Das nenn ich mal erfolgreich und zielstrebig ...«

»Ja, keine Ahnung, was die mit mir wollten«, scherze ich, doch Niko springt nicht darauf an.

»Sieh dich doch an, wie du dich jetzt reinhängst, damit du dein Studium so schnell wie möglich abschließt«, wirft er ein. »Du bist aus demselben Holz geschnitzt. Ihr vier seid ...« Er sucht nach dem richtigen Wort.

Ich zucke mit den Schultern und unterbreche ihn: »Wir vier sind auf jeden Fall Vergangenheit. Möglicherweise hängt Micha deshalb so an mir. Weil ich die Einzige bin, die ihm von der alten Zeit geblieben ist.«

Er lässt seinen Blick kurz auf mir ruhen und akzeptiert, dass das Thema für mich erledigt ist. Dann nimmt er mich in den Arm. »Michael kann mich auch nicht leiden. Redest du ihm auch so ins Gewissen wie mir?«, will er wissen.

»Nein, weil er nicht dagegen ist, dass du mit in unsere Wohnung einziehst. Und Sylvie würde sich sowieso freuen. Nur du kannst dich nicht mit dem Gedanken anfreunden. Aber wenn meine Eltern wieder alleine klarkommen, muss eine Lösung her«, gebe ich zu bedenken. Ich verschwinde im Bad und mache mich für die Arbeit fertig. Als ich umgezogen bin, finde ich Niko über den Stellenanzeigen brütend vor.

»Hast du etwas Interessantes gefunden?«, erkundige ich mich.

»Ja, ich drucke dann gleich meine Unterlagen aus und bringe sie persönlich in den Lokalen vorbei. Hinterlässt vielleicht einen guten Eindruck«, hofft er. Seit Niko beschlossen hat, bei mir zu bleiben, wälzt er jeden Tag die Zeitungen und stöbert auch im Netz nach Stellen als Koch. Bisher allerdings erfolglos.

»Ich drücke dir die Daumen«, flüstere ich dann und küsse ihn sanft. »Komm anschließend im *Watermelon* vorbei, damit ich gleich erfahre, wie es gelaufen ist.« Er verspricht es, und ich muss los.

Einige Stunden später ruft Armin in die Küche, dass Niko da ist. Rasch werfe ich einen Kontrollblick auf Herd und Ofen und schlüpfe in den Gastraum.

»Hey, wie ist es gelaufen?«, frage ich gleich, doch Nikos Gesichtsausdruck verrät mir schon genug.

»Herzchen, so wie du aussiehst, brauchst du einen *Big girls don't cry.*« Auch Johnny ist aufgefallen, wie niedergeschlagen

Niko ist, und er tätschelt ihm die Schulter, ehe er nach dem Shaker greift und ihm einen Cocktail mixt.

»Los, sag es Onkel Johnny! Wo drückt der Schuh?«, fordert er Niko dann auf.

»Jobsuche«, brummt mein Freund nur. »Zwei der Läden wollten nicht mal meine Unterlagen behalten.« Verächtlich wirft er die Bewerbungsmappen auf die Theke. Mein Chef angelt sich eine und blättert darin.

»Das sieht doch alles sehr gut aus«, murmelt er schulterzuckend. »Aber du hast vergessen, dein Abschlusszeugnis beizulegen, du Dummerchen.« Er sieht Niko an, als hätte er vergessen, seine Schuhe anzuziehen. Doch dessen Schweigen lässt Johnny schließlich verstehen.

»Du hast keines?«

Niko nickt. »Hab kurz vor dem Abschluss abgebrochen.«

»Dann bist du hier am Arsch«, bringt mein Chef es auf den Punkt.

»Johnny!«, rufe ich tadelnd.

»Was denn?«, versteht dieser die Aufregung nicht. »Ungelernte Küchenkräfte findest du hier an allen Ecken. Jeder Student macht dir den Job für wenig Lohn. Man braucht ja nur mal in meine eigene Küche zu schauen. Mit einem guten Abschlusszeugnis und ein paar Fortbildungen kannst du einen anspruchsvollen Job ergattern, aber ohne bist du nur ein Sandkorn am Strand. Sorry!« Ich will etwas erwidern, doch Niko hält mich zurück.

»Lexi, er hat doch recht«, gibt er dann zu. Johnny zieht eine Schnute, ehe sein Gesicht sich lichtet. Rasch notiert er eine Adresse auf einem Stück Papier, das er Niko reicht.

»Bring deine Mappe dort vorbei, und sag, dass ich dich geschickt habe«, meint er und deutet auf die Tür. »Na los, ich rufe vorab schon mal an und gebe Bescheid, dass du kommst.« Niko blickt auf den Zettel, küsst mich rasch und tut dann, wie ihm geheißen wurde. Ich sehe Johnny fragend an.

»Kennst du den Küchenchef gut?«

Mein Chef grinst. »So gut, wie man seinen Ex eben kennt.« Dann wedelt er mit seinen Händen und scheucht mich in die Küche, während er schon wählt.

Ich erwarte, dass Niko nach seinem Gespräch wieder zurück in die Bar kommt, doch ich werde enttäuscht. Erst als ich nach meiner Schicht nach Hause komme, finde ich ihn noch wach in meinem Bett sitzend vor.

»Wie ist es gelaufen? Wo hat Johnny dich überhaupt hingeschickt?«, überfalle ich ihn sofort.

»Ins *Stadtgeflüster*. Dort wurde eine Küchenhilfe gesucht«, erklärt er mir. Ich kenne das Lokal. Es ist ein großes Restaurant in der mittleren Preisklasse, das nur Abendbetrieb hat.

»Und?«, will ich gespannt wissen.

»Ich hab den Job bekommen. Nächste Woche fange ich an«, erzählt Niko.

»Das ist toll! Ich freue mich so, dass es geklappt hat.« Ich umarme ihn stürmisch und küsse ihn. Er zieht mich an sich, und ich spüre, wie die Leidenschaft uns überfällt.

»Was hältst du von einer gemeinsamen Dusche?«, flüstere ich zwischen zwei Küssen und erhalte als Antwort nur ein leises Lachen.

Nikos Arbeitsbeginn verläuft gut, Dr. Thiemann ist mit den Fortschritten meiner Diplomarbeit zufrieden, und als ich im Kalender umblättere, steht Weihnachten vor der Tür. Meine Eltern sind auch wieder fit, und als Niko und ich gerade überlegen, noch vor den Feiertagen in meine Wohnung zu ziehen, bittet mein Vater uns, gemeinsam mit ihnen den Heiligen Abend zu verbringen. Ich zögere kurz. Erst am Tag davor hat Sylvie mir erzählt, dass ihre Eltern dieses Jahr eine Kreuzfahrt über Weihnachten und Silvester geplant haben und sie deshalb alleine feiern wird. Und auch für Michael wird es ein schwieriges Weihnachtsfest nach der Trennung, und er will es auf keinen Fall mit seinen Eltern verbringen. Ich hatte geplant, in der WG einen gemütlichen Abend zu verbringen und dabei vielleicht sogar Niko und Michael so weit zu versöhnen, dass ich die Messer in der Küche nicht in einen Waffenschrank sperren muss, wenn wir beide dort wohnen.

»Paps, das wäre wirklich sehr schön, aber ich hatte schon andere Pläne«, gebe ich zu und überrasche damit auch meinen Freund. Schnell erkläre ich die Lage in der WG, woraufhin mein Vater kurzerhand auch Sylvie und Michael in mein Elternhaus einlädt.

»Wir könnten einen großen Baum ins Wohnzimmer stellen, den wir gemeinsam schmücken. Und am Abend lassen wir uns eine Weihnachtsgans liefern«, schlägt er vor. Ich wechsle einen Blick mit Niko. Keine Ahnung, was er vom WG-Weihnachtsfest gehalten hätte, und die Idee meines Vaters geht sogar noch ein Stück weiter. Zu meiner Überraschung nickt er.

»Und am Abend spiele ich Gitarre, und wir singen«, spinnt er den Vorschlag weiter. »Ich bin dabei! Allerdings kommt ein Lieferdienst nicht infrage. Lexi, wie wäre es, wenn du kochst?« Meine Augen müssen aussehen wie in einem Manga-Comic.

»Ich?«, stoße ich hervor.

»Du schaffst das schon«, zwinkert er mir zu. Das ist also die Retourkutsche, dass ich ihm ein Weihnachtsfest mit Michael eingebrockt habe. Meine Eltern sind begeistert, jedoch bittet meine Mutter Niko, mich vom Keksebacken abzuhalten.

»Wir wollen keine Verletzten riskieren«, flüstert sie verschwörerisch. Niko wirft mir einen amüsierten Blick zu. Kekse zu backen ist für uns eine eigene, magische Geschichte. Doch meiner Mutter nickt er nur beruhigend zu.

Als ich Sylvie und Michael einlade, sagen die beiden sofort zu. Das etwas andere Weihnachtsfest kann also kommen.

Kapitel 24

Am vierundzwanzigsten Dezember stehe ich in der Küche meiner Mutter und schimpfe wie ein Rohrspatz vor mich hin. Was hat mich nur geritten, diesem verrückten Vorschlag zuzustimmen? Als hätte ich eine Ahnung, wie man eine Weihnachtsgans zubereitet. Seit den Morgenstunden schlage ich mich mit Rezeptbüchern und dem Federvieh herum, damit ich es rechtzeitig und schmackhaft mariniert in den Ofen bekomme. Wenn etwas Essbares herauskommt, gehe ich zum Dank dafür in die Kirche. Na ja, eigentlich gehen wir nach dem Essen in jedem Fall in die Christmette. Aber ihr wisst, was ich meine. Ich beuge mich wieder über das Kochbuch und seufze laut, als ich das Rezept für die Beilagen studiere.

»Brauchst du Koffein?«, höre ich hinter mir die leise Frage.

»Ja, bitte«, jammere ich ohne hinzusehen.

»Brauchst du Hilfe?«, vernehme ich nun eine andere Stimme und drehe mich jetzt doch um. Hinter mir stehen Niko und meine Mutter, beide tragen Kochschürzen, und Niko hält auch noch eine Tasse in den Händen.

»Ja, bitte«, wiederhole ich lächelnd. Und so rücken wir dem Weihnachtsessen zu dritt zu Leibe. Mit Niko Seite an Seite zu kochen ist wie zu unserer Zeit im *L&P*. Die Routine stellt sich sofort wieder ein, und ich brauche nur kurze Anweisungen von ihm, die ich sofort umsetzen kann. Allerdings unterbrechen wir die Arbeit nun öfter für einen Kuss oder eine schnelle Berührung. Immer wieder spüre ich auch den Blick meiner Mutter auf mir ruhen. Auch sie kommt gut mit Niko klar, der sie nur kleinere Hilfsarbeiten machen lässt. Gerade genug, dass sie sich nicht überflüssig fühlt, aber nicht zu viel, damit sie sich nicht überanstrengt. Und ich fühle, dass sie unsere Beziehung gutheißt und ihn mag. Eigentlich sollte mir das ja nicht wichtig sein, und doch ist es das.

Als alles so weit fertig und im Ofen ist, läutet es an der Tür. Mein Vater öffnet und steht einem riesigen Weihnachtsbaum gegenüber.

»Ich hoffe, Lexi hat nicht übertrieben, als sie Ihr Wohnzimmer als Kathedrale beschrieben hat«, höre ich Michaels Stimme hinter den Tannenzweigen.

»Und wir haben auch noch Kugeln mitgebracht, falls Sie nicht genügend Schmuck für das Grünzeug im Haus haben«, meldet sich auch Sylvie.

»Kommt erst mal rein«, beschließt mein Vater. Wenig später bugsieren die drei Männer die große Tanne mit vereinten Kräften ins Wohnzimmer, wo sie tatsächlich Platz hat. Mit Weihnachtsmusik aus dem CD-Player im Hintergrund verteilen wir alle gemeinsam Kerzen, Kugeln und Girlanden auf den Zweigen. Der Weihnachtsbaum wird bunt und voll und spiegelt das Patchwork-Fest wider, das wir heute hier feiern wollen. Kurz – er sieht großartig aus. Auch aus der Küche duftet es verführerisch, und gegen fünf sitzen wir um den großen Tisch und betrachten das Essen, das ich mit der Hilfe von Niko und meiner Mutter gezaubert habe.

»Das ist gut!«, ruft Michael erstaunt, als er den ersten Bissen probiert hat.

»Tatsächlich!«, stimmt meine Mutter ihm zu.

Mein Vater wirft ihr einen mahnenden Blick zu. »Könntest du das bitte so sagen, dass es nicht überrascht klingt?«

Sylvie gluckst, während sie sich schon die dritte Gabel in den Mund schiebt. »Lexi, dein Essen ist wirklich sehr lecker«, bringt sie es dann auf den Punkt.

»Großes Lob an die Köchin«, stimmt Niko mit ein.

»Großes Lob an meinen Lehrmeister!« Ich lächle ihn an.

»Ich werde es Lilly ausrichten.« Er zwinkert mir zu.

»Also so wirklich anfreunden kann ich mich mit euren Spitznamen ja nicht«, gibt meine Mutter daraufhin zu. Ich will eben Luft holen, um etwas zu erwidern, da kommt mein Vater mir schon zuvor.

»Gerti, es ist Sache der beiden, wie sie genannt werden wollen. Sie sind inzwischen erwachsene Frauen, die ihre eigenen Entscheidungen treffen, und bei so vielen Namen, die du ihnen verpasst hast, musste es doch so kommen, dass irgendjemand sie abkürzt.« Beim letzten Satz kann er sich das Lachen nicht mehr verkneifen.

»Du bist also schuld an unseren insgesamt sechs Namen?«, werfe ich meiner Mutter amüsiert vor.

»Ich konnte mich nicht entscheiden.« Sie zuckt mit den Schultern. »Und da eure Geburt so anstrengend war und euer Vater so mitgelitten hat, wäre er mit allem einverstanden gewesen, was ich in eure Geburtsurkunden eingetragen hätte.« Der Esstisch erbebt von unserem Lachen.

»Es hätte also noch viel schlimmer kommen können«, gab Michael zu bedenken.

»Ja, das hätte es!« Mein Vater bekommt kaum noch Luft.

»Und wer ist an euren Spitznamen schuld?«, will meine Mutter dann wissen.

»Also bei Lilly war es eine Gemeinschaftsentscheidung ihrer Küchencrew«, erklärt Niko. »Und Lexi …« Er stockt kurz und schenkt mir ein liebevolles Lächeln. »… hat ihren Namen von mir.« Ich erzähle die ganze Geschichte, von meinem Neuanfang und den Namensideen der anderen.

»Und dann hat Niko *Lexi* vorgeschlagen, oder eher bestimmt. Als hätten die anderen nur geraten, wie ich heiße, und er hat gewusst, wer ich bin.«

»Hab ich doch auch immer«, meint er und zwinkert mir zu. Meine Mutter sieht zwischen uns hin und her und versteht sofort.

»Hat dich die Zwillingsfalle nie erwischt?«, fragt sie dann.

»Nein«, antwortet Niko. »Nicht einmal, als noch niemand wusste, dass Lilly eine Zwillingsschwester hat.«

Sie senkt den Blick. »Robert konnte euch Mädchen nie auseinanderhalten«, bestätigt sie dann meine lang gehegte Vermutung. »Erst letztes Weihnachten hat er mich zur Seite genommen und nach einem Tipp gefragt, weil er fast aus Versehen Elisabeth an den Po gefasst hätte.« Kurz ist es still, ehe ich erneut in herzhaftes Lachen ausbreche.

»Vielleicht hätte sich unsere Beziehung dann ja schon früher erledigt, denn ich bezweifle, dass Lilly und ich das so gut aufgenommen hätten«, gebe ich kichernd zu bedenken. Die Stimmung ist gelöst, wir lassen uns die Gans schmecken und genießen dieses außergewöhnliche Weihnachtsfest.

Nach dem Essen ruft meine Schwester an, die in diesem Jahr nicht bei meinen Eltern feiert, da sie die lange Autofahrt aufgrund ihrer Schwangerschaft nicht auf sich nehmen möchte. Nachdem erst mein Vater und dann meine Mutter mit ihr gesprochen haben, schnappe ich mir das Telefon und mache es mir damit in der Küche gemütlich.

»Wie geht es meinem Patenkind?«, frage ich fröhlich.

»So weit gut, aber es hätte seine Mutter anscheinend lieber etwas ruhiger«, gibt meine Schwester zu. »Ich werde wohl nach den Feiertagen beginnen, mich nach einer Vertretung für mich umzusehen.« Ich weiß, wie schwer es ihr fällt, ihre Pension in fremde Hände zu legen.

»Mach dir nicht zu viele Sorgen. Paul ist doch auch noch da. Und du wohnst im *L&P*, also wirst du trotzdem alles mitbekommen«, beruhige ich sie.

»Ja, ich weiß. Und mir ist auch klar, dass ich jemanden einstellen muss, denn Paul und Rainer können Küche und Büro nicht zu zweit stemmen.« Sie klingt müde und besorgt. Ich schlucke schuldbewusst. Niko hat das Gespräch mit Lilly lange vor sich hergeschoben, aber vor seinem Arbeitsbeginn hier musste er ihr reinen Wein einschenken, damit die Formalitäten geklärt werden konnten.

»Lilly, es tut mir so leid wegen Niko«, entschuldige ich mich leise, doch sie unterbricht mich.

»Nein, das muss es nicht, Lexi! Als ich ihn gebeten habe, dich an meiner Stelle bei unseren Eltern zu unterstützen, war mir bewusst, dass die Gefahr besteht, dass er nicht wiederkommt. Na ja, eigentlich habe ich damit gerechnet«, gibt sie zu. Niko hatte also recht.

»Ihr beide hattet einen Schubs nötig, und ich freue mich für euch, dass ihr euch eine Zukunft aufbauen wollt«, fügt sie noch hinzu. »Aber kannst du mir bitte verraten, welche bewusstseinserweiternden Substanzen ihr in eurem Weihnachtsessen hattet? Mama hat mich eben Lilly genannt.«

Ich grinse. »Sieh es als Weihnachtswunder.« Wir vereinbaren, dass wir in ein paar Tagen wieder telefonieren, und verabschieden uns voneinander.

Als ich ins Wohnzimmer komme, beschließt mein Vater als Hausherr, dass die Geschenke vor der Christmette ausgepackt werden. Wie verabredet, schenken wir einander nur Kleinigkeiten, doch meiner Mutter gefallen die Ohrringe, die ich für sie ausgesucht habe, und auch mein Vater bedankt sich herzlich für den Bilderrahmen.

»Den brauchst du ja bald für das erste Bild deines Enkelkindes. Lilly und ich machen das als Team – von mir kommt der Bilderrahmen, von ihr das Baby für das Bild«, scherze ich.

Meine Mutter lächelt in sich hinein. »Na ja, noch haben wir Hoffnung, dass du deine Schwester auch einmal zur Tante machst.« Niko sieht mich erschrocken an, doch ich schüttle kaum wahrnehmbar den Kopf. Alle Schutzschilde sind errichtet und intakt, er braucht sich nicht wegen einer ungeplanten Überraschung zu sorgen.

»Wir haben ja noch Zeit, Mama«, antworte ich diplomatisch. Von meinen Eltern bekomme ich eine schicke Laptoptasche aus Leder, da meine schon sehr mitgenommen aussieht. Sylvie schenkt mir eine DVD-Sammlung von romantischen Komödien und nimmt mir das Versprechen ab, dass wir sie gemeinsam ansehen. Ich revanchiere mich mit dem kuscheligen Schal, den sie vor einem Monat im Einkaufzentrum gesehen hat. Dann drücke ich Niko sein Geschenk in die Hand.

»Aber ... wir hatten doch etwas anderes vereinbart«, protestiert er.

»Ja, das haben wir, aber das ist eigentlich auch kein Weihnachtsgeschenk, weil ich es dir schon zum Geburtstag gekauft habe. Allerdings ging ja die Geschenkübergabe bekanntlich schief«, erwidere ich augenzwinkernd. Er packt das Songbook der ABBA-Songs aus und bricht sofort in Lachen aus. Dann nimmt er mich in den Arm und küsst mich innig.

»Danke! Das ist das beste Geburtstagsgeschenk, das ich je zu Weihnachten bekommen habe«, flüstert er dann. Nach einem weiteren Kuss für Niko reiche ich Michael mein Geschenk – das neue Album seiner Lieblingsband – und erhalte von ihm einen Umschlag. Ich öffne ihn neugierig und starre ihn mit offenem Mund an.

»Konzertkarten für Bon Jovi?«, stoße ich hervor. Ich bin mir nicht nur bewusst, dass die Kosten für die Tickets den Rahmen der *Kleinigkeit* absolut sprengen, sondern auch der Tatsache, dass wir uns auf einem Konzert dieser Gruppe kennengelernt haben. Damals waren wir zu viert dort, jeder von uns mit seinem Partner. In dem Kuvert heute finde ich zwei Tickets, und ich habe so eine Ahnung, dass das zweite nicht für Niko gedacht ist. Langsam finde auch ich, dass er ein wenig zu sehr an den alten Zeiten hängt. Aber ich versuche mir meine Unsicherheit nicht anmerken zu lassen und bedanke mich mit einem kurzen Kuss auf die Wange bei ihm. Nikos Körperhaltung ist angespannt. Doch er bemüht sich um ein Lächeln und meint dann fröhlich: »So, und nun zum nächsten Programmpunkt an Weihnachten.«

Er angelt hinter der Couch nach der Gitarre meines Vaters, stimmt sie kurz und setzt dann zu *Oh Tannenbaum* an, in das wir alle einstimmen. Nach drei weiteren Weihnachtsliedern ziehen wir uns warm an und machen uns auf den Weg in die Kirche. Ich habe es ja normalerweise nicht so mit der Religion, aber zu Weihnachten war der Besuch der Mette schon immer Tradition bei uns. Ich freue mich, dass diese auch unsere bunt zusammengewürfelte Gruppe nach dem vergangenen chaotischen Jahr aufrechterhält.

Wieder zu Hause, überrascht uns Niko mit einem cremigen Cocktail, der nach Haselnuss, Zimt und Schokolade schmeckt und den er gezaubert hat, als wir beiden Frauen unter der Dusche waren. Er meint, ein Dessert muss sein, und greift wieder nach der Gitarre. Doch diesmal spielt er keine Weihnachtslieder, sondern singt einiges aus dem Repertoire seiner Band. Ich spüre, dass er die Songs nicht willkürlich aussucht, sondern mir etwas damit sagen will, doch ich komme nicht dahinter, was es ist. Erst als er *Listen to her Heart* von Tom Petty & the Heartbreakers anstimmt, fällt bei mir der Groschen. *She don't need you* geht nicht mich an, denn mit *Buddy, you don't even know her* will er eindeutig Michael in seine Schranken weisen. Beim letzten *She's my girl* sieht er ihn angriffslustig an. Ich fürchte, ich werde wohl auch die Buttermesser wegschließen müssen. Das begeisterte Klatschen meiner Mutter rettet die Situation.

»Ich liebe diesen Song, und du singst ihn wirklich toll«, ruft sie begeistert, wohl etwas angeheitert von dem leckeren Cocktail. Mein Vater erkennt die Lage zwischen den beiden Männern mit einem Blick und bemüht sich, in die Begeisterung seiner Frau einzusteigen.

»Komm, lass uns was von den Beatles spielen oder noch besser *Imagine* von John Lennon«, schlägt er vor. Die Aussage, dass alle Menschen ihr Leben in Frieden leben sollen, ist zwar jetzt nicht besonders subtil, aber wirkungsvoll. Niko spielt die ersten Noten, mein Vater singt dazu, und bald fallen wir alle mit ein und die Stimmung ist wieder besser.

Es wird spät, und Michael und Sylvie rufen sich ein Taxi. Während sie warten, verabschieden sich meine Eltern und gehen schon nach oben. Niko verschwindet in der Küche, um die Geschirrspülmaschine einzuschalten, und Sylvie und ich tratschen über das Büro, in dem ja auch ich lange gearbeitet habe. Michael stöhnt auf.

»Da helfe ich lieber in der Küche«, meint er und verschwindet.

»Meinst du, wir können die beiden alleine in einem Raum lassen?«, fragt Sylvie belustigt.

Ich zucke mit den Schultern. »Wenn wir Kampfgeräusche hören, sehen wir mal nach. Oder gehen in Deckung«, scherze ich. »Aber ich denke, die Lasst-uns-alle-Freunde-sein-Musik meines Vaters hat Wirkung gezeigt.« Als es an der Tür klingelt, verabschieden sich meine Mitbewohner, und ich gehe anschließend zu Niko in die Küche.

»Komm, lass uns den Rest morgen aufräumen«, schlage ich ihm vor. Er hat die Hände auf die Arbeitsfläche gestützt und steht mit dem Rücken zu mir.

»Alles in Ordnung?«, frage ich, als er mir nicht antwortet. Er dreht sich um, und sein ernster Gesichtsausdruck lässt mich innehalten. Für einen Moment sieht er mich nur an.

»Habt ihr euch geküsst?«, will er dann wissen, und ich muss nicht überlegen, wen er meint.

»Auf die Wange als Danke für das Geschenk, aber das hast du doch gesehen«, antworte ich.

»Das meine ich nicht«, wischt er meine Aussage vom Tisch. Oh nein, was hat Michael angestellt?

»Was hat er dir erzählt?«, frage ich alarmiert.

»Das ist egal«, stellt Niko klar. »Ich will von *dir* wissen, was zwischen euch gewesen ist.« Ich nicke und erzähle ihm dann von meiner Rückkehr, nachdem ich ihn mit Svenja gesehen habe und dachte, er hätte mich ersetzt. Wie gedemütigt und minderwertig ich mich gefühlt habe und dass ich annahm, dass etwas an mir nicht stimmt. Und dann berichte ich von Michaels Termin wegen der Scheidung und wie sehr Roberts und Christines Glück ihn verletzt hat.

»Wir haben Pizza gegessen und ziemlich viel Wein getrunken, und irgendwann hat er mich geküsst. Und ich habe mich einfach gewollt gefühlt. Nach all den Pleiten und Zurückweisungen hat das in diesem Moment als Einziges gezählt. Aber mehr als Küssen war nicht zwischen uns, und am nächsten Morgen haben wir beide eingesehen, dass es ein riesiger Fehler war. Ich empfinde nur Freundschaft für ihn. Dann haben wir vereinbart, es einfach zu vergessen, als wäre nie etwas gewesen. Darum habe ich nichts gesagt.« Ich sehe ihn fragend an, doch sein Blick ist stechend.

»Und du findest es richtig, mir zwar vorzuwerfen, dass ich nicht auf dich gewartet habe, aber mir nach der Aufklärung der ganzen Sache nichts von dem Vorfall zwischen dir und Michael zu erzählen? Wie oft habe ich dir in den letzten Wochen gesagt, dass etwas mit dem Typen nicht stimmt? Dass er dich ansieht, als wäre da mehr zwischen euch. Als wärst du eine Sahnetorte und er ausgehungert. Wie oft? Und jedes verdammte Mal hast du Entschuldigungen und Ausreden für ihn gefunden, aber mir nicht die Wahrheit gesagt! Stattdessen lässt du mich einfach bei ihm ins offene Messer laufen!« Seine Stimme ist laut geworden, und ich kann ihn verstehen.

»Niko, ich habe nichts gesagt, weil es so absurd ist«, versuche ich zu erklären. »Wir waren uns einig, dass das eine dumme Aktion aufgrund von Alkohol und verletzten Gefühlen war, aber nichts zu bedeuten hatte. Wir wollten nie wieder ein Wort darüber verlieren. Und in den letzten Wochen war ich mit dir so unsagbar glücklich, dass ich es ehrlich gesagt schon fast vergessen hatte. Es tut mir leid! Ich liebe dich!« Eindringlich und bittend sehe ich ihn an, doch sein Gesichtsausdruck ist immer noch ernst und verschlossen. Ich werde das Gefühl nicht los, dass da noch mehr ist.

»Was hat er zu dir gesagt?«, frage ich erneut.

Niko schweigt einen Augenblick. »Die Wahrheit«, antwortet er dann und geht in sein Zimmer. Ich kenne ihn gut genug, um zu wissen, dass er sich in sein Schneckenhaus verkrochen hat und ich heute auf Granit beiße. Mit hängendem Kopf schleiche ich allein in mein Bett.

Kapitel 25

Nach einer schlaflosen Nacht fahre ich in aller Früh in meine Wohnung. Ich schließe auf und stapfe geradewegs auf Michaels Tür zu. In den letzten Stunden hat sich eine unbändige Wut in mir aufgestaut. Wir hatten eine Vereinbarung. Wir waren uns einig. Wir wollten über diesen Abend schweigen und ihn vergessen. Und er fällt mir so in den Rücken. Ich klopfe wie ein Specht drauflos und rufe laut: »Micha, mach auf!«

Wenige Sekunden später öffnet sich die Türe, und ich sehe in das verschlafene Gesicht meines Mitbewohners.

»Lexi? Weißt du, wie spät es ist? Was ist denn passiert?«, fragt er gähnend.

»Was hast du gestern zu Niko gesagt?«, falle ich mit der Tür ins Haus.

Er reibt sich die Augen. »Was? Wieso?« Ich sehe ihn nur wütend an.

»Habt ihr euch gestritten?«, erkundigt er sich dann schon etwas wacher. »Möchtest du drüber reden?« Er wirkt verständnisvoll und will mich in den Arm nehmen. Mir fällt es wie Schuppen von den Augen.

»Das war dein Plan, oder?«, stoße ich hervor. »Den Samen zum Streit säen, und wenn alles eskaliert, die tröstende starke Schulter sein. So wie nach meiner Rückkehr von der Ostsee.« Er schweigt, und das ist mir Antwort genug.

»Micha, ich sag es dir jetzt noch mal und ganz deutlich«, zische ich eindringlich. »Ich mag dich, aber nur als Freund. Ich kann deinen Gedanken ja nachvollziehen, dass wir auch ein nettes Paar abgeben würden, nachdem unsere Ex-Partner so glücklich miteinander sind, aber ich bin nun mal nicht verliebt in dich. Bitte, akzeptier das endlich!« In Michaels Augen blitzt etwas auf.

»Du willst es nur wegen diesem dahergelaufenen Küchenjungen nicht sehen«, gibt er zurück.

»Sagt mal, was ist denn hier los?«, höre ich eine Stimme hinter mir. Sylvie steht im Bademantel und mit abstehenden Haaren in ihrer Zimmertür und sieht uns fassungslos an. Doch Michael ist gerade in Fahrt.

»Unser gemeinsamer Abend war einfach ein Traum. Dich in meinen Armen zu halten, war wunderschön, und deine Küsse haben mich an den Rand des Erträglichen gebracht.«

»Ihr hattet was miteinander?«, kann Sylvie es nicht fassen.

»Nein!«, rufe ich.

»Ja!«, hält Michael dagegen.

»Na, Hauptsache ihr seid euch einig«, kommentiert meine Freundin die Situation sarkastisch.

»Du gehörst zu mir, Alexandra!«, sagt er eindringlich.

»Nein!«, beharre ich. »Das mit dir war ein Abend mit zu viel Wein und schlechtem Urteilsvermögen. Und das habe ich dir auch gleich am nächsten Morgen gesagt. Ich gehöre zu Niko!« Michael wirft genervt die Hände in die Luft und explodiert förmlich.

»Ich habe keine Ahnung, was du von ihm willst. Er kann dir nichts bieten, nichts geben. Er hat doch noch nicht einmal eine fertige Ausbildung. Sieh das doch endlich ein, dieser Typ ist einfach nicht gut genug für dich!« Ich erstarre. Das ist es! Ich habe mir die ganze Nacht den Kopf zerbrochen, ob Niko wirklich wegen dieser Kusssache so ausgetickt ist. Und nun habe ich die Antwort aus Michaels Mund erhalten.

»Ich hoffe für dich, dass du ihm diesen Schwachsinn nicht gesagt hast«, flüstere ich nur. Auch dieses Mal reicht mir Michaels Blick als Bestätigung. Ich lasse ihn wortlos stehen und haste aus der Wohnung. Wieder in meinem Elternhaus, suche ich Niko sofort im ganzen Haus und finde ihn schließlich in der Küche.

»Niko«, rufe ich außer Atem, als ich ihn an der Kaffeemaschine entdecke. Er sieht mich schweigend an, drückt zwei Knöpfe und reicht mir wenig später eine Tasse mit einem doppelten Espresso.

»Ich war bei Michael und habe herausgefunden, was er gestern für eine Scheiße verzapft hat«, bringe ich schließlich hervor.

»Nichts, das gelogen war«, erwidert Niko schlicht. Er senkt seinen Blick auf die Kaffeetasse.

»Lexi, ich habe lange nachgedacht, und da deine Eltern meine Hilfe nicht mehr benötigen, werde ich abreisen.« Seine Stimme ist ruhig, aber es schwingt Resignation mit. Ich spüre ein verdächtiges Brennen in meinen Augen, als seine Worte mich erreichen.

»Niko, es tut mir so unendlich leid! Du hast recht, ich hätte es dir sagen müssen! Bitte wirf nicht alles weg deshalb!«, flüstere ich mit tränenerstickter Stimme. Zorn kocht in mir hoch. Wir waren glücklich. Er wollte bleiben. Er hat einen Job gefunden, und alles war in Ordnung. »Ich werde Michael umbringen.«

Niko schüttelt den Kopf. »Nicht dass ich etwas gegen diesen Plan hätte, und natürlich bin ich enttäuscht und verletzt, dass du mir diesbezüglich nicht vertraut hast, aber eigentlich hat er mir nur die Augen geöffnet.« Wie kann seine Stimme nur so emotionslos klingen? Gerade er, der immer voll von Gefühlen war und nie damit hinter dem Berg gehalten hat. Er sieht mir in die Augen, und ich erkenne eine neue Ernsthaftigkeit darin, eine Entschlossenheit.

»Es wird Zeit für mich, mein Leben in den Griff zu bekommen. Du hast deines in die Hand genommen, hast getan, was du tun musstest, um dir eine Zukunft aufzubauen. Du hast dir eine Wohnung gesucht, deine Diplomarbeit in ein Projekt umgewandelt, das du mit Freude zu Ende bringen willst und auch wirst. Bald hast du dein Studium endlich geschafft und wirst in dein weiteres Leben starten, so wie es Michael, Robert und Christine getan haben. Ich werde dann aber immer noch der mit der abgebrochenen Ausbildung sein, der immer nur ein paar Wochen im Voraus plant, wohnt, wo er gerade Unterschlupf bekommt, und abhängig von Kontakten ist, damit er einen Job bekommt und behält. Du hast etwas Besseres als mich verdient. Du *hattest* etwas Besseres als ich – einen Karrieretyp, einen Erfolgsmann. Ich bin nicht gut genug für dich. Und das will ich nicht länger sein«, erklärt er mir.

Ich schniefe. »Aber du bist gut genug, und niemand, der zählt, sieht das anders«, versuche ich ihn aufzuhalten.

»*Ich* sehe das anders, und im Moment ist das die einzige Meinung, die für mich zählt«, gibt er zurück. Das klingt hart, aber objektiv betrachtet ist es genau so. »Ich habe mich im Internet schlaugemacht. Gleich Anfang Januar beginnt ein Kurs, mit dem ich meinen versäumten Abschluss nachholen kann und in einem Zug noch ein paar Zusatzqualifikationen erlange. Ich habe mich online angemeldet und werde noch heute fahren, da ich mir auch noch eine Bleibe suchen muss«, erzählt er weiter.

»Und was wird aus uns?«, erkundige ich mich tonlos. »Eine Fernbeziehung?«

Er schüttelt leicht den Kopf. »So etwas braucht eine solide Vertrauensbasis. Du hast mir zugetraut, dass ich mir sofort eine Neue gesucht habe, nachdem du abgereist bist, aber gleichzeitig deinen Kuss mit Michael verschwiegen. Das zeigt doch schon, dass es so ein Fundament zwischen uns nicht gibt.«

Macht er da gerade Schluss mit mir? Tränen steigen in meine Augen, doch ich schlucke sie tapfer hinunter. Das mit dem Vertrauen habe ich selbst verbockt.

Auch in Nikos Augen spiegelt sich Schmerz. »Es wird Zeit, dass ich mein Leben in Ordnung bringe«, flüstert er dann.

Ich möchte mich in seine Arme werfen, doch weiß, dass es zu spät ist. Also nicke ich stumm.

Am Nachmittag stehen im Haus meiner Eltern alle Zeichen auf Umzug. Niko lädt seinen Koffer in das Auto meiner Schwester, das wir ihr eigentlich in ein paar Tagen gemeinsam zurückbringen wollten, und auch meine Reisetasche ist gepackt im Kofferraum meines eigenen Wagens. Ich ziehe zurück in meine Wohnung, auch wenn ich nicht weiß, wie ich Michael in den nächsten Tagen gegenübertreten soll, ohne ihn in der Luft zu zerreißen.

Meine Eltern verabschieden sich herzlich von Niko. Paps klopft ihm auf die Schulter und bedankt sich ausgiebig, während meine Mutter sogar feuchte Augen hat und ihm ein Küsschen auf die Wange drückt. Sie nehmen auch mich in den Arm, ehe sie ins Haus gehen und uns etwas Privatsphäre lassen.

»Ich wollte nicht, dass das alles so kommt«, flüstere ich und gehe einen Schritt auf Niko zu. Es schnürt mir die Kehle zu, und ich kämpfe erneut mit den Tränen.

»Ich weiß«, antwortet er leise und greift nach meiner Hand. Ich verstehe, warum er geht, und doch bedarf es meiner ganzen Kraft, ihn nicht anzubetteln, dass er bei mir bleibt. So muss er sich gefühlt haben, als ich gegangen bin. Sanft streichelt er mit seinem Daumen über meinen Handrücken und holt mich in die Realität zurück. Es ist die erste Berührung von ihm seit gestern Abend, und ich fühle mich wie ein verhungernder Hund, dem man einen kleinen Knochen hinwirft.

»Du hättest mir vertrauen können«, sagt er.

»Ich hätte dir vertrauen *sollen*«, erwidere ich, und eine Träne entwischt aus meinem rechten Auge. »Ich liebe dich!«

Niko streichelt leicht über meine Wange und küsst mich sanft ein letztes Mal. Dann steigt er ohne ein Wort ins Auto und fährt weg.

Kapitel 26

Ich wohne bereits zwei Tage wieder in meiner Wohnung, ehe Michael sich zum ersten Mal traut, mit mir zu sprechen. Mit einem riesigen Strauß gelber Margeriten steht er am Abend in der Küche.

»Lexi, es tut mir wahnsinnig leid, was ich getan habe«, entschuldigt er sich. »Du hattest recht, ich habe mich da in etwas verrannt und hätte wie vereinbart den Mund halten müssen. Es ist unverzeihlich, dass ich mich in eure Beziehung eingemischt habe. Niko hat nach seiner Ankunft gesagt, dass deine Lieblingsfarbe Gelb ist, und ich weiß noch von unserem Bergurlaub, dass du Margeriten magst. Ich kann verstehen, wenn du nichts mehr mit mir zu tun haben willst, aber bitte nimm wenigstens den Strauß an.« Sein Blick ist flehend, und er hält mir die Blumen wie eine Opfergabe entgegen. Ich nicke, nehme sie ihm ab und kann mir schließlich sogar ein Lächeln abringen.

»Schon o.k., ich hätte Niko nichts verschweigen dürfen. Und über kurz oder lang wäre in ihm auch ohne dein Zutun der Wunsch gereift, den er sich jetzt erfüllt.« Michael atmet auf. »Aber zu Bon Jovi nehme ich Sylvie mit, denn Strafe muss sein«, füge ich noch hinzu.

Ich übernehme nun wieder mehr Schichten im *Watermelon*. Johnny beschwert sich ausgiebig bei mir, dass die Sahneschnitte sich nicht von ihm verabschiedet hat, und fragt besorgt, ob Niko nun doch eine Praline ist und er sich wegen einem Sportprogramm für mich umhören soll. Ich lasse mich von ihm umarmen, aber lehne dankend ab.

An Silvester arbeite ich und ignoriere den Schmerz, dass Niko um Mitternacht nicht bei mir ist. Meine Diplomarbeit bringe ich ein gutes Stück weiter, und mein erstes Treffen mit Dr. Thiemann im neuen Jahr verläuft sehr gut. Er gibt mir die Termin-Liste, wann eine Präsentation bereits Ende dieses Semesters möglich wäre.

»Wenn Sie weiterhin mit so viel Enthusiasmus dranbleiben, liegen diese Termine absolut im Bereich des Möglichen. Aber setzen Sie sich bitte nicht unter Druck, auch mit einem Abschluss im Sommersemester bin ich durchaus zufrieden«, fügt er zwinkernd hinzu, und ich bin erstaunt, dass mein sonst so steifer Betreuer tatsächlich eine humorvolle Seite hat.

Ich vermisse Niko schrecklich, doch diesmal ist es anders. Ich verstehe, dass er enttäuscht von mir ist und auch, wieso er gehen musste. Doch mein übriges Leben ist wieder auf Kurs und läuft in geordneten Bahnen. Bis Ende Januar mit einem Anruf alles auf den Kopf gestellt wird.

Als mein Handy läutet, nehme ich nach einem kurzen Blick auf das Display lächelnd ab.

»Hey, Lieblingsschwester. Was gibt's denn?«, frage ich fröhlich.

»Alexandra, ich habe dich noch nie um etwas so Wichtiges gebeten. Bitte sag nicht gleich Nein, sondern hör dir erst alles an«, ertönt Lillys Stimme. Dass sie mich bei meinem vollen Namen nennt, lässt mich alarmiert aufhorchen.

»Was brauchst du?«, will ich sofort wissen.

Meine Schwester holt am anderen Ende der Leitung tief Luft. »Du musst bitte kommen und die Leitung der Pension übernehmen«, sagt sie schlicht.

»Ich soll *was*?«, bringe ich hervor. Das ist ein schlechter Scherz, oder?

»Ich liege im Krankenhaus. Frühwehen«, erklärt sie knapp, und ich erschrecke. »Mein Arzt konnte sie stoppen, aber er hat mir strengste Bettruhe verordnet. Das Baby darf noch nicht kommen, die Lunge ist noch nicht genügend gereift. In ein paar Tagen entlässt er mich zwar nach Hause, aber ich kann auf keinen Fall mehr arbeiten. Es gibt noch keine Vertretung für mich, und ich könnte jetzt auch niemanden mehr einarbeiten, der den Betrieb noch gar nicht kennt. Aber du hast mein Büro organisiert und meinen Computer aufgeräumt. Du kennst die Arbeitsabläufe und die Mitarbeiter. Du bist die einzige Person, der ich zutraue, meinen Part im *L&P* zu übernehmen und die Sache nicht an die Wand zu fahren. Es geht nur um die Büroarbeit, die Küche managt Rainer. Also, was sagst du?«

Die Überraschung und der Schock haben mich erstarren lassen. Die Lage ist ernst, das erkenne ich an Lillys Stimme. Sie ist nicht panisch oder hysterisch, sie klingt wie eine Chefin. Ich atme tief durch.

»Gib mir mal mein Patenkind«, fordere ich sie auf. Ich höre ein Rascheln an der anderen Leitung und weiß, dass sie das Handy an ihren Bauch hält.

»Hey, Kleines, hier ist deine Patentante. Du musst jetzt durchhalten, hörst du? Bleib, wo du bist. Ich versuche meine Angelegenheiten hier zu regeln und deiner Mami so schnell es geht zu Hilfe zu kommen«, raune ich in mein Telefon. Erneut höre ich ein Rascheln.

»Darf ich auch erfahren, was ihr da tuschelt? Das Baby hat mich eben getreten«, will meine Schwester wissen.

»Das nehme ich als positive Antwort«, freue ich mich. »Lilly, ich muss erst noch ein paar Dinge hier klären und mit meinem Chef und meinem Betreuer sprechen. Wenn ich alles erledigt habe, komme ich. Ob ich dir wirklich helfen kann, wird sich erst herausstellen, aber du kannst auf mich zählen«, verspreche ich ihr. Sie atmet hörbar auf. »Ich ruf dich heute Abend an, dann weiß ich sicherlich schon mehr.«

Wir verabschieden uns, und ich linse auf meine Uhr. Johnny ist noch nicht im Laden, also werde ich mein Glück zuerst bei Dr. Thiemann versuchen. Ich weiß, dass er vormittags seine Sprechstunde hat, also mache ich mich auf den Weg zur Uni, um persönlich mit ihm zu reden.

Nachdem ich geklopft habe, trete ich ein. Verwirrt sieht er von mir auf seinen Terminkalender.

»Guten Morgen, Frau Manninger! Habe ich mir falsche Notizen gemacht, oder ist unser Termin erst nächste Woche?«, fragt er dann.

»Ihr Kalender hat recht, aber ich wollte fragen, ob wir den Termin verschieben können«, antworte ich.

Er blättert. »An welchen Tag haben Sie denn gedacht?«, erkundigt er sich.

»Wenn alles gut läuft, an Anfang März«, erwidere ich. Er sieht von seinen Unterlagen auf, legt seine Brille zur Seite und widmet mir seine gesamte Aufmerksamkeit.

»Na, dann erklären Sie mir mal, aus welchem Grund.«

Ich schildere ihm Lillys Lage.

»Sie wollen die Pension Ihrer Schwester führen? Jene Pension, deren Gründung Sie in Ihrer Diplomarbeit behandeln?«, fasst Dr. Thiemann zusammen. Ich nicke nur, und er sieht mich prüfend an.

»Recherche vor Ort«, meint er dann.

»Wie bitte?« Ich bin etwas verwirrt.

»Das werde ich in die Unterlagen eintragen, um Ihr Fernbleiben zu erklären. Unsere Termine halten wir ein. Sie senden mir die Arbeit, und am nächsten Abend besprechen wir alles am Telefon. Tagsüber werden Sie ja, wie es aussieht, anderweitig beschäftigt sein. Hier ist meine Handynummer.« Er schreibt Ziffern auf ein Stück Papier und reicht es mir. Darunter steht ein Datum. »An diesem Tag erwarte ich Ihre Mail.«

Erleichtert nicke ich. »Ich danke Ihnen vielmals«, stoße ich hervor.

»Das müssen Sie auch. Mit diesem Vorhaben ist die Präsentation im laufenden Semester vermutlich nicht mehr durchführbar, und ich habe meine Wette verloren, die ich auf Sie abgeschlossen habe«, gibt er dann zu.

»Sie wetten, wann die Studierenden ihren Abschluss machen?«, frage ich fassungslos.

Ein schelmisches Lächeln stiehlt sich auf seine Lippen. »Nur bei den schwierigen Fällen.«

Kurz darauf verlasse ich die Uni mit einem Stein weniger auf der Brust. Ich dachte, dass Dr. Thiemann eine größere Sache daraus machen wird. Immerhin waren seine Vorgaben, dass ich engmaschig meine Termine einhalten muss, im Herbst sehr unmissverständlich. Nun zu Johnny.

Meinen Chef finde ich am frühen Nachmittag bereits im *Watermelon*. Manchmal frage ich mich, ob er eigentlich eine Wohnung hat oder in einem Hinterzimmer der Bar haust.

»Hey, Süße! Hast du nicht erst heute Abend Schicht?«, fragt er überrascht. Ich nicke und erkläre ihm dann meinen Notfall.

»Heute Abend arbeite ich natürlich noch, und ich lasse dir auch alle Rezepte hier, damit Armin nach ihnen kochen kann. Und sobald ich wieder zurückkomme, hole ich alle Schichten nach«, verspreche ich. Johnny sieht mich wehmütig an und zieht mich in eine Umarmung.

»Herzchen, das ehrt mich sehr, aber wenn du wieder zurückkommst, ist dein Platz nur noch vor dem Tresen«, antwortet er dann ruhig. Ich will etwas erwidern, doch er stoppt mich.

»Hiermit kündige ich dir mit sofortiger Wirkung. Geh zu deiner Schwester, leite die Pension vorübergehend, schreib deine Diplomarbeit fertig, und wenn du deinen Abschluss in der Tasche hast, suchst du dir einen richtig tollen Job, der deinen Qualifikationen entspricht. Ich möchte nicht, dass du dir um den alten Johnny und seine Bar Gedanken machst. Ich schaff mir einen schnuckeligen Aushilfskoch an, der Armin ein wenig unterstützt, und komm schon klar. Es war toll mit dir, aber wir wussten doch, dass du das nicht ewig machen kannst.«

Nun haben wir beide Tränen in den Augen, und er nimmt mich nochmals fest in den Arm.

»Danke für alles«, flüstere ich gerührt.

»Du bleibst mein Lieblingsgast«, nuschelt er in mein Haar. Wir trinken noch einen Cocktail zusammen, ehe ich mich auf den Weg zu meinen Eltern mache.

Auch ihnen erkläre ich alles, ebenso wie wenig später Sylvie und Michael. Meine Mutter sorgt sich um Lilly und will sie gleich anrufen, wenn ich weg bin. Alle haben Verständnis, dass ich meine Schwester nicht hängen lasse. Am Abend packe ich erneut meine Sachen und wähle ebenfalls Lillys Handynummer.

»Hallo, Lexi«, nimmt Paul ab.

»Was ist mit Lilly?«, schrecke ich hoch.

»Alles in Ordnung. Sie schläft gerade, aber die Wehentätigkeit ist nur minimal«, beruhigt er mich.

»Kannst du ihr ausrichten, dass ich morgen da bin? Ich lege mich noch ein paar Stunden hin und fahre gleich in der Früh los zu euch«, erkläre ich Paul, und er atmet auf.

»Danke, Lexi, das vergesse ich dir nie!«, schwört er.

Kapitel 27

Als die Sonne am nächsten Morgen aufgeht, sitze ich bereits seit einiger Zeit im Auto. Ich sehe meinem Aufenthalt bei Lilly mit gemischten Gefühlen entgegen. Bei meinem ersten Besuch hier war ich bei meiner Ankunft verzweifelt und bei der Abreise verliebt. Als ich das zweite Mal hierhergekommen bin, war es genau umgekehrt. Ich frage mich, was die Ostsee diesmal für eine Überraschung für mich bereithält.

Ich parke mein Auto schließlich auf dem Mitarbeiterparkplatz, steige aus und recke meine müden Glieder. Eisige Luft empfängt mich, und ich bin froh, die dicke Daunenjacke eingepackt zu haben. Langsam wandere ich um das *L&P* herum, bis ich den Strand erreiche. Eisschollen treiben auf dem Meer, die Strandkörbe sind noch in ihrem Winterquartier, und der Sand liegt glatt vor mir. Es ist raue, pure Natur von ihrer schönsten Seite. So habe ich die Ostsee noch nie gesehen, und doch ist es wieder, als würde ich heimkehren. Ich atme die salzige Luft ein, und der Sauerstoff vertreibt die letzte Müdigkeit. Mit einem Ruck drehe ich dem Wasser den Rücken zu und steuere auf die Pension zu.

Meine Schwester ist noch im Krankenhaus, also hoffe ich, an der Rezeption ein vertrautes Gesicht zu finden. Und ich werde nicht enttäuscht. Susi eilt sofort hinter dem Empfang hervor und schließt mich in die Arme.

»Lexi, wie schön, dass du da bist. Paul ist noch in der Wohnung.« Ich spüre ihre Sorge um meine Schwester und danke ihr für die Info.

Paul drückt mich an sich, dass ich glaube, gleich zu ersticken.

»Du bist ein Engel«, versichert er mir. »Es ging alles so schnell. Die Wehen kamen in der Nacht, und ich habe sofort den Krankenwagen gerufen. Das Baby soll doch erst Anfang

März zur Welt kommen. Sie hatte gerade angefangen, sich nach einer Vertretung umzusehen, damit genug Einarbeitungszeit bleibt. Und jetzt das. Ehe ich noch nachdenken konnte, hat sie dich angerufen. Sie hat sich in den Kopf gesetzt, dass du sie im Büro ersetzen kannst. Den Job hat sie dir ja im Sommer schon angeboten, und ich kann dir nicht sagen, wie dankbar ich dir bin, dass du alles liegen und stehen gelassen hast, um zu kommen.«

»Es geht um meine Schwester und mein Patenkind«, antworte ich nur. Und es stimmt. An mehr habe ich tatsächlich nicht gedacht.

»Wann fährst du ins Krankenhaus?«, frage ich Paul.

»Gegen zehn. Ich will erst noch abwarten, wie das Frühstück läuft, und die Bestellungen machen. Außerdem werden Besucher vor der Visite nicht gern gesehen«, informiert er mich.

»Gut, dann schau ich mir gleich mal an, wie viel Arbeit im Büro liegen geblieben ist, und du sagst mir, wie ich helfen kann. Wo sollen meine Koffer hin?«, erkundige ich mich.

Paul lächelt. »Du kannst ein Gästezimmer haben oder dein altes Zimmer«, bietet er mir an. Darüber muss ich nicht nachdenken und lasse mir von Susi meinen Zimmerschlüssel geben.

Als ich meine Koffer ins Mitarbeiterquartier hochtrage, gibt es mir einen Stich, Nikos Zimmer leer zu wissen. Doch mein altes Reich weckt immer noch ein Gefühl von Zuhause in mir. Aber für Sentimentalität habe ich diesmal keine Zeit. So schnell ich kann, verschwinde ich ins Büro.

Konzentriert verschaffe ich mir einen Überblick und notiere alle Fragen, die Lilly mir beantworten muss. Mit Paul gemeinsam trommle ich dann die Mitarbeiter zusammen und bin zugleich froh und überrascht, dass ich alle Gesichter kenne. Rainer, Lillys Souschef, schmeißt die Küche derzeit alleine, Inge und Susi managen nach wie vor die Rezeption, und auch die beiden Kellner Gabi und Gerd, die eigentlich nur über die Sommersaison an der Ostsee arbeiten wollten, sind überraschenderweise noch hier. Gabis Vater hat ihnen seinen Sommersitz hier im Ort, in dem sie in den letzten Monaten wohnen durften, nun geschenkt, und so haben die beiden beschlossen, weiterhin ein Teil der *L&P*-Familie zu bleiben. Da die beiden Zimmermädchen Sandy und Monique jedoch erst wieder zu Beginn der Frühjahrssaison in die Pension zurückkehren, ist Gabi vorübergehend im Housekeeping eingesprungen.

Nach einer herzlichen Begrüßung von allen Seiten erklärt Paul, weshalb ich hier bin, und bittet alle, mich bei meiner Aufgabe zu unterstützen. Als wir wenig später gemeinsam in die Klinik fahren, sehe ich ihn von der Seite an.

»Rainer wird auf kurz oder lang jemanden in der Küche brauchen.« Ich lasse die Aussage im Raum stehen.

»Ja, eine vorübergehende Aushilfe, bis Niko im Sommer wiederkommt«, antwortet er.

»Niko kommt zurück ins *L&P*?«, frage ich erstaunt. Nun ist es an Paul, mich von der Seite anzusehen.

»Das wusstest du nicht?«, kommt die Gegenfrage. Ich schweige.

»Er hat sich bei Lilly entschuldigt, dass er sie im Stich lassen wollte, gerade jetzt, wo sie ein Baby bekommt. Und er hat erzählt, dass er seinen Abschluss nachholt und ihr zum Start der Sommersaison wieder zur Verfügung steht, wenn sie ihn noch haben will«, erzählt er dann.

»Und will sie?«, traue ich mich fast nicht zu fragen.

Paul lacht. »Klar! Du weißt doch, dass sie einen Narren an ihm gefressen hat, seit er zum ersten Mal für sie gekocht hat.«

»Noch eine Gemeinsamkeit zwischen uns«, füge ich leise hinzu. Niko fehlt mir. Er hat mir auch zu Hause gefehlt, aber hier ist es, als würde er gleich lachend in seiner Kochjacke um die Ecke kommen. Die Pension ist leerer ohne ihn. Genau wie mein Herz. Eine Frage brennt mir schon seit Langem unter den Nägeln, und nun ist die Gelegenheit gekommen, um sie zu stellen.

»Paul?«, sage ich vorsichtig in die Stille des Autos.

»Hm?«, macht er nur.

»Was hast du damals zu Niko gesagt, als ich weg war und er so in den Seilen hing deshalb?«

Ich muss ihm nicht näher erklären, was ich meine. Er versteht mich sofort. »Dass es ja nur eine Trennung auf Zeit ist und du wiederkommst.«

»Aber du konntest doch nicht wissen, ob ich wiederkomme«, werfe ich ein.

Er sieht kurz zu mir und grinst. »Hab ich mich geirrt?«

Lilly streckt mir sofort die Arme entgegen, als ich ihr Krankenzimmer betrete, und dankt mir tausendmal.

»Jetzt lass mich einmal arbeiten, und dann siehst du, ob deine Idee, mich hierher zu holen, wirklich so gut war«, zwinkere ich ihr zu. Wir unterhalten uns ausgiebig, und sie erzählt, dass sie morgen nach Hause kommt und dann vom Bett aus für alle Fragen zur Verfügung steht. Es wird eine ungewöhnliche Zusammenarbeit, aber was war denn im letzten Jahr schon normal?

Kapitel 28

Ich bin mir nicht sicher, wo ich eigentlich anfangen soll, also arbeite ich einfach mal drauflos. Ich esse im Büro, schlafe wenig, und wenn ich in meinem Zimmer bin, schreibe ich an meiner Diplomarbeit, damit ich diesbezüglich nicht ins Hintertreffen gerate. Mein erster Termin mit Dr. Thiemann verläuft etwas abenteuerlich, bis wir einander erreichen, aber er zeigt Verständnis. Lilly dirigiert von der Couch aus, und ich bin ihr Taktstock. Doch nach und nach werde ich selbstständiger. Es ist, als hätte ich anfangs nur Ausschnitte einer Maschine gesehen, und plötzlich hat mir jemand den ganzen Bauplan gezeigt. Ich verstehe, wie die Zahnräder ineinandergreifen, was wann wie gemacht werden muss, damit es weiterläuft, was Priorität hat und wie alles funktioniert.

Tage werden Wochen, und langsam spielt sich der ganze Ablauf ein. Ich vermisse Niko noch immer, auch wenn ich mich manchmal frage, wie ich eigentlich in meinem Kopf noch Platz dafür habe. Lillys Arzt ist sehr zufrieden mit ihr, und ich merke, dass ich inzwischen wirklich eine Stütze für sie bin. Doch meine voranschreitende Diplomarbeit lässt mich nicht vergessen, dass ich diese Stelle nicht für immer besetzen kann. Also sehe ich mir in einer ruhigen Minute die Bewerbungsmappen durch, die Lilly sich bereits schicken hat lassen. Inzwischen verstehe ich ihre Sorge, sich jemand völlig Fremden ins Boot zu holen. Vieles läuft hier etwas unkonventionell, und es wird schwierig, einem Außenstehenden alles zu erklären. Doch als ich die Unterlagen wieder in die Personallade stecke, kommt mir eine Idee. Ich durchstöbere alle Akten und finde tatsächlich, wonach ich gesucht habe. Als ich Lilly davon erzählen möchte, stoßen sie und Paul gerade mit Saft und Sekt an.

»Was gibt's zu feiern?«, will ich sofort wissen, und Paul drückt mir ein Glas in die Hand.

Meine Schwester stößt ihres an meines und verkündet: »Mein Gynäkologe hat Entwarnung gegeben. Wenn das Baby jetzt kommt, ist es kein Drama mehr. Alles ist entsprechend gereift.«

»Gott, bin ich froh!«, rufe ich und nehme sie stürmisch in den Arm.

»Und außerdem hat Paul heute die letzten Möbel ins Kinderzimmer gebracht und meine Einkaufsliste abgearbeitet. Das Bettchen ist bezogen, und alle Hygieneartikel sind im Haus. Wir sind offiziell vorbereitet«, fügt sie stolz hinzu. »Was macht das große Baby? Gib mir mal einen Überblick, bitte.«

Ich grinse. »Im *L&P* läuft alles wie geschmiert. Die Buchungslage ist ausreichend, dass der Betrieb gut wirtschaftet, aber nicht so, dass wir mit dem Personal ins Trudeln kommen würden. Im März kommen Sandy und Monique wieder, und Gabi kann in den Service. Nächste Woche beginnt der neue Beikoch. Rainer hat ihn beim Vorstellungsgespräch auf Herz und Nieren getestet und ist sehr zufrieden. Er hat einen Vertrag für die Frühjahrssaison mit optionaler Verlängerung für die Hauptmonate. So stehen euch dann alle Wege offen. Und die Vorreservierungen für die Hauptlaubszeit versprechen ein volles Haus.« Ich will ihr eben von meiner Entdeckung erzählen, da fällt mir ein, dass ich die Bestellung beim Gemüselieferanten vergessen habe. Also beschließe ich, am nächsten Tag mit Lilly zu reden.

Doch so weit soll es nicht mehr kommen. Gegen ein Uhr nachts hämmert es an meiner Zimmertüre. Ich schrecke hoch und reiße sie auf. Paul steht vor mir.

»Lilly?«, stoße ich nur hervor, und er nickt. Ich werfe mir einen Bademantel über und rase hinter ihm her in die Wohnung.

»Sie hat Wehen, aber wollte erst dich sehen, bevor wir ins Krankenhaus fahren«, teilt er mir knapp mit. Meine Schwester liegt im Bett und hält sich den Bauch. Als ich zu ihr eile, schreit sie auf und krallt sich an meiner Hand fest. Ich blicke an ihr hinunter und sehe die Feuchtigkeit in ihrem Schritt.

»Ruf sofort den Krankenwagen, die Fruchtblase ist geplatzt«, rufe ich Paul zu und atme mit meiner Schwester gemeinsam. Nun lässt sich mein Patenkind nicht mehr aufhalten. Die Wehen kommen in immer kürzeren Abständen, und ich bin erleichtert, als ich das Blaulicht vor dem Fenster sehe. Paul holt Lillys gepackte Tasche und informiert die Sanitäter über die Wehenabstände. Sie verfrachten meine Schwester so rasch in den Krankenwagen, dass ich nicht einmal mehr zum Winken komme. Schnell ziehe ich mir etwas an und fahre kurz darauf hinterher ins Krankenhaus.

In der Notaufnahme teilt man mir mit, dass meine Schwester sofort in den Kreißsaal gebracht wurde, und erklärt mir, wo ich warten kann. Doch lange sitze ich nicht auf meinem Stuhl, da kommt Paul um die Ecke und sieht sich suchend um. Ich springe auf, doch sein vor Glück strahlendes Lächeln beruhigt mich.

»Da hatte es jemand sehr eilig. Wir waren kaum im Kreißsaal, da war schon alles vorbei. Kommst du mit? Lilly möchte dir gerne jemanden vorstellen«, sagt er stolz, und ich nicke.

Vorsichtig schiebe ich den Vorhang zur Seite.

»Hey, sieh mal, wer da ist«, flötet meine Schwester leise. Sie sieht müde und geschafft aus, doch trotzdem strahlt sie von innen. In ihren Armen liegt ein kleines Bündel, eingewickelt in einer rosafarbenen Decke. Ich habe also eine Nichte bekommen. Langsam trete ich näher und kann einen Laut der Verzückung nicht unterdrücken, als riesengroße blaue Babyaugen mich ansehen.

»Hallo, Süße! Ich bin deine Tante Lexi. Ich sehe aus wie deine Mami, bin aber die Coolere von uns beiden«, erzähle ich ihr leise.

»Sagt wer?«, zieht mich Lilly auf.

»Tanten sind immer cooler als Mamis«, gebe ich zurück. »Wie heißt sie denn?«

Lilly streichelt ihrer Tochter über die Wange und sieht Paul fragend an.

»Lucy!«, antwortet er. »Wir hatten drei Namen in der engeren Auswahl für ein Mädchen und wollten entscheiden, wenn wir sie sehen. Und ich denke, sie ist unsere Lucy. Was sagst du, Schatz?« Er küsst meine Schwester auf den Scheitel, und sie nickt, während sie die Augen nicht von ihrer Tochter nehmen kann.

»Ein kurzer prägnanter Name. Du wirst unsere Mutter damit an den Rand der Verzweiflung bringen«, kichere ich. »Willkommen in der Familie, kleine Lucy!« Das Bild der kleinen Familie entfacht eine Wärme in meinem Herzen. Ich räuspere mich kurz.

»Dann lasse ich euch mal alleine und kümmere mich um das *L&P*, damit ihr ganz entspannt euer neues Glück genießen könnt.«

Lilly sieht auf. »Danke, Lexi!«, antwortet sie eindringlich. Ich nicke ihr zu und fahre dann zurück in die Pension. Als ich dort ankomme, hat Paul schon allen Mitarbeitern die Neuigkeiten und ein Foto des Familienzuwachses geschickt. Wir stoßen mit unseren Kaffeetassen auf Lucy an und machen uns dann an die Arbeit.

Kapitel 29

Lilly ist von ihrer neuen Mutterrolle völlig vereinnahmt, und so beschließe ich, meine Idee wegen ihrer Vertretung einfach voranzutreiben und sie damit zu überraschen. Erstaunlich sind auch die Fortschritte meiner Diplomarbeit, die sogar noch ein Zusatzkapitel über den Wintertourismus an der Ostsee bekommen hat. Mein Betreuer ist hochzufrieden, und ich bin es auch – müde, ausgelaugt und erschöpft, aber zufrieden.

Anfang März erreicht eine Warmfront überraschend die Ostsee, und wir holen ein paar der Strandkörbe aus dem Winterschlaf, um unseren Frühlingsgästen einen angenehmen Aufenthalt am Meer zu ermöglichen. Auf meine Bitte hin wird auch Nikos und mein Strandkorb an seiner üblichen Stelle etwas abseits der anderen aufgestellt. Als ich davorstehe, trifft mich die Sehnsucht nach ihm wie die Wellen der Ostsee, die an den Strand rollen. Ohne nachzudenken greife ich nach meinem Handy, mache ein Foto vom Strandkorb und schicke es Niko ohne ein weiteres Wort. Gerade als ich die Kissen aufgeschüttelt und es mir bequem gemacht habe, verrät das leise Pling meines Telefons, dass ich eine Nachricht erhalten habe. Ich kann es kaum glauben. Sie ist von Niko, und mein Herz stolpert aufgeregt, als ich sie öffne. Es ist ebenfalls ein Foto, und es zeigt die Aussicht aus einem Fenster. Bei näherem Betrachten entdecke ich den Fernsehturm.

»Küstenküken in der Hauptstadt?«, tippe ich und drücke auf Senden.

»☺ Großstadtpflanze schnappt wieder mal Seeluft?«, kommt zurück, und ein Lächeln stiehlt sich auf mein Gesicht.

»Bin schon seit einiger Zeit hier und helfe Lilly. Frühwehen, keine Zeit, eine Vertretung zu suchen, lange Geschichte.«

»Und deine Diplomarbeit?«

»Wächst und gedeiht. Ich bin Multitasking ja schon gewohnt. Was machen deine Kurse?«

»Habe so viele wie möglich belegt, sind alle interessant. Es ist stressig, aber zumindest bleibt wenig Zeit, die ich in dem Loch von Studentenwohnheim verbringen muss.«

»Ach was, du bist nur von Lillys Luxus-Unterkunft für Mitarbeiter verwöhnt. ;-)«

»☺ Wahrscheinlich!«

Es ist so unwirklich, dass ich gerade mit Niko kommuniziere. Gut, es ist nur Small Talk, aber es fühlt sich unglaublich gut an, von ihm zu hören. Ich spüre ein Ziehen tief in meinem Inneren und weiß, dass meine Liebe zu ihm immer noch genauso stark ist wie an dem Tag, als er gegangen ist.

»Die Ostsee vermisst dich …«, schreibe ich ihm und bin mir nicht sicher, ob ich möchte, dass er die Botschaft zwischen den Zeilen versteht, oder besser nicht. Diesmal piept mein Handy nicht bereits nach wenigen Sekunden. Die blauen Häkchen zeigen an, dass er meine Nachricht gelesen hat, doch obwohl er noch online ist, kommt nichts zurück. Rasch schließe ich die App und lasse das Telefon auf das Kissen neben mir fallen. Mein Blick schweift über das Meer. Es ist unruhig heute, weiße Schaumspitzen tanzen auf den Wellen, und das Wasser wirkt dunkler als sonst. So sieht es auch in mir drin gerade aus. Ich seufze resigniert. Die Situation ist so verfahren. Gerade als ich beschließe, wieder hineinzugehen, höre ich das vertraute Pling. Rasch greife ich nach meinem Handy.

»Ich vermisse die Ostsee auch …«, lese ich, und ganz heimlich und leise keimt ein kleines Pflänzchen Hoffnung in mir.

Von nun an spaziere ich jeden Nachmittag eine halbe Stunde am Strand entlang. Diesmal schaffe ich es, etwas mehr von dieser kleinen Stadt zu erkunden. Den Hafen habe ich zwar im Sommer schon von Weitem gesehen, doch mich zieht es in seine Nähe. Die sich wiegenden Schiffe haben etwas Beruhigendes an sich. Der Geruch von Salz und Fisch und das nie endende Schaukeln der Kähne auf dem Wasser. Ich entdecke ein Stück abseits des Hafens sogar einige Hausboote – alte und nagelneue – und frage mich, wie es wohl ist, auf der Ostsee zu wohnen. In *Frederiks Fischkneipe* komme ich auf den Geschmack von Fischbrötchen, die hier wirklich einmalig lecker sind und so frisch, dass man sie – laut Frederiks persönlicher Aussage – fast noch zappeln sieht. An einem anderen Tag bringe ich aus dem kleinen Blumenladen *Blatt und Blüte* einen wunderschönen Strauß Frühlingsblumen mit ins *L&P*, den die Besitzerin Anna eigens für mich zusammengestellt hat. Besonders angetan hat es mir aber das *Leckermäulchen*, eine kleine Konditorei mit Café, in der Livia himmlische Backwaren zaubert. Fast täglich komme ich hier vorbei, fülle mit einem Coffee to go meine Koffeinreserven wieder auf und gönne mir einen von Livias Schokoplundern, den ich dann auf dem Weg zurück genüsslich verputze. Bei meinen Spaziergängen durch die Küstenstadt lasse ich meinen Gedanken freien Lauf, doch auf kurz oder lang drehen diese sich immer wieder um das gleiche Thema. Als ich zum ersten Mal hierherkam, war ich nach sechs Jahren frisch von Robert getrennt, doch nicht einen Tag habe ich ihn so sehr vermisst, wie mir Niko seit Weihnachten fehlt. Seit unserem kurzen Chat auf WhatsApp sitze ich jeden Tag in unserem Strandkorb und erinnere mich an die Zeit mit ihm. Und manchmal erlaube ich mir, ein klein wenig davon zu träumen, dass wir uns wieder gemeinsam in die Kissen kuscheln.

Diese tägliche kleine Auszeit pustet meinen Kopf frei für den Endspurt meiner Diplomarbeit. Und trotz des planlosen Chaos, das seit einem Dreivierteljahr mein Leben beherrscht, schaffe ich es, sie fertigzustellen. Mit einem letzten Klick sende ich den großen Brocken an Dr. Thiemann und seufze aus tiefstem Herzen. Nun heißt es warten, bis er mir die letzten Korrekturen und Anmerkungen schickt und im Zuge dessen wahrscheinlich auch schon den Termin für die Präsentation mitteilt.

Ich zücke mein Handy und schicke einen Screenshot meiner Mail an Niko. Nach einem Blick auf die Uhr schlage ich jedoch die Hand vor den Mund. Es ist zwei Uhr morgens, Niko schläft bestimmt schon. Doch das Pling einer eingehenden Nachricht belehrt mich eines Besseren, und sofort stehe ich unter Strom.

»Gratuliere, dass du es endlich geschafft hast! ☺«

Ich strahle.

»Danke! Und wie läuft es bei dir?«, tippe ich.

Zurück kommt ein Foto von zwei aufgeschlagenen Büchern mit der Bildunterschrift »Lernen für die Prüfung der Zusatzqualifikationen«.

»Fleißig! Und wann ist es so weit?«

»Erfährst du, wenn es vorbei ist.«

Klar, er will keinen Druck, denn der hat ihn beim letzten Mal alles hinschmeißen lassen. Ich antworte mit einem nach oben gestreckten Daumen. Erst dann wird mir etwas klar: Er wird sich melden! Von selbst! Weil er mir von der bestandenen Prüfung erzählen *will*. In meinem Bauch tobt ein Schmetterlingssturm.

»Ich freu mich drauf …«, schicke ich noch nach und gehe duschen. Erst als ich ins Bett gehe, sehe ich, dass noch eine Nachricht von ihm gekommen ist. Ein lächelndes Smiley.

Am nächsten Morgen beschließe ich, dass es Zeit ist, das Projekt *Vertretung für Lilly* voranzutreiben. Und das erweist sich als gut, denn bereits einige Tage später zeigt mir mein Leben erneut, dass es derzeit auf der Überholspur unterwegs ist. Dr. Thiemann muss sich ebenfalls die Nächte um die Ohren geschlagen haben, denn die letzten Anmerkungen kommen schnell. Ich überfliege sie und bin ein wenig stolz, dass er kaum noch etwas anzukreiden hat. Das sollte bald behoben sein. In seiner Mail teilt er mir auch mit, wann ich meine Abschlussarbeit präsentieren kann. Es findet ein Sondertermin für einige ebenso schwierige Fälle wie mich statt, und ich bestätige diesen mit mulmigem Gefühl im Bauch. Der Zeitplan ist knapp. Jetzt wird sich zeigen, ob meine Idee funktioniert.

Ich mache mich auf den Weg in die Wohnung meiner Schwester und freue mich, dass Lucy wach ist. Sie gluckst fröhlich, als ich sie hochnehme und sanft wiege. Wir verstehen uns blendend.

»Hey, kleine Maus! Möchtest du ein kleines Nickerchen bei Tante Lexi machen? Ich muss kurz etwas mit deiner Mami besprechen«, gurre ich ihr zu. Lilly sieht mich fragend an, während mein Patenkind sich gehorsam in meine Armbeuge kuschelt und die Augen schließt.

»Was ist passiert?«, will meine Schwester wissen. Ich sehe sie ernst an und hoffe, dass sie die Nachricht gut aufnimmt.

»Ich muss zurück«, komme ich gleich zum Punkt. »Meine Diplomarbeit ist nahezu angenommen, und in zwei Wochen findet die abschließende Präsentation statt.« Lilly öffnet den Mund, um etwas zu sagen, schließt ihn dann jedoch stumm wieder und nickt.

»Aber das ist noch nicht alles«, gebe ich dann zu. »Ich habe jemanden gefunden, der meinen Platz als deine verlängerte Hand einnimmt.«

»Du hast hinter meinem Rücken jemanden eingestellt?«, explodiert sie sofort. Lucy gibt ein leises Raunen von sich, und Lilly beißt sich auf die Unterlippe.

»Nein, *du* hast sie eingestellt«, erwidere ich leise und verwirre meine Schwester endgültig.

»Wusstest du, dass Susi eine abgeschlossene Ausbildung zur Hotelkauffrau hat?«, frage ich sie dann.

»Ja schon, aber sie wollte doch wegen ihrem Sohn nur ein paar Stunden arbeiten«, antwortet Lilly.

»Ihr Kleiner geht nun in den Kindergarten, und sie würde gerne mehr Stunden übernehmen. Ich habe sie in den letzten Wochen schon im Büro eingearbeitet. Es hat gut funktioniert, und du kennst sie und vertraust ihr. Sie ist schon länger Teil des Teams, kennt die Abläufe und hat hundertprozentig für deine spezielle Lage mit Lucy und der Pension Verständnis. Was sagst du dazu?« Meine Schwester sieht mich einen Augenblick an.

»Danke!«, bringt sie dann mit tränenerstickter Stimme hervor. »Ich wusste, dass du zurückmusst, und die ganze Zeit hatte ich Angst, dann wieder vor einem leeren Büro zu stehen. Und dann überbringst du mir diese Nachricht gleich mit der Lösung für mein Problem. Du bist die beste Schwester, die man sich vorstellen kann.«

Ich winke ab. »Na ja, ihr braucht immer noch jemand Neuen für die Rezeption«, gebe ich zu bedenken. Paul legt mir den Arm um die Schulter und drückt mich sanft an sich, um seine Tochter nicht zu wecken.

»Sandy und Monique kommen in einer Woche, und Sandy möchte in diesem Jahr abends nicht mehr im *Leuchtturm* arbeiten. Vielleicht interessiert sie sich für den Job, und wir können Inges Schichten entsprechend legen, sodass beide zufrieden sind«, überlegt er. Ich sehe, dass sich alles hier zum Guten wendet und ich mit leichtem Herzen fahren kann.

Ich übergebe das Büro an Paul und Susi, arbeite die letzten Anmerkungen meines Betreuers ein, ehe ich meine Arbeit offiziell abgebe, und packe schließlich meine Sachen. Bevor ich mich auf den Weg nach Hause mache, stehe ich früh auf und setze mich mit einer Tasse Kaffee noch in den Strandkorb. Hier fühle ich mich Niko am nächsten. Ich weiß, dass mir ein großer Schritt bevorsteht und danach die offene See des richtigen Berufslebens. Ich frage mich, wie weit entfernt er noch von seiner großen Prüfung ist. Von jener Prüfung, deren Druck er beim letzten Mal nicht standgehalten hat. Ich übermittle ihm in Gedanken Kraft und hoffe, dass ich selbst nach den anstrengenden Wochen hier bei Lilly auch noch genügend übrig habe, um den Rest zu meistern.

Mit einem letzten Blick auf die Ostsee seufze ich, streiche voller Wehmut noch einmal über die Kissen des Strandkorbes und gehe zurück in die Pension. Der Abschied ist diesmal nicht so aufregend, denn ich verspreche, in ein paar Wochen wiederzukommen. Ich vermisse meine Nichte jetzt schon. Mit einem letzten Winken verschwinde ich wieder in mein altes Leben.

Kapitel 30

Zu Hause angekommen, entdecke ich auf meinem Handy eine Nachricht. Als ich sie öffne, erscheint ein Foto einer Urkunde, auf der bescheinigt ist, dass Herr Nikolaus Lindner die Kurse *Vollwert, Diätik und gesunde Ernährung* mit Auszeichnung bestanden hat.

»Niko, das ist toll! Herzlichen Glückwunsch!«, antworte ich sofort.

»☺ Danke! Wie läuft es bei dir?«

»Es überholt mich bald! Ich bin mitten im Endspurt, der Termin der Präsentation steht vor der Tür, und es sind noch tausend Dinge zu erledigen.«

»Das schaffst du schon!«

Immer noch der gleiche Optimist, der an mich glaubt.

»Wie lange hast du noch bis zur Abschlussprüfung?«

»Auch nicht mehr lange.«

»Na dann Hals und Eierschalenbruch. ;-)«, wünsche ich ihm und ernte dafür ein lachendes Smiley.

»Dir auch toi, toi, toi!«

Mit einem Lächeln im Gesicht gehe ich duschen und ins Bett.

Von nun an geht alles Schlag auf Schlag. Es findet noch ein letzter Termin mit Dr. Thiemann statt, der mich sehr lobt und mir Mut für die Präsentation macht.

»Nehmen Sie sich Zeit für die Erstellung der begleitenden Folien, geben Sie die Datei spätestens einen Tag vor Ihrem Termin im Sekretariat ab, und bringen Sie Ihre seriösen Klamotten in die Reinigung.« Er zwinkert, als er auf meinen ersten Besuch bei ihm anspielt. Ich nicke aufgeregt.

»Sie haben sehr gute Arbeit geleistet. Der Rest ist sicherlich kein Problem für Sie. Wir sehen uns nächste Woche!«, verabschiedet er mich.

Als ich die Uni verlasse, verspüre ich Hunger. Deshalb mache ich mich auf den Weg ins *Watermelon*. Sofort nachdem ich das Lokal betreten habe, flitzt Johnny auf mich zu und zieht mich in eine Umarmung. Brav habe ich mich zwar nach meiner Rückkehr via SMS bei ihm gemeldet, aber bisher fehlte mir die Zeit, um vorbeizukommen.

»Herzchen, lass dich ansehen!«, begrüßt er mich und schiebt mich eine Armlänge von sich weg. »Du siehst müde aus. Muss ich mich bei deiner Schwester beschweren, dass sie nicht gut genug auf dich aufgepasst hat?«

Ich lächle. »Sie hatte Wichtigeres zu tun. Meine Nichte zur Welt zu bringen zum Beispiel.« Johnny schmilzt dahin, als ich ihm Fotos von Lucy zeige.

»Ist die Küche schon neu besetzt?«, frage ich und deute auf die Tür hinter meinem ehemaligen Chef.

»Ja«, raunt er mir geheimnisvoll zu. »Vor zwei Wochen habe ich einen spanischen Studenten eingestellt. Julio oder José oder Juan, was weiß ich. Ich verstehe ihn kaum.« Ich kann mir ein Lachen nicht verbeißen.

»Aber er bereitet alles von der Karte problemlos zu, kommt pünktlich, und seine Variante der Gemüsesuppe ist zum Niederknien«, verteidigt er sich. »Es ist noch welche da. Hast du Hunger?«

Ich bejahe seine Frage und genieße es, wieder hier zu sein, während Johnny meine Bestellung in die Küche weitergibt. Als er wiederkommt, sieht er mich leidend an.

»Schlaflose Nächte bereitet mir jedoch eine andere Sache, die ihn betrifft«, gibt er dann zu.

»Arbeitserlaubnis? Aufenthaltsgenehmigung?«, flüstere ich alarmiert.

»Nein, das ist alles in Ordnung.« Er beugt sich verschwörisch zu mir. »Ich komme einfach nicht dahinter, ob er Fußball spielt.« Ich überlege kurz, ob ich ihn falsch verstanden habe, doch seine Worte waren klar und deutlich. Noch dazu sieht Johnny mich so freudig an wie ein Hund, der eben einen Trick erfolgreich vorgeführt hat.

»Fußball?«, frage ich deshalb nach. »Seit wann interessierst du dich für Sport?«

Er zögert kurz. »Aber Armin hat mir diese Redewendung doch erklärt mit den Teams ... Du weißt schon, weil ich das mit den Meeren immer durcheinanderbringe.« Endlich macht es klick bei mir, und ich pruste los.

»Mit den Ufern, Johnny! Ich nehme an, Armin meinte, in welchem Team der neue Koch spielt?«, mutmaße ich dann. Genervt wirft Johnny die Hände in die Luft.

»Warum seid ihr Heteros nur immer so kompliziert?«, ruft er frustriert. »Ich meine, dass ich nicht weiß, ob Julio-José-Juan auf Frauen oder auf Männer steht.«

»Ihre Suppe, Señora«, ertönt eine Stimme mit starkem Akzent, und hinter Johnny tritt ein gut gebauter, braun gebrannter Mann hervor, der mich mit fast schwarzen Augen und einem belustigten Lächeln mustert. Er bringt mir den Teller und einen Brotkorb. Dann dreht er sich zu Johnny und raunt ihm zu: »Ich heiße *Julian*. Und auf beides übrigens!« Nachdem er mit einem Zwinkern in der Küche verschwunden ist, kann ich mich vor Lachen kaum mehr auf dem Stuhl halten. Die Suppe ist übrigens wirklich vorzüglich.

Meine Eltern freuen sich ebenfalls über meine Rückkehr und können gar nicht genug von den Fotos ihrer Enkelin bekommen. Sie planen bereits einen Besuch bei meiner Schwester.

Auch Sylvie und Michael heißen mich willkommen. Sylvie und ich belagern einen Abend lang das Wohnzimmer, um im Pyjama Liebesfilme zu schauen und über Männer zu tratschen. Sie erzählt, dass Michael sich angeblich mit jemandem trifft, was mich sehr freut. Auch bei ihr ist irgendetwas im Busch. Sie hängt meiner Meinung nach immer noch an Georg, will es aber nicht zugeben oder nicht wahrhaben. Irgendetwas stimmt auf jeden Fall gerade nicht mit ihr. Dafür gebe ich vor Sylvie zu, dass mir Niko hier nicht weniger fehlt als im *L&P*. Also machen wir uns über eine große Packung Eis her und beschließen, dass alle Männer auf den Mond geschossen werden sollten.

Schließlich ist der große Tag gekommen. Ich habe alles gut vorbereitet und rechtzeitig abgegeben, war beim Friseur, trage meinen frisch gereinigten Hosenanzug und bin top gestylt. Meine Präsentation kann ich im Schlaf, und doch bin ich vor lauter Nervosität kurz vor der Schnappatmung, als ich in der Uni auf und ab tigere. Genau das ist jetzt der Moment, den ich erst so lange vor mir hergeschoben und auf den ich seit einigen Monaten so intensiv hingearbeitet habe. Was, wenn ich es vermassle? Was, wenn alles umsonst gewesen ist? Was, wenn …
Die Tür zum Prüfungsraum öffnet sich.

»Alexandra Charlotte Cecilia Manninger«, liest eine ältere Frau von ihrer Liste ab. Es ist so weit, ich bin die Nächste. Freundlich lächelt sie mir zu, als ich an ihr vorbei den Raum betrete. Und ab dem ersten Schritt hinein legt sich eine völlige Ruhe über mich. Ich schüttle Dr. Thiemann und meinen Prüfern die Hand, starte die begleitenden Folien auf dem Laptop und lege los. Zwanzig Minuten lang präsentiere ich meine Arbeit über das *L&P*, beantworte Fragen und spüre Lilly, Paul und Niko in Gedanken an meiner Seite. Ich rede hier nicht über irgendein Projekt, sondern über den Lebenstraum meiner Schwester und das Heim, das ich gefunden habe, als ich vor dem Nichts stand, und in dem ich den Mann, den ich liebe, kennengelernt habe. Als ich den Vortrag beende, wage ich einen kurzen Blick auf meinen Betreuer, der mit stolzgeschwellter Brust zwischen den anderen Männern im Anzug und der Dame im Kostüm sitzt. Ein kaum wahrnehmbares Nicken von ihm lässt mir einen ganzen Steinbruch vom Herzen fallen. Nach einer höflichen Verabschiedung atme ich auf dem Flur tief durch. Dann steckt hinter mir jemand den Kopf durch den Türspalt.

»Ich muss sofort wieder rein«, flüstert Dr. Thiemann mir zu. »Aber ich wollte Ihnen noch herzlich gratulieren. Es sieht nach einer Auszeichnung aus, aber ich möchte noch nichts versprechen.« Nach einem verschmitzten Grinsen, das ich gar nicht von ihm kenne, ist er wieder verschwunden. Erleichtert mache ich mich auf den Weg nach Hause und beschließe, meinen ersten freien Nachmittag seit Monaten gepflegt zu verschlafen. Ich rechne fast damit, dass Sylvie und Michael mich am Abend mit einer Flasche Sekt überraschen, doch überraschenderweise bleibt alles ruhig.

Bereits eine Woche später findet die offizielle Abschlussfeier der Universität für die Absolventen des Wintersemesters statt, an der auch wir schwierigen Fälle vom Sonderprüfungstermin unsere Urkunden erhalten und verabschiedet werden. Es ist ein Mittwoch, was bedeutet, dass Sylvie und Michael arbeiten müssen. Und meine Eltern haben beide noch Nachsorgeuntersuchungen im Krankenhaus. Also mache ich mich alleine auf den Weg in die Uni. Etwas verloren betrete ich die Aula und sehe mich um. Schließlich geselle ich mich zu meinen Kommilitonen, und kurz darauf werden wir nacheinander auf die Bühne gerufen und erhalten unsere Urkunde. Ich höre den Applaus, der bei den einzelnen Namen aufbrandet, und hoffe, dass sich ein paar der Anwesenden erbarmen, auch unbekannterweise für mich zu klatschen.

»Alexandra Charlotte Cecilia Manninger«, ertönt es schließlich, und ich betrete die Bühne. Empfangen werde ich von ohrenbetäubendem Jubel. Verwirrt sehe ich mich um. Tränen treten in meine Augen, als ich sie entdecke: Neben meinen

Eltern stehen Sylvie, Michael, Johnny und Armin, doch am meisten überrascht mich, dass Lilly offensichtlich die Pension geschlossen hat, denn alle Mitarbeiter inklusive meiner Schwester und meiner Nichte sind da. Lucy schläft friedlich in der Babytrage an Lillys Brust, während der Rest tobt, schreit und aus voller Kraft klatscht. Sogar Dr. Thiemann ist von seinem Sessel aufgestanden und applaudiert mit einem breiten Lächeln. Nun fließen meine Tränen, und ich stolpere fast, als ich den restlichen Weg zurücklege, die Hand des Dekans schüttle und dann meine Urkunde in Empfang nehme. Darauf ist tatsächlich ein Abschluss mit Auszeichnung vermerkt. Unter lautem Johlen meiner Familie und Freunde halte ich sie triumphierend in die Höhe und verlasse die Bühne. Nach dem obligatorischen Gruppenfoto erwarten mich die Meinen bereits, um mich in ihre Mitte zu nehmen. Alle gratulieren mir und drücken mich, ich habe das Gefühl zu schweben. Doch Sylvie drängt zum Aufbruch, und ich ahne, dass sie etwas geplant hat. Sie bugsiert mich in ihr Auto und schlägt den Weg nach Hause ein.

Doch wir landen nicht in unserer Wohnung, sondern im *Watermelon*.

»Heute geschlossen, Privatfeier«, lese ich laut das Schild an der Tür. »Das ist nicht wahr, oder? Johnny hat die Bar für mich geschlossen?« Ich kann es nicht fassen. Seit seiner Eröffnung hatte das *Watermelon* noch keinen Tag zu. Sylvie nickt nur.

»Warte, bis du sie von innen siehst«, warnt sie mich vor und öffnet die Türe. Mir verschlägt es die Sprache. Johnny hat sich selbst übertroffen. Ein großer Schriftzug mit »Herzlichen Glückwunsch Lexi« und Girlanden, Lampions und schwebende Barette, so viele die Decke tragen kann, schmücken das ohnehin schon farbenfrohe Lokal. In einer Ecke hat er ein großes Buffet aufgebaut. Die anderen sind schon alle da, und ich entdecke sogar meinen Betreuer in den hinteren Reihen.

»Leute, ihr seid der Wahnsinn!«, bringe ich hervor, ehe ich

als Erstem Johnny um den Hals falle. »Du hast für mich zugemacht«, nuschle ich, während er mich fest an sich drückt.

»Für wen, wenn nicht für dich?«, antwortet er ebenfalls emotional mitgenommen. »Das Buffet war übrigens Julios Werk.« Ich schmunzle.

»Johnny, der Mann heißt *Julian*«, tadle ich ihn augenzwinkernd.

»Julian, Julio, was weiß ich. Für mich zählt nur, ob er eine Sahneschnitte ist«, gibt Johnny zurück.

»Bin ich«, mischt sich Julian ein, der hinter ihm auftaucht und noch ein Tablett zum Buffet bringt.

Ich sehe von einem zum anderen und stelle dann an Johnny gewandt fest: »Er ist eine Praline!«

Während dieser in heiseres Lachen ausbricht und Julian verwirrt aus der Wäsche guckt, tippt mich jemand von hinten an. Als ich mich umdrehe, steht meine Schwester vor Freude strahlend vor mir.

»Sieht so aus, als hätte das *L&P* uns beiden Glück gebracht. Sogar eine Auszeichnung«, bemüht sie sich stolz um Fassung.

»Danke, dass du mich bei allem so unterstützt hast. Ohne dich hätte ich das nie hinbekommen.« Ich ziehe sie an mich, und wir umarmen uns. »Wie lange bleibt ihr?«, frage ich und deute in die Runde.

»Die Pension geht morgen früh wieder in Betrieb, also fährt Susi mit den anderen noch heute Abend zurück. Mehr als einen Tag konnten wir nicht freischaufeln«, erklärt sie mir, doch es überrascht mich schon sehr, dass sie ihren Besuch überhaupt managen konnten. »Paul, Lucy und ich bleiben bis Sonntag.«

Ich freue mich riesig über ein paar Tage Zeit mit Lilly und ihrer kleinen Familie ohne Arbeit und ohne Stress.

Ich winke Armin zu, der sich hinter die Bar geklemmt hat und alle mit Getränken versorgt, und er reckt beide Daumen hoch. Dann wandere ich weiter zu Sylvie, die mich wortlos drückt. »Der Hofer ärgert sich bis heute, dass er dich rausgeschmissen hat. Wenn ich ihm morgen erzähle, dass du deinen Abschluss sogar mit Auszeichnung gemacht hast, meldet er sich sicherlich vor lauter Ärger eine Woche krank«, scherzt sie. »Ich hoffe, unsere Überraschung ist gelungen? Die Idee war von Michael und mir, Johnny hatten wir sofort im Boot, und deine Eltern haben noch deiner Schwester Bescheid gegeben.«

»Ihr seid die Besten!«, versichere ich ihr und winke auch Michael zu uns, der etwas auf Abstand geblieben ist. Mit einer innigen Umarmung zeige ich ihm, dass alles in Ordnung ist zwischen uns.

Mein Vater spricht gerade mit Lilly, und meine Mutter unterhält sich angeregt mit Johnny, was ein so eigenartiges Bild abgibt, dass ich nur den Kopf schütteln kann.

»Ich darf nochmals herzlich gratulieren«, höre ich dann Dr. Thiemann hinter mir. Ich stoße das Glas Sekt, das mir vorhin jemand gereicht hat, an seines und bedanke mich für die hervorragende Betreuung und seine Geduld mit mir.

»Als ich Ihren Fall geerbt habe, hatte ich mit Schlimmerem gerechnet«, gibt er dann unverblümt zu. »Aber Sie haben letztlich doch erkannt, dass Sie hart arbeiten müssen. Das Prüfungskomitee war wirklich beeindruckt. Was haben Sie denn nun beruflich vor?«

»Ehrlich gesagt habe ich mir darüber noch keine Gedanken gemacht«, gestehe ich.

»Sie haben die Unternehmensgründung so sorgfältig recherchiert, dass Sie sich problemlos selbstständig machen könnten«, schlägt er vor. »Überlegen Sie sich diesen Gedanken einmal. Es waren Ihre eigenen Worte, dass Sie Praktikerin sind.« Ich nicke und bedanke mich für den Rat.

Nun nimmt mich auch meine Mutter in den Arm. Sie muss nichts sagen. Der Stolz in ihren Augen und die Tatsache, dass sie mich ausnahmsweise einmal nicht wegen irgendetwas kritisiert, reichen mir völlig. Ich lächle sie an, ehe sie mich nach einem Kuss auf die Wange mit meinem Vater alleine lässt. Er streichelt mir anerkennend über die Schulter, ehe er mir ein Kuvert überreicht.

»Was ist das?«, frage ich ihn verwirrt.

»Das ist eine Auszahlungsanweisung, die du unterschreiben musst«, erklärt er mir. »Ich habe bei eurer Geburt eine Versicherung als Vorsorge abgeschlossen, die nun mit deinem Studienabschluss fällig geworden ist.«

Ich öffne das Kuvert, werfe einen Blick auf das Schreiben und erstarre, als ich den Betrag sehe.

»Paps, das sind … woher … das ist eine Menge Geld«, stoße ich hervor, als ich die vielen Nullen hinter der ersten Zahl erblicke. Doch dann sehe ich ihn ruhig an und gebe ihm das Kuvert zurück. »Danke, aber ich werde es nicht annehmen. Ich bin nicht mehr wert als Lilly, nur weil ich einen Studienabschluss gemacht habe«, stelle ich klar.

Mein Vater lacht. »Schatz, du glaubst doch nicht wirklich, dass es mir darauf ankommt, oder? Deine Schwester ist glücklich mit ihrer Berufswahl, und das alleine zählt für deine Mutter und mich. Ich bin auf euch beide sehr stolz«, versichert er mir. »Diese Versicherung wäre ohnehin in ein paar Wochen fällig geworden. Für euch beide. Bei Studienabschluss oder am sechsundzwanzigsten Geburtstag, so steht es im Vertrag.«

Langsam dringen die Worte zu mir durch. Ich sehe mich nach Lilly um, die mit dem gleichen Kuvert aufgeregt auf mich zukommt und mir um den Hals fällt.

»Weißt du, was das heißt?«, fragt sie mich und wedelt mit dem Schreiben vor meiner Nase herum. »Das *L&P* ist schuldenfrei«, jubelt sie. »Und es bleibt sogar noch einiges übrig. Wir legen etwas für Lucys Ausbildung zurück. Und vielleicht bauen wir in ein paar Jahren doch noch aus.« Glücklich strahlt sie mich an. »Was hast du mit der Kohle vor?«, fragt sie mich überschwänglich. Doch ich habe keine Ahnung.

Ich sehe mich auf meiner Feier um. Eigentlich sollte ich glücklich sein. Mein Studium habe ich mehr als erfolgreich abgeschlossen, in meiner Tasche ist genug Geld, um mir jeden Wunsch erfüllen zu können, und meine Familie und Freunde sind hier bei mir, und alle zeigen mir, wie wichtig ich ihnen bin. Und doch wird mir gerade jetzt schmerzlich bewusst, was Niko gemeint hat, als er mir sagte, sein Geburtstag war toll und schrecklich zugleich. Denn gerade jetzt merke ich, wie sehr er mir fehlt. Klar könnte ich ihm nun ein Foto meines Abschlusszeugnisses schicken, so wie er es vor einigen Wochen gemacht hat, doch wäre mir das heute nicht genug. Ich möchte ihm so viel mehr sagen. Er ist der Mann, den ich an meiner Seite haben möchte – jetzt, morgen und für die restlichen Jahre meines Lebens. Es ist Liebe. Doch heute kann ich nichts mehr dafür tun, dass wir wieder zueinanderfinden. Deshalb feiere ich mit den Anwesenden bis in die Morgenstunden.

Kapitel 31

Ich schiebe die Gedanken rund um Niko für ein paar Tage zur Seite und genieße die Zeit mit Lilly und Lucy in vollen Zügen. Auch die Lage zwischen ihr und meinen Eltern hat sich mit der Geburt des ersten Enkelkindes offensichtlich stark entspannt. Die drei wohnen im Gästezimmer unseres Elternhauses, und Paul macht sogar den Eindruck, als würde er sich wohlfühlen. Lucy hat ihre Großeltern sofort in ihren Bann gezogen und macht aus meinem Paps einen kuscheligen Bären und aus meiner Mutter eine gurrende Omi. Auch wenn Mama verzweifelt versucht, meine Schwester zumindest noch zu einem zweiten Taufnamen zu überreden.

»Ich dachte ja, Lucy wäre der Kosename, so wie ihr beide euch jetzt Lexi und Lilly nennt. Aber ihr beide habt doch zumindest vernünftige Namen in euren Papieren stehen«, beklagt sie sich.

»Mama, bitte!«, seufzt meine Schwester. »Meine Tochter heißt ja nicht Schneewittchen. Sie hat einen vernünftigen Namen. Und einer reicht!«

Paul nickt zustimmend. »Die Namen, die uns sonst noch gefallen hätten, heben wir uns für weitere Kinder auf«, erklärt er dann so nebenbei, dass sowohl Lilly als auch unsere Mutter überrascht aufschauen. Ich verkneife mir ein Lachen.

Am Donnerstagnachmittag gehen Paul und mein Vater angeln, und meine Mutter bittet darum, mit Lucy einen Spaziergang machen zu dürfen. Lilly packt ihr Töchterchen in den Kinderwagen und huscht dann wieder zu mir ins Wohnzimmer.

»Ich muss dir etwas sagen!« Aufgeregt kramt sie in ihrer Tasche nach ihrem Handy und zeigt mir dann ein Foto. Ich sehe meine Nichte, die einen niedlichen rosa Body trägt, auf dem in weißer Schrift steht: »Mami, wollen wir Papi heiraten?«

Ich brauche einen Augenblick, um die Aussage zu verstehen, dann quieke ich auf und umarme meine Schwester stürmisch.

»Oh, mein Gott, Lilly! Wie toll! Ihr heiratet!«, rufe ich und hopse mit ihr gemeinsam durch den Raum. »Du hast doch Ja gesagt, oder?«, erkundige ich mich rasch und bleibe stehen. Das Strahlen meiner Schwester sagt alles, und sie streckt mir ihre Hand entgegen. Ich entdecke einen schmalen Ring aus Weißgold, den eine Reihe kleiner, direkt eingearbeiteter Diamanten ziert. Da er kein typischer Verlobungsring ist, hatte ich ihn für ein Geschenk zu Lucys Geburt gehalten, doch nun ist mir klar, dass er für meine Schwester einfach perfekt ist. Ein großer Stein würde sie in ihrem Tagesablauf mit Küche und Baby nur stören.

»Der ist wunderschön«, hauche ich und umarme sie fest, ehe wir weiterhopsen.

»Lexi, ich möchte dich aber um etwas bitten«, meint sie ernst, nachdem wir uns etwas beruhigt haben. Ich sehe sie fragend an.

»Würdest du meine Trauzeugin sein und mich bei der Planung der Hochzeit unterstützen? Ich muss sehen, wie ich Lucy und das *L&P* unter einen Hut bekomme. Noch mehr schaffe ich einfach nicht. Und im Gegensatz zu mir hast du Erfahrung bei der Planung von Hochzeiten, weil du ja im Eventmanagement aktiv warst.«

Einen Moment halte ich inne.

»Natürlich, das mache ich doch gerne«, versichere ich ihr dann und umarme sie stürmisch. »Wann soll es denn so weit sein?«

»Ende Juni, bevor das Hauptgeschäft richtig losgeht«, eröffnet sie mir schüchtern. Ich schnappe kurz nach Luft.

»Da muss ich mich aber ranhalten«, antworte ich lachend.

Als die ganze Familie wieder im Haus ist, eröffnen Lilly und Paul unseren Eltern die Neuigkeiten über ihre bevorstehende Hochzeit und stoßen auch hier auf große Zustimmung.

Am darauffolgenden Samstag laden Mama und Papa uns zu einem Abendessen ein. Sie meinen, es gibt nun so viel zu feiern, dass man sich diese Gelegenheit nicht entgehen lassen darf. Mama hat Catering bestellt und den Tisch im Esszimmer mit ihrem schönen Porzellan eingedeckt. Doch bevor Sylvie, Michael und Johnny eintreffen, die ebenfalls dabei sein werden, zieht meine Schwester mich in das Bügelzimmer meiner Mutter.

»Hey, ich muss noch ins Bad«, protestiere ich, doch sie grinst nur und drückt mit ihr Handy in die Hand.

»Da möchte jemand auch mit dem zweiten Zwilling sprechen«, sagt sie nur und lässt mich allein. Ich muss nicht auf die Anruferkennung sehen, um zu wissen, wer in der Leitung ist.

»Hallo?«, melde ich mich mit zittriger Stimme.

»Hey«, kommt es zurück, und diese drei Buchstaben reichen, um mich von Kopf bis Fuß zu elektrisieren. Mein Herz klopft schneller. »Herzlichen Glückwunsch zum bestandenen Abschluss!« Lilly hat ihm also davon erzählt.

»Danke schön!«, antworte ich schüchtern. »Wann ist deine Prüfung?«

»Die war am Dienstag. Ich bin jetzt offiziell Koch mit Sonderqualifikation *Vollwert, Diätik und gesunde Ernährung*«, erzählt er.

»Wow, das ist toll! Gratuliere!«, freue ich mich. In mir brennen noch so viele Fragen, aber ich bin etwas befangen. Sich zu schreiben ist doch etwas anderes, als nun miteinander zu reden. Außerdem habe ich keine Ahnung, wie wir jetzt zueinander stehen. Wir sind nicht mehr zusammen, und der Streit vor seiner Abreise hängt noch irgendwie in der Luft. Sind wir Freunde?

»Niko, ich bin wirklich stolz auf dich«, sage ich schließlich weich. »Ich weiß, wie schwer es ist, an etwas wieder anknüpfen zu müssen und eine Ausbildung weiterzuführen.«

»Ich wäre am Mittwoch gerne dabei gewesen«, gesteht er mir, und unwillkürlich breitet sich ein Lächeln auf meinen Mundwinkeln aus. Er wollte mich sehen. Und er hat an jenem Tag an mich gedacht, an dem ich ihn am meisten vermisst habe.

»Ich hätte dich gerne dabeigehabt«, gebe ich leise zu. Ich möchte noch etwas hinzufügen, höre aber im Hintergrund eine Lautsprecherdurchsage.

»Bist du gerade am Bahnhof?«, frage ich ihn amüsiert.

Kurz ist es still in der Leitung.

»Am Flughafen«, teilt er mir dann zögernd mit. »Ich hätte mich der Crew des *L&P* angeschlossen, aber ich musste am Mittwoch noch etwas wegen meinem Visum klären. In einer Stunde geht mein Flug nach Kanada.«

»Das klingt toll«, erwidere ich begeistert. »Wie lange machst du denn Urlaub?«

Erneut stockt er.

»Kein Urlaub, ich hab dort einen Job«, erklärt er mir und trifft mich damit wie ein Gongschlag. Ich erstarre. »Einer meiner Prüfer hat gute Kontakte zu einem Fünfsternehotel in Vancouver. Die haben einen Koch mit meinen Qualifikationen gesucht, und er schlug mich vor. Es kam zu einem Treffen, ihnen hat geschmeckt, was ich gekocht habe, und dann hatte ich den Job. Das ist eine Wahnsinns-Chance – ich, das Küstenküken Niko Lindner, der Ausbildungsabbrecher, der Niemand, arbeite jetzt in einem Fünfsternehotel.« Ich spüre seine Begeisterung, aber mir liegt diese Nachricht wie ein Stein im Magen.

»Wow!« Das ist alles, was ich herausbringe. »Weiß Lilly schon davon?« Meine Schwester rechnet im Sommer fest mit ihm.

»Ja, aber das macht für sie keinen Unterschied. Es ist erst mal nur über einen kurzen Zeitraum. Für die Hauptsaison komme ich auf jeden Fall zurück ins *L&P*, wie ich es versprochen habe. Und dann sehen wir weiter, ob man mir den Job ab dem Herbst ganz anbietet und ich auswandere, oder ob ich an der Ostsee bleibe«, fasst er zusammen. Ich atme durch. Für meine Schwester mag es keinen Unterschied machen, aber für mich.

»Das heißt, wenn ich Lilly im Sommer besuche …«,

»… werde ich dort sein«, vervollständigt er meinen Satz. Etwas in seiner Stimme gibt mir Hoffnung. Erneut höre ich eine Durchsage. »Lexi, ich muss jetzt leider Schluss machen. Wir sehen uns im Sommer!« Es ist ein Versprechen, und die kleinen Schmetterlinge in meinem Bauch flattern aufgeregt.

»Pass gut auf dich auf«, bitte ich ihn. Er verspricht es und legt auf.

Einen Moment lang sehe ich das Telefon an. Noch ist nichts verloren. Ich werde um die Liebe meines Lebens kämpfen. Und die Idee, die ich vor zwei Tagen hatte und zu der ich schon einige Erkundigungen eingeholt habe, festigt sich zu einem Entschluss. Kurz erwarte ich, dass die Warnleuchte aufgeregt blinkt, doch sogar die nickt und schenkt mir ein Lächeln. Also beeile ich mich, noch ein Telefonat zu führen, ehe die Türklingel ertönt und unsere Gäste eintreffen.

Der Abend ist gemütlich und stimmungsvoll. Ich genieße das Zusammensein mit meiner Familie und meinen Freunden sehr. Bevor wir uns über das Dessert hermachen, stehe ich auf und räuspere mich. Ich bin kein großer Fan von Reden, aber jetzt ist es an der Zeit, zu verkünden, was mich in den letzten Tagen viele Gedanken gekostet hat.

»Ich freue mich, dass wir heute so gemütlich zusammen essen und noch einmal feiern«, beginne ich. »Ein großer Lebensabschnitt liegt mit meinem Studium hinter mir, und es wird Zeit, dass ich an meine Zukunft denke. Vor allem daran, wie und wo ich sie beruflich gestalten will. Und in gewisser Weise habt ihr mich alle dabei unterstützt. Paps, ich danke dir ganz besonders dafür, dass mir mit deinem Startkapital alle Türen offen stehen. Sylvie, du warst mir während meiner ersten Schritte im Berufsleben eine ausgezeichnete Lehrerin. Und auf die endgültige Idee hat Lilly mich gebracht. Ich habe in den letzten Tagen viel herumtelefoniert, alte Kontakte wieder aufgenommen und heute eine Entscheidung getroffen. Michael, du musst dir leider eine neue Mieterin für mein Zimmer suchen, denn ich beabsichtige auszuziehen. Lilly, dafür bitte ich dich um Unterschlupf, bis ich ein eigenes Heim gefunden habe, denn meine Zukunft liegt in deiner Nähe. Und Sylvie, dir biete ich an, auf mein Abenteuer mitzukommen. An die Ostsee zu kommen, hat sich in den letzten Monaten immer angefühlt, als wäre ich nach Hause gekommen. Deshalb möchte ich auch dort leben. Ich habe mich entschlossen, in Lillys Heimatstadt eine Eventagentur zu gründen, sowohl als Hilfe für die Veranstaltungsplanung der Stadt und der einzelnen Lokale und Unterkünfte wie auch für Private, die dort Feiern abhalten möchten. Die Stadtverwaltung hat meinem Vorhaben bereits grünes Licht erteilt, und am Montag werden alle nötigen Schritte in die Wege geleitet, damit ich die Bewilligungen schnellstmöglich bekomme.«

Angespannt sehe ich in die Runde. Ich rechne mit Skepsis, mit Zweifeln und mit Vorwürfen, doch ich irre mich. Alle freuen sich für mich und wünschen mir das Beste. Sylvie – die nüchtern denkende Realistin – überrascht mich und sagt begeistert zu, mir an die Ostsee zu folgen, und Lilly und Paul beauftragen meine Agentur sofort mit ihrer Hochzeitsplanung. Und so ist es beschlossene Sache: Ich werde ein Küstenküken!

Kapitel 32

Innerhalb eines Jahres ziehe ich also zum sechsten Mal um. Mit allen Koffern, Kisten und Kartons rolle ich einige Tage später über die Autobahn in Richtung neues Leben. Nur die Möbel stehen vorerst noch in meinem Zimmer, bis ich mir eine fixe Bleibe angeschafft habe. Sylvie muss noch ihre Kündigungsfrist einhalten, doch packt ebenfalls schon ihre Sachen, um mir so schnell wie möglich zu folgen. Michael scheint gar nicht so traurig darüber zu sein, die Wohnung bald für sich zu haben. Seine neue Flamme heißt Caroline, und es läuft richtig gut zwischen den beiden. Kurz vor meiner Abreise habe ich sie kennengelernt und finde sie sehr nett. Und so zwischen den Zeilen habe ich herausgehört, dass ihr Mietvertrag wohl bald ausläuft.

Johnny hat sich überschwänglich von mir verabschiedet und beschlossen, seinen ersten Urlaub seit Jahren im Juli bei Lilly zu verbringen. Außerdem hat er mir mit einem Zwinkern verraten, dass er vielleicht nicht alleine kommt. Ich fürchte jedoch, dass er statt Julian eher großen Liebeskummer im Gepäck haben wird, denn der schöne Spanier ist in meinen Augen immer noch eine Praline. Aber ich lasse mich überraschen.

Voller Energie und Tatendrang komme ich bei Lilly an. Vorerst ziehe ich mit dem Nötigsten in mein altes Zimmer im Mitarbeiterquartier, in dem nun auch Sandy und Monique wohnen. Meine restlichen Sachen verfrachte ich in den großen Abstellraum des *L&P*. Aber ich habe mich bei der Stadtverwaltung schon nach Häusern erkundigt, die zum Verkauf stehen.

Einige Tage später laufe ich am Strand entlang, um den Kopf frei zu bekommen. Den Vormittag habe ich mit einem netten Makler verbracht. Als er mir gesagt hat, welches Haus er mir gerne zeigen würde, wäre ich ihm am liebsten um den Hals gefallen. Und bei der Besichtigung habe ich mich endgültig darin verliebt. Alles ist genauso, wie ich es möchte, und benötigt nur eine kleine Renovierung, damit ich einziehen kann. Da ohnehin Kleinigkeiten gemacht werden müssen, kann ich meinem neuen Heim meinen Stempel aufdrücken und habe bis hin zur Wandfarbe alles bereits im Kopf fertig geplant. Es gibt außerdem noch ein kleines Nebengebäude auf dem Grundstück, das ich perfekt als Büro für die Agentur umbauen lassen könnte. Ich habe sofort ein Angebot gemacht und warte nur noch auf die Rückmeldung, ob die Eigentümerin zustimmt.

Doch was mir eher Kopfzerbrechen macht, sind die Unterlagen auf dem provisorischen Schreibtisch in Lillys Büro, den meine Schwester mich netterweise aufstellen hat lassen. Es ist nur noch eine Formsache, die Agentur anzumelden, die Formulare müssen lediglich ausgefüllt werden. Doch genau hier liegt das Problem. Bereits auf der ersten Seite kann ich eine Stelle noch nicht ausfüllen. Und zwar jene, an der ich den Agenturnamen eintragen soll. Also wandere ich am Meer entlang und suche nach einer Inspiration. Das leise Plätschern der Wellen unterstützt mich dabei. Es ist kühl heute, und ich ziehe meine Strickjacke enger um mich. Ich möchte keine Abkürzung als Namen, da ich sonst das Gefühl hätte, bei Lilly und Paul abzukupfern. Aber es soll schon etwas mit mir zu tun haben und damit, was mich hier so sehr gefesselt hat, dass ich mein Leben an diesem Ort verbringen will. Es lag an meiner Schwester, an Niko, an der Ostsee ... Doch alle Varianten mit *Meer* oder *See* finde ich zu abgedroschen. Eine kalte Brise erfasst mich, und ich kuschle mich in den nächstgelegenen Strandkorb, um mich vor dem Wind etwas zu schützen. Alles ist anders als bei meinem ersten Besuch, und auch während meines Aufenthalts im Januar hat die Ostsee ein anderes Gesicht gezeigt. Dieses Fleckchen Erde ist wirklich sehr wandelbar und sehr wunderbar. Nur meine Vorliebe für die Strandkörbe ist seit dem ersten Tag hiergeblieben. Und plötzlich habe ich den perfekten Namen für meine Agentur gefunden. Glücklich eile ich zurück ins *L&P* und erledige den Papierkram.

Abends kommt der ersehnte Anruf von meinem Makler, der mir mitteilt, dass die Verkäuferin tatsächlich meinem Angebot zugestimmt hat. Sie hat lange mit dem Verkauf gezögert und wollte das Haus unbedingt in guten Händen wissen. Der Makler hat ihr von meiner Begeisterung erzählt, und die hat sie überzeugt. In Kürze gehört mein Traumhaus mir. Jubelnd hüpfe ich durchs Zimmer und beschließe, noch mit einer Flasche Sekt bei Lilly und Paul einzufallen. Die beiden stoßen freudig mit mir an, auch wenn meine Schwester auf Apfelsaft umsteigt, da Lucy noch fleißig die Milchbar nutzt.

Die Behörden hier arbeiten schnell. und schon ein paar Tage später liegen mir alle offiziellen Genehmigungen vor. Es scheint, als hätte die Stadtverwaltung nur darauf gewartet, dass sich jemand Externes um die Eventplanung kümmert. Auch mit Anna von *Blatt und Blüte* und Livia aus dem *Leckermäulchen* habe ich bereits Kontakt aufgenommen und eine Kooperation bei diversen Feiern ausgehandelt. Die Planung der diesjährigen Restaurantolympiade ist nach Lillys und Pauls Hochzeit schon mein zweiter Auftrag, und ich kann es nicht erwarten, dass Sylvie endlich eintrudelt.

Doch trotz all der Arbeit und Aufregung kriege ich Niko nie ganz aus dem Kopf. Ich beginne, jeden Morgen eine Runde zu joggen und mir aus dem *Leckermäulchen* etwas Leckeres zu holen. Aber gerade am Strand kreisen meine Gedanken umso stärker um Niko, bis ich am dritten Tag meines Lauftrainings schließlich stoppe, mit meinem Handy die ruhige Ostsee fotografiere und ihm das Foto schicke. Rasch rechne ich die Zeitverschiebung nach. Lilly hat mir verraten, dass er in Vancouver ist, also ist es dort jetzt … in etwa Mitternacht. Ich schüttle den Kopf über meine Gedankenlosigkeit, starte wieder meine Playlist auf dem Handy und laufe weiter, bis ich nach einer halben Stunde in »meinen« Strandkorb falle. Das leise Pling überhöre ich fast, da ich um Luft ringe. Ich rechne mehr mit einem Update von Sylvie als mit einer Antwort von Niko, doch als ich die Nachricht öffne, gebe ich einen ungläubigen Laut von mir. Zu sehen ist eine atemberaubende Aussicht auf die Skyline von Vancouver mit unzähligen Lichtern, die sich im Wasser spiegeln.

»Habe ich dich geweckt?«, frage ich Niko.

»☺ Nein, ich helfe noch rasch auf der Dachterrasse aus und mache klar Schiff«, kommt prompt zurück.

»Das nenne ich mal einen Job mit Aussicht. ;-)«

»Deine ist aber auch nicht schlecht. Zurück an der Ostsee?«

Einen Moment lang halte ich inne, bin versucht, ihm von meinem Umzug und der Agentur zu erzählen, doch dann entscheide ich mich dagegen.

»Ja, ich war gerade joggen.«

»☺ Du???«

Als Beweis strecke ich meine Füße mit den Laufschuhen in die Höhe und schicke ihm ein Foto davon.

»Geh den Sandburgen aus dem Weg«, rät er mir und spielt damit auf einen meiner ersten Tage hier an, als ich in den Wassergraben einer Sandburg gestolpert und völlig mit Sand bedeckt zurück in die Pension gekommen bin.

»Wird gemacht!«

»Ich muss dann mal ins Bett. Grüß mir die Ostsee …«

Ich spüre ein wenig Heimweh zwischen den Zeilen. Nach der Ostsee. Oder darf ich hoffen, dass es an mir liegt?

»Mach ich, aber hey, du hast doch den Pazifik praktisch um die Ecke. ;-)«

»Das ist nicht dasselbe.«

»Schlaf gut!«

»☺ Dir einen schönen Tag!«

Wieder fühle ich mich entspannt und glücklich, so wie immer, wenn ich etwas von Niko gehört habe. Zufrieden trabe ich rauf zur Pension.

Nach einer Dusche erstelle ich gerade Listen für die Trauung, da klingelt mein Handy.
»Agentur *Strandkorb*, hier Lexi Manninger! Was kann ich für Sie tun?«, melde ich mich. In den letzten Tagen habe ich so viel telefoniert, dass mir das schon ganz selbstverständlich über die Lippen kommt.
»Du könntest mir ein Zimmer bei Lilly organisieren, ich komme morgen an.« Sylvies Stimme ist voller Vorfreude. »Was machst du gerade? Wie läuft es?«
Seit ich ihr gesagt habe, dass ihr neuer Arbeitgeber die Agentur *Strandkorb* sein wird, telefonieren wir regelmäßig, und auch wenn sie mich aus der Ferne noch nicht besonders unterstützen kann, so ist sie doch stets auf dem Laufenden.
»Es galoppiert! Ich kann es nicht erwarten, dir einen Teil der Arbeit abzugeben«, ziehe ich sie auf, und wir lachen. »Im Ernst, alles läuft gut. Die Terminplanung für die diesjährige Restaurantolympiade steht im Groben, und um die Feinheiten kümmern wir uns später. Vorrang hat jetzt mal die Hochzeit.«
»Wie weit seid ihr?« Ich merke, dass Sylvie mitschreibt.
»Der Termin stand ja schon fest, der letzte Samstag im Juni. Die Pension ist von Donnerstag bis Sonntag nur für die Hochzeitsgäste reserviert. Die Trauung findet in einer Kapelle statt, die sich auf einer Anhöhe befindet. Von dort hat man eine traumhafte Aussicht aufs Meer, sie hat genau die richtige Größe und einen kleinen Seitenraum, in dem Braut und Brautjungfern warten können, dass es losgeht. Lucy soll gleichzeitig getauft werden, dafür haben wir auch schon das Einverständnis des Pfarrers. Die Feier machen wir am Strandabschnitt des *L&P*, wo ein großes weißes Zelt aufgestellt wird, das bei

Schlechtwetter geschlossen werden kann. Das ist alles schon in die Wege geleitet. Nur beim Catering treibt meine Schwester mich noch in die Verzweiflung«, gebe ich zu.

Sylvie lacht. »Ja, das kann ich mir vorstellen. Köche sind die kritischsten Gäste. Leg einen Termin fest, an dem alle infrage kommenden Caterer ein Probemenü servieren. Zum einen hat sie dann den direkten Vergleich, und zum anderen sehen die Firmen sofort, dass die Konkurrenz groß ist, und das hilft dir bei den Preisverhandlungen«, rät sie dann, und einmal mehr bin ich dankbar für ihre Erfahrung. Nun bin ich es, die den Stift zückt.

»Um Bühnenbau und Tontechnik für die Band muss ich mich noch kümmern, aber ich dachte, da kann uns Georg vielleicht jemanden empfehlen. Kannst du diesbezüglich mit ihm Kontakt aufnehmen, wenn du da bist?«, erkundige ich mich scheinheilig.

»Lexi ...«, setzt Sylvie an, doch ich unterbreche sie.

»Nein, Sylvie!«, stelle ich klar. »Die Restaurantolympiade wird in diesem Jahr von Georg und uns gemeinsam betreut, damit wir einen genauen Einblick bekommen und dann die Planung in den kommenden Jahren übernehmen können. Das ist ein riesiger Auftrag, der uns jedes Jahr einen Batzen Geld einbringen wird. Und da ich bis zum Hals in Lillys Hochzeit stecke, möchte ich, dass du das übernimmst, sobald du hier bist. Wir werden hier grundsätzlich eng mit der Stadtverwaltung zusammenarbeiten. Genau genommen mit dem Tourismusbüro, dessen Leiter nun mal Georg ist.«

»Ich weiß, und ich habe kein Problem damit, dass ich mit ihm auf geschäftlicher Ebene zusammenarbeite. Aber aus der privaten Ebene zwischen Georg und mir hältst du dich raus.« Es ist eine eindeutige Ansage.

»Geschäftlich akzeptiert«, antworte ich. »Aber als Freundinnen reden wir noch mal über dich und Georg, denn dein

Argument mit der Entfernung fällt mit morgen flach. Habe ich dir schon gesagt, dass ich mich auf deine Ankunft freue?«

Sylvie lacht. »Nein, noch nicht!« Somit ist das Thema Georg vorerst vom Tisch. »Welche Band soll denn auftreten?«, erkundigt sie sich.

Ich seufze. »Lilly möchte *B.U.* haben, Nikos Band. Ich habe schon mit Ben gesprochen, aber er weiß nicht, ob sie Ende Juni bereits in der vollen Besetzung auftreten können. Er gibt mir noch Bescheid.« Ich möchte Niko nicht selbst fragen, wann er zurückkommt. Das könnte er vielleicht falsch verstehen.

»Ringe?«, fragt meine Freundin weiter und spart sich Fragen zu Niko. Was ich gut finde, denn bisher weiß niemand, dass wir uns ab und zu schreiben. Und so soll es auch bleiben. Solange ich selbst keinen Schimmer habe, was das zwischen uns gerade ist, möchte ich es nicht jemand anderem erklären müssen. Rasch konzentriere ich mich wieder auf das Gespräch mit Sylvie.

»Werden heute Nachmittag ausgesucht, damit für die Fertigung genug Zeit bleibt. Lilly kann Gelbgold nicht ausstehen, also wird es vermutlich eine Sonderanfertigung werden«, erkläre ich. »Und morgen kommt der größte Brocken dran.«

»Einladungen?«, mutmaßt Sylvie.

»Nein, die sind bereits in Druck. Und bei der Sitzordnung gibt es nur für den Tisch des Brautpaares fixe Plätze. Die anderen Gäste dürfen sich zwanglos mischen, wie sie es möchten«, fasse ich Lillys Entschluss zusammen. »Ich spreche vom Brautkleid.«

»Autsch«, gibt Sylvie zurück. »So schwierig?«

Ich seufze. »Wir werden sehen. Jetzt pack deine letzten Sachen, und mach dich auf die Socken. Ich kläre das mit dem Zimmer für dich.« Wir verabschieden uns und legen auf. An der Rezeption finde ich meine Schwester.

»Sylvie kommt morgen an und braucht so wie ich vorerst ein Zimmer bei dir«, teile ich ihr mit.

Sie nickt. »Alles klar, ich mache ihr einen guten Preis für ein Gästezimmer. Denn mit Sandy, Monique, Niko und dir ist das Mitarbeiterquartier voll«, teilt sie mir mit.

»Niko?«, frage ich nur.

Lilly sieht auf und lächelt. »Während der Hauptsaison ist er hier. Und solange er mir nicht gesagt hat, dass er sich für den Job in Kanada entschieden hat, bleibt es sein Zimmer«, erklärt sie mir.

»Ab wann wollte er denn starten?«

»Anfang Juli«, informiert sie mich.

Ich wiege den Kopf. »Dann ist es wirklich unsicher, ob *B.U.* bei deiner Hochzeit komplett sein wird.«

Meine Schwester schließt das Reservierungsprogramm, in das sie eben Sylvies Namen eingetragen hat, und sieht mich eindringlich an.

»Geht es hier nur um meine Hochzeit, weshalb dich das interessiert?«, fragt sie dann geradeheraus.

Ich knabbere auf meiner Unterlippe. »Nein!«

»Dann sag ihm, was du fühlst, sobald er da ist«, rät sie mir. »Du hast zwei Monate, um zwischen euch alles zu klären und euch doch noch auf Kurs in Richtung Hafen zu bringen.«

Ein Schmunzeln stiehlt sich auf meine Lippen. »Hast du mir nicht vorigen Sommer gesagt, dass Schiffe im Hafen sicher sind, aber nicht dafür gebaut wurden?«

»Stimmt«, gibt sie dann zu. »Sie werden gebaut, um loszusegeln, aber irgendwann kommen sie dann in ihrem Hafen an. Und ihr beide wart nun wirklich lange genug auf rauer See. Es wird Zeit für den Zieleinlauf.«

»Aber erst bringen wir Paul und dich auf Kurs Ehehafen«, lenke ich ab. »Bereit für den Juwelier?«

Am Ende des Tages hatte ich mit meiner Vermutung, die Ringe betreffend, recht. Es wird eine Sonderanfertigung aus Weiß- und Roségold.

Der Kleiderkauf am nächsten Tag gleicht dem Ausflug eines Hühnerstalls. Mit Susi, Inge, Gabi, Sandy und Monique hat Lilly gleich fünf Brautjungfern, auch wenn die ersten drei nach der Tradition nicht mehr als solche fungieren dürften, da sie schon verheiratet sind. Doch meine Schwester hat mir unverblümt mitgeteilt, dass sie sich einen Dreck um solche Vorgaben schert. Wir sind also nun auf der Suche nach insgesamt sieben Kleidern, und ich habe vorsorglich Kopfschmerztabletten in meine Handtasche gesteckt. Erschwerend kommt hinzu, dass mein starrsinniger Zwilling noch nie etwas für Prinzessinnen und üppige Kleider übrighatte. Beim Betreten des Geschäftes raunt sie mir zum wiederholten Male zu: »Ich trage keinen Reifrock, und wenn ich etwas mit Puffärmeln anziehen soll, hau ich hier sofort ab.«

»Lilly, jetzt sieh dich doch einfach mal um«, beruhige ich sie. »Du probierst nur an, was dir auch gefällt. Und wenn wir dein Kleid gefunden haben, passen wir unsere an deines an.«

Schließlich nickt sie. Die Verkäuferin begrüßt uns und erkundigt sich, wie Lillys Vorstellungen aussehen. Dann bugsiert sie die übrigen Frauen auf Sofas bei den Umkleiden und winkt meine Schwester zu sich. Diese sieht mich flehend an, sodass ich sie begleite. Die Angestellte versteht etwas von ihrem Job. Sie zeigt Lilly verschiedene Roben und fragt bei jedem Kopfschütteln meiner Schwester, was genau ihr nicht gefallen hat. Langsam tasten wir uns an ein Nicken heran, bis wir drei Kleider haben, die mit in die Umkleide dürfen. Sie sind sehr unterschiedlich, und ich bin gespannt, in welchem Lilly sich am wohlsten fühlt.

Als Erstes kommt sie mit einem Kleid im Meerjungfrauenstil aus der Kabine. Es hat Träger aus Spitze und einen freien Rücken. Die Korsage und der untere Rand des Rockteils sind mit Spitzen besetzt, ansonsten fällt es glatt und schlicht. Sie sieht zauberhaft darin aus, doch ihrem Blick entnehme ich, dass der Schnitt sie nicht glücklich macht. Also schüttle ich den Kopf, und die anderen fünf stimmen mir zu.

Das nächste Exemplar ist eng geschnitten und hat eine kleine Schleppe. Es ist aus Spitze und ärmellos. Auch dieses Kleid steht meiner Schwester sehr gut, aber sie wirkt etwas verkleidet. Die Spitze ist zu viel für ihren Typ, darum recke ich meinen Daumen nach unten.

Als sie zum dritten Mal aus der Umkleide kommt, weiß ich, dass sie sich entschieden hat. Das ist ihr Kleid! Es hat einen leichten V-Ausschnitt, Träger und Rückenteil sind aus Organza, und die Korsage ist mit Spitze bestickt, die im Rockteil ausläuft. Dieser ist als leichte A-Linie geschnitten und besteht aus mehreren Lagen Organza. Es ist feminin und ein wenig verspielt, aber leicht und luftig. Nicht zu dick aufgetragen, aber auch nicht zu schlicht. Genau richtig für Lilly. Sie dreht und wendet sich vor dem Spiegel, lässt den Rock schwingen und fühlt sich sichtlich wohl. Es ist ein Präsentieren und kein Warten auf unsere Antwort. Doch sie hätte von uns allen ein Ja bekommen. Dazu wählt sie einen sehr zarten Schleier, der weit über ihren Rücken fällt.

Die Verkäuferin strahlt, als sie uns mitteilt, dass sie dieses Kleid auch in anderen Farben anbieten kann, und schon bald steckt jede von uns in einer farbigen Kopie von Lillys Brautkleid. Mein Exemplar als Trauzeugin ist bordeauxrot, und die der Brautjungfern sind in Rosa gehalten. Als alle vermessen und die Maße sorgfältig notiert sind, vereinbaren wir einen letzten Anprobetermin in zwei Wochen, und ich kann kaum glauben, wie glatt dieser Punkt über die Bühne gegangen ist.

Kapitel 33

Die Zeit verrinnt viel zu schnell. Sylvie wird bei ihrer Ankunft herzlich vom Team des *L&P* begrüßt, obwohl sie ja streng genommen keine von ihnen wird, sondern wir im Büro unser eigenes Süppchen kochen, doch das ist egal. Wir wohnen und arbeiten alle unter demselben Dach. Ich freue mich sehr, sie wieder in meiner Nähe zu haben, denn in den letzten Monaten sind wir sehr eng zusammengewachsen. Sie bestellt Grüße von Michael, dessen Scheidung von Christine seit zwei Wochen durch ist. Seine neue Freundin packt im Übrigen tatsächlich schon die Koffer und zieht zu ihm. Sylvie hat ihm sicherheitshalber schon mal die Nummer der Agentur gegeben, falls er eine Hochzeit am Strand plant.

Johnny hat sein Verhältnis zu Julian inzwischen auf eine mehr als nur berufliche Ebene ausgeweitet. Na ja, sagen wir es, wie es ist, er hat ihn ins Bett bekommen. Derzeit schwebt mein lieber Freund irgendwo zwischen den Wolken, erzählt Sylvie, und auf ihre Frage, was aus seiner Pralinen-Theorie geworden ist, hat er nur gelacht und geantwortet, dass Julian nicht nur *eine* Praline ist, sondern eine ganze Schachtel voll köstlicher, verschiedenster Pralinen, die ihn bis zur Ekstase bringen. Und dass er dafür gerne in Kauf nimmt, im Anschluss ausgiebigen Sport treiben zu müssen. Es bleibt also spannend, bis er im Juli hier urlaubt.

Heute ist Sylvie schon unterwegs, um an einer Stadtratssitzung teilzunehmen, in der es auch um die Olympiade geht. Sie wirkte etwas nervös, als sie sich auf den Weg gemacht hat, und ich nehme mir vor, dass ich sie heute Abend auf Georg ansprechen will.

Aber im Moment brüte ich über den Plänen für die Renovierung meines Hauses oder besser gesagt über jenen für den

Umbau des Bürogebäudes. Ich möchte das Flair des alten Gebäudes so gut es geht erhalten. Doch eigentlich habe ich dafür überhaupt keine Zeit, denn die Hochzeit meiner Schwester findet bereits in vier Tagen statt, und ich muss noch die endgültige Gästezahl an den Caterer weitergeben, wobei ich kaum glauben kann, dass Lilly sich tatsächlich für einen entschieden hat. Ich erwarte heute auch noch die Rückmeldung von *B.U.*, in welcher Formation sie auftreten werden, obwohl ich das ohnehin nur zur Kenntnis nehmen, aber nicht ändern kann. Meine Feuertaufe beginnt also. Als ich die Pläne zusammenschiebe, weil es Zeit wird, dass ich zu Anna von *Blatt und Blüte* fahre, klopft es an der Tür, die eigentlich nur angelehnt ist, damit jeder eintreten kann. Ich muss den Blick nicht heben, um zu wissen, wer im Rahmen steht. Innerhalb von Sekunden richten sich die kleinen Haare in meinem Nacken auf, und mein Herzschlag beschleunigt sich stark. Die Schmetterlinge, die seit Wochen ihren Winterschlaf im Frühsommer gehalten haben, wachen augenblicklich auf und bescheren mir einen flauen Magen. Vielleicht verstehe ich erst jetzt, wie er sich bei unserer ersten Begegnung so sicher sein konnte, dass ihm nicht Lilly gegenübersitzt. Er hat es gefühlt, so wie ich seine Gegenwart jetzt spüren kann. Einen Moment lang halte ich inne, denn ich will diesen Moment genießen.

»Lexi?«, höre ich seine Samtstimme und sehe auf. Da steht er und sieht aus wie früher und doch verändert. Dunkle Jeans, ein Hemd mit aufgekrempelten Ärmeln, Chucks und etwas längere Haare als sonst lassen mein Herz stolpern. Ich bin froh, dass ich noch sitze. Unsere Blicke treffen sich, und seine warmen, blauen Augen jagen mir einen Schauer über den Rücken. Langsam erhebe ich mich und gehe um den Schreibtisch herum.

»Hey, ich dachte, du kommst erst später zurück«, sage ich überrascht. Niko lächelt und betritt das Büro. Er hält die Einladungskarte zu Lillys Hochzeit hoch.

»Ach, weißt du, meine Chefin heiratet in ein paar Tagen, und ich wollte ein paar Extrapunkte einheimsen, indem ich dabei bin. Hoffentlich bin ich nicht zu spät dran mit der Rückmeldung. Außerdem hat Ben mich angerufen, denn wir haben einen Auftritt.«

Ich nicke amüsiert. »Also kann die Hochzeitsplanerin vermerken, dass *B.U.* in der vollen Besetzung auftritt?«

Er lacht auf. »Ich habe schon gehört, dass sich so ein Businessgirl um die Organisation kümmert. Soll einiges draufhaben, so sagt man.« Seine Stimme ist schmeichelnd.

»Ach, sagt man das?«, spiele ich mit. Sein Blick wird so intensiv, dass ich mich an den Schreibtisch lehnen muss, denn meine Beine werden zu Wackelpudding. Wenn wir so weitermachen, fliegen noch echte Funken zwischen uns und setzen meinen Schreibtisch in Brand. Aber was wird das hier eigentlich? Er hat doch Schluss gemacht. Im Prinzip haben wir uns nach dem Streit noch nicht einmal ausgesprochen.

»Niko, wegen der Sache an Weihnachten«, beginne ich, doch er legt mir seinen Zeigefinger auf den Mund. Leicht schüttelt er seinen Kopf, während sein Blick zu meinen Lippen wandert. Sein Plan ist leicht zu erraten, und ich finde, das ist wohl die schönste Art, eine Frau zum Schweigen zu bringen. Aussprachen werden eindeutig überbewertet. Ich spüre das Kribbeln im ganzen Körper und kann es nicht erwarten, bis er näher kommt und … wir vom Klingeln meines Telefons unterbrochen werden. Das darf nicht wahr sein!

»Ignorier es einfach«, flüstere ich, doch Niko reicht mir das Handy.

»Geh ran, Businessgirl, es ist sicher wegen der Hochzeit«, meint er lächelnd und wendet sich zum Gehen.

»Nicht«, rufe ich rasch und halte ihn am Arm zurück. Das Klingeln erstirbt, beginnt jedoch gleich noch mal. Ich werfe einen Blick auf die Anrufererkennung und lese Lillys Namen.

Hin und her gerissen sehe ich Niko an. Ich versuche mich zu konzentrieren und überschlage meine Termine im Kopf.

»Morgen um fünf am Strandkorb?«, schlage ich schnell vor und sehe ihn bittend an. Ich weiß, dass ich nicht erklären muss, welchen der zig Strandkörbe ich meine. Er schenkt mir ein kleines Lächeln und nickt.

»Bis morgen«, flüstert er und deutet auf mein Telefon, das erneut schrille Töne von sich gibt.

Mit einem »Schwesterherz, wo brennt es?« hebe ich ab und greife schon nach meinen Autoschlüsseln. Ich soll auch noch bei Livia im *Leckermäulchen* wegen der Torte nach dem Rechten sehen. Bräute ...

Kapitel 34

Am nächsten Nachmittag tigere ich nervös vor dem Strandkorb herum, den Niko und ich im vorigen Jahr regelmäßig belegt haben. Ich werde Lillys Rat annehmen und mit ihm reden. Genau genommen setze ich alles auf eine Karte. Entweder gewinne ich, oder ich verliere total. Mir ist ganz schlecht.

Schon als er das Stück vom *L&P* herunter an den Strand kommt, sehe ich ihn, und mein Herz macht einen Satz. Die Schmetterlinge tanzen Cancan, und sogar die Warnleuchte schunkelt im Takt mit. Mir fällt eine Veränderung an ihm auf, obwohl ich nicht benennen könnte, was es ist. Vielleicht eine Art neue Selbstsicherheit, er wirkt gefestigter, als wüsste er jetzt, was er will. Und ich hoffe, dass ich es bin.

Er entdeckt mich, und ein Strahlen breitet sich auf seinem Gesicht aus. Nun bin ich mir sicher, dass er mir nicht mehr böse ist wegen unseres Streits im Dezember. Als er näher kommt, hebt er grüßend die Hand.

»Und? Konntest du alle Katastrophen von der Hochzeit abwenden?«, fragt er belustigt.

»Noch sind es drei Tage, da kann noch viel schiefgehen«, unke ich.

»Ach was, wenn das Chaos hereinbricht, kommst du doch gerade erst auf Betriebstemperatur«, scherzt Niko und steht nun vor mir. Ich wünschte, er würde einfach da weitermachen, wo wir gestern unterbrochen wurden, doch er deutet nur auf den Strandkorb. »Wollen wir uns setzen?«

Ich nicke, und wir kuscheln uns in die Kissen, jeder in eine Ecke, wie ganz am Anfang. Ich werde das Gefühl der Distanz nicht los.

»Wie war Kanada?«, will ich wissen, um das Gespräch einmal in Gang zu bringen.

»Vom Land selbst habe ich leider nur wenig gesehen, aber es ist sehr beeindruckend. Und das Hotel ist schon eine große Nummer«, antwortet er. Ich halte den Atem an, doch er spricht nicht weiter.

»Gehst du zurück?«, frage ich dann leise, obwohl ich mir nicht sicher bin, ob ich die Antwort hören will. Niko schweigt kurz.

»Zumindest wurde mir der Job dauerhaft angeboten«, weicht er aus. Es trifft mich wie ein Schläger den Tennisball, doch ich bemühe mich um Gelassenheit. Noch ist offenbar nichts entschieden. Er spielt mit einem kleinen, flachen Stein, und sein Blick ist fest darauf geheftet.

»Aber genug von mir«, meint er dann und sieht mich an. »Wie fühlt es sich an, jetzt Tante zu sein?«

Ich lächle sofort. »Lucy ist ein Traum. Sie ist neugierig und will alles ganz genau sehen. Und dabei ist sie noch so zuckersüß, dass ich sie am liebsten den ganzen Tag nur anschauen möchte.«

Niko lacht. »Klingt, als wären Lilly, Lucy und Lexi ein Dreamteam.«

»Ja, schon, aber viel Zeit habe ich derzeit nicht für sie. Mein eigenes Firmen-Baby nimmt mich rund um die Uhr in Anspruch«, gebe ich zu.

»Wie läuft deine Agentur? Wie heißt sie noch mal?«

»*Strandkorb*!«

Er lacht auf. Ihm muss ich nicht erklären, wie ich auf den Namen gekommen bin. Ich glaube, Stolz in seinen Augen zu entdecken, und entspanne mich ein wenig.

»Es läuft ganz gut! Die Stadt bindet uns gut in die Planung der Sommersaison mit ein, und es gibt auch schon eine Anfrage für eine Taufe«, berichte ich. »Und wenn bei Lillys Hochzeit alles klappt, haben wir in diesem Segment ebenfalls einen Fuß in der Tür.«

»Ich wette, die Auswahl des Caterers war die Hölle«, gluckst Niko, und ich werfe die Hände theatralisch in die Luft und setze mich auf.

»Du hast ja keine Ahnung! Und bei der Hochzeitstorte ist sie um keinen Deut besser.«

»Lilly steht nicht so auf Schokolade wie du«, stellt Niko amüsiert fest.

»Ich rede davon, dass sie erst die Rezepte der Konditorin sehen wollte. Aber du hast leider recht, und die Trauzeugin wird folglich auf ihr Dessert verzichten müssen«, klage ich.

»Soll ich Schokokekse für dich auf die Feier schmuggeln?«, bietet er an.

Ich schmunzle. »Schmuggeln musst du nur gekaufte, wenn du sie selbst machst, kannst du sie ganz legal mitbringen.«

Er lacht. »Eckige!« Es knistert zwischen uns, doch irgendetwas ist anders als sonst.

»Und die Kleidersuche erst«, spreche ich weiter, um die Situation zu überspielen. »Sie hatte solche Panik vor Reifröcken und Puffärmeln, ich habe schon befürchtet, dass sie in ihrer Kochmontur heiratet und wir anderen Kellneruniformen tragen müssen.«

Sein Blick heftet sich auf mich, und ich versinke in seinen Augen, ehe er leise sagt: »Ich habe ja keine Ahnung, was Puffärmel sind, aber du hättest in der Kirche sicher auch in der Uniform toll ausgesehen.« Plötzlich ist die Spannung von gestern wieder da.

»Mit den richtigen Schuhen«, flüstere ich und merke, dass er langsam näher kommt und seine Stirn an meine legt. Ich spüre seine Wärme, seine Nähe, rieche seinen einzigartigen Duft und will ihn in jeden einzelnen Millimeter meiner Lunge aufnehmen. Die ganzen Monate hatte ich solche Sehnsucht nach ihm, doch die Erkenntnis, wie sehr ich ihn tatsächlich vermisst habe, trifft mich erst jetzt mit voller Wucht. Ich bebe, als seine

Lippen sanft über meine streichen. Es ist, als wäre ich bis kurz vor dem Ertrinken unter Wasser gewesen und hätte jetzt endlich die Oberfläche durchbrochen, um wieder frei atmen zu können. Doch er belässt es bei diesem zarten Kuss und löst sich wieder von mir. Ich hole tief Luft.

»Komm mit, ich will dir etwas zeigen«, bitte ich ihn, und er folgt mir, als ich aufstehe. Wir gehen nebeneinanderher, die Ostsee mit ihren sanften Wellen zu unserer Linken, und irgendwann finden sich unsere Hände ganz selbstverständlich. Kleine Stromstöße durchzucken meinen Körper. Als wir auf dem Steg vor meinem neuen Haus angekommen sind, setzen wir uns nebeneinander und lassen die Füße über dem Wasser baumeln. Es ist sonnig und warm, und die Luft schmeckt nach Salz hier auf dem Steg. Vor uns liegt das Meer, als wäre es unendlich. Ich versuche die Stelle auszumachen, wo die See endet und der Himmel beginnt, und mich durchfährt der Gedanke, wie glücklich ich mich schätzen kann, dass dieses wunderschöne Fleckchen Erde mein Eigen ist.

»Erinnerst du dich noch?«, frage ich Niko leise, der seinen Blick ebenfalls auf die Ostsee geheftet hat.

Er grinst. »Klar! Ich hoffe, die alte Dame hat immer noch nichts dagegen, dass wir hier sind.«

Das entlockt mir ein Schmunzeln, obwohl mir das Herz vor Nervosität bis zum Hals schlägt. »Die alte Dame hat das Haus nun doch verkauft. Die Käuferin war ihr wohl sehr sympathisch und liebt das Gebäude genauso wie sie.«

Niko sieht verwirrt vom Haus zu mir und wieder zurück. »Willst du damit sagen ... Hast *du* ... Nein, oder?«, stottert er ungläubig.

Ich nicke. »Ja, ich habe es gekauft! Als Sitz meiner Agentur, aber vor allem als Zuhause.« Dann nehme ich all meinen Mut zusammen. »Niko, ich habe dir hier gesagt, dass ich nie wieder in die Sterne schauen kann, ohne an dich zu denken, auch wenn ich von großen Wagen und kleinen Bären immer noch keinen blassen Schimmer habe. Aber in Wahrheit kann ich seither *gar nichts* mehr tun, ohne an dich zu denken. Wir haben im letzten Jahr beide unser Leben in die Hand genommen und zu Ende gebracht, was wir begonnen haben. Leider haben wir einander auf dem steinigen Weg verloren, aber das würde ich gerne ändern. Ich wünsche mir wieder ein Wir! Ich habe meine Firma hier gegründet und mein Traumhaus gekauft. Und zwar nicht nur, weil ich mich an diesem Ort zu Hause fühle und näher bei meiner Schwester leben will. Sondern weil es deine Heimat ist und ich bei dir sein möchte. Ich liebe dich! Ich will mit dir hier einziehen und ein gemeinsames Leben beginnen.«

Niko schweigt sichtlich überfordert. Dann atmet er tief durch und sieht mich an.

»Wow, das ist eine ziemlich große Sache«, meint er dann ernst. »Lexi, wir haben beide Male alles überstürzt, und am Ende hat es uns nur verletzt.«

»Ja, weil wir jedes Mal ein Ablaufdatum hatten.« Bittend sehe ich ihn an.

»Beim zweiten Mal nicht. Da wollte ich bei dir bleiben«, wirft er ein.

»Und hast dich dann selbst nicht für gut genug für mich gehalten.« Ich fasse mir an die Stirn.

»War ich auch nicht«, hält er dagegen. »Ich konnte mir nicht mal alleine einen Job suchen, weil ich nichts in der Hand hatte.«

»Aber jetzt hast du deinen Abschluss«, gebe ich zurück.

»Eben!«, stellt er fest. »Ich habe Zeugnisse, und Zusatzqualifikationen. Ich habe gezeigt, was ich kann, und man hat es gesehen und honoriert. Jetzt bin es nicht mehr ich, der um einen Job fleht. Jetzt bietet man ihn mir von selbst an, nein, man *bittet* mich. Es ist nicht nur Kanada, das Hotel gehört zu einer weltweiten Kette. Wenn ich zusage, kann ich mir aussuchen, in welchem der Resorts ich arbeite. Und sobald es mir dort nicht mehr gefällt, bin ich ein paar Wochen später auf einem anderen Flecken dieser Welt – zu einem Wahnsinnsgehalt. Weißt du, wie gut es sich anfühlt, von so einer Institution die Bestätigung zu bekommen, dass ich qualifiziert und einfach gut in meinem Job bin? Endlich *bin* ich mal jemand.« Er hält kurz inne, und ich erkenne, dass *das* die Veränderung ist, die ich wahrgenommen habe. »Lexi, als ich hierher zurückgekommen bin, wusste ich, dass ich mich zwischen dem *L&P* und dem neuen Jobangebot entscheiden muss. Dann hab ich erfahren, dass du jetzt hier lebst und in diese Gleichung auch mit einfließt. Aber jetzt überfällst du mich mit einem kompletten Lebensplan, in den du mich miteingebaut hast. Da sind auf einmal so viel mehr Variablen, die ich miteinbeziehen muss in meine Überlegungen. Ich muss mir das durch den Kopf gehen lassen … Natürlich empfinde ich noch etwas für dich, das kann ich nicht leugnen, aber ich weiß einfach nicht, ob ich das …« Er deutet auf das Haus, in Richtung *L&P* und auf mich. »… alles kann und will!« Dann streichelt er meine Wange, steht auf und geht.

Ich lasse meinen Kopf in die Hände sinken. Es ist doch Ironie des Schicksals, oder? Erst trennen wir uns, weil er an diesen Ort gebunden ist, ich aber fortmuss. Und jetzt komme ich zurück und lasse mich da nieder, wo er zu Hause ist, aber er will die Welt sehen. Vielleicht ist Liebe allein einfach nicht genug … Mit einem Seufzen mache ich mich auf den Weg zurück ins *L&P* und setze mich wieder an meinen Schreibtisch.

Zum Nachdenken komme ich allerdings nicht, denn am nächsten Tag steht Lillys Junggesellinnenabschied an, für den sich meine Schwester einen Spa-Aufenthalt in einem nahen Hotel gewünscht hat. Gemeinsam mit ihren Brautjungfern lassen wir uns von Massagen, Packungen und Peelings verwöhnen, bis die Haut samtig weich ist und unser Haar glänzt. Meine Doppelfunktion als Trauzeugin und Eventplanerin macht es mir fast unmöglich, mich zu entspannen, da mein Kopf bei den

Vorbereitungen ist, die gerade am Strandabschnitt des *L&P* laufen. Doch Sylvie hat bestimmt alles im Griff.

Paul und seine Jungs veranstalten zur gleichen Zeit einen Pokerabend in *Frederiks Fischkneipe*, für den ich vorsorglich ein Sammeltaxi auf Abruf bestellt habe. Gottlob sind meine Eltern schon am frühen Donnerstag angekommen und kümmern sich um Lucy. Alles klappt, und das Brautpaar samt Tochter ist zufrieden und entspannt.

Auch der Freitag bringt einiges zu organisieren und verlangt mir viel ab. Aber langsam nimmt alles Formen an. Für die Feier sind Zelt, Tische und Stühle aufgebaut, und alles wartet darauf, dass am nächsten Tag Floristin, Konditorin und Caterer eintrudeln. Auch die Gäste von außerhalb sind schon da, und Rainer zaubert am Abend vor der Hochzeit ein leckeres Essen für alle.

Niko meldet sich nicht. Auch Lilly hat nichts von ihm gehört, und sein Zimmer im Mitarbeiterquartier ist unberührt. Ich mache mir ein wenig Sorgen, ob er vielleicht alles hinschmeißt und ich auch noch die Band für Lillys Hochzeit verloren habe. Doch dann beruhige ich mich, denn Ben hätte mir Bescheid gegeben, wenn sich etwas ändern würde. Der Auftritt ist eine große Sache für *B.U.*, denn die Jungs hoffen auf Folgeaufträge. Ob sie wohl bedacht haben, dass sie unter Umständen ihren Gitarristen verlieren?

Bis spät in die Nacht gehe ich mit Sylvie alle Checklisten durch und vergewissere mich, dass die Hochzeit meiner Schwester wie am Schnürchen laufen wird, auch wenn ich nicht selbst die Fäden in der Hand halten kann.

Kapitel 35

Nun sind wir also da angekommen, wo ich begonnen hatte zu erzählen. An einem ganz und gar nicht harmlosen Tag im Leben der Alexandra Charlotte Cecilia Manninger, 26 Jahre, Größe einsdreiundsiebzig, Gewicht – lassen wir das, darüber reden Frauen einfach nicht.

Es ist der Hochzeitstag meiner Schwester und gleichzeitig der Tag, an dem der erste große Auftrag meiner Agentur über die Bühne gehen soll. Ich kann nicht sagen, ob Lilly nervöser ist oder ich. Vielleicht ist es auch unser Vater, der zwischen uns herumzappelt, ehe ich durch die Türe trete und mich auf den Weg zum Altar mache. Die Blitze der Kameras zucken, als ich den langen Gang entlangschreite und darauf achte, die Blumen dekorativ zu halten und zu lächeln. Ich sollte mich auf meine Aufgabe als Trauzeugin und Taufpatin von Lucy konzentrieren. Es wäre auch o.k., wenn jetzt die Eventplanerin durchbrechen würde und ich unauffällig den Blumenschmuck kontrollieren würde oder sehen, ob der Platzanweiser alles richtig gemacht hat. Aber in meinem Kopf ist nur ein Gedanke, und der gilt Niko. Während die anderen Jungs von der Band nur bei der Feier anwesend sein werden, hat er als Mitarbeiter auch eine Einladung in die Kirche erhalten. Und er hat gesagt, dass er bei Lillys Hochzeit dabei sein wird. Unaufhaltsam scannt mein Blick die Gäste, sucht die Augen, die ich mir so von Herzen zu sehen wünsche. Und dann sehe ich ein Gesicht – das einzige, das heute wirklich für mich zählt. Der Mann, dem es gehört, sieht mich an, und mir ist in diesem Augenblick alles andere egal. Nichts zählt mehr außer ihm! Ich schenke ihm ein Lächeln, als ich vorübergehe, und sehe, wie auch sein Mund sich entspannt. Doch es ist mehr die Art, wie er mich ansieht, die meinen Puls nach oben jagt und die

Schmetterlinge wieder zum Flattern bringt. In seinen Augen flackert etwas auf, das mir verrät: Noch habe ich nicht verloren. Ich atme tief durch und konzentriere mich wieder. Als ich am Altar bei Paul ankomme, trete ich zur Seite und drehe mich zur Kirchentür. Wie auf Kommando wechselt die Musik, und alle Gäste erheben sich, wenden sich ebenfalls zum Eingang und warten gespannt auf die Frau der Stunde. Und dann kommt sie. Am Arm unseres Vaters sieht meine Schwester so glücklich aus, dass mir Tränen der Rührung über die Wangen laufen. Sie erhellt die Kapelle mit ihrem Strahlen, und als sie bei Paul angekommen ist, küssen sich die beiden, als wäre die Trauung bereits vorüber. Der Pfarrer räuspert sich amüsiert und beginnt die Zeremonie. Die Taufe von Lucy bezieht er fließend mit ein, und als das frischgebackene Ehepaar auf die Wiese vor der Kapelle tritt, warten dort bereits hundert weiße Luftballons. Jeder trägt an einer Schnur eine Visitenkarte des *L&P*, auf deren Rückseite die Gäste ihre Wünsche für Lilly und Paul notieren können. Die Finder können die Karten dann an das Brautpaar zurücksenden, und die beiden werden auch in den nächsten Wochen immer wieder an diesen wundervollen Tag erinnert werden. Auf mein Kommando lassen alle gleichzeitig die Ballons los, und sie schweben in den strahlend blauen Himmel.

Auch auf dem Strandabschnitt der Pension ist alles bereit, und das Essen verläuft ohne Zwischenfälle. Unauffällig sehe ich mich nach Niko um, doch entdecke ihn nirgends. Als die letzten Teller abgeräumt sind, bittet Sylvie als Vertretung der Agentur *Strandkorb* auf der Bühne um Aufmerksamkeit. Paul hat darum gebeten, dass auf die üblichen Reden der Eltern und Trauzeugen verzichtet wird, deshalb folgt als nächster Programmpunkt der erste Tanz des Brautpaares.

B.U. betritt die Bühne, und ich halte den Atem an. Mein Herz macht einen Satz, als Niko sich mit seiner Lady ganz nach vorne stellt. Er gratuliert Lilly und Paul, und schon erklingen die ersten Töne des Songs, den die beiden sich als Hochzeitstanz gewünscht haben und bei dem Chris am Schlagzeug singt. Es ist *L.O.V.E.* von Nat King Cole, und schon bald summen, singen oder schunkeln alle im Zelt mit. Danach greift Niko sich das Mikrofon, und das Brautpaar zieht sich zurück.

»Das war nicht abgesprochen«, fährt es mir durch den Kopf, und ich warte gespannt, was passiert.

»Der nächste Song ist mit Lillys Erlaubnis nicht für das Brautpaar, sondern ganz speziell für ihre Trauzeugin Lexi. Er kommt von mir persönlich, und ich möchte mich damit bei ihr entschuldigen, dass ich ein Idiot war. Manchmal braucht man Zeit, um zu wissen, was man will, und um den Mut zu fassen, auch dahinterzustehen. Lexi, dir ging es im letzten Jahr so, und diesmal war ich derjenige, der absolut vernagelt war. Es tut mir leid, dass ich für meine Antwort so lange gebraucht habe, aber dafür kommt sie jetzt von ganzem Herzen. Und zwar in Form von deinem U2-Lieblingssong, weil wir beide uns die wichtigsten Dinge schon immer musikalisch gesagt haben.«

Tränen brennen heiß in meinen Augen, und die enorme Erleichterung, die ich nach Nikos Worten spüre, lässt mich glauben, dass ich schwebe. Ich erwarte *With or without you*, das er so oft schon für mich gespielt hat, denn meinen wahren Lieblingssong der irischen Rockband habe ich ihm nie verraten. Doch bereits bei den ersten Noten, die ich höre, schlage ich die Hände vor den Mund, weil ich es nicht glauben kann. Er kennt mich tatsächlich besser als jeder andere, nicht einmal Lilly oder Sylvie hätten ihm dabei helfen können. Die Jungs spielen *All I want is you*, und ich bekomme Gänsehaut. Bei der Textstelle *»you say, you want, your story to remain untold«* muss ich wieder an mein Gespräch mit Niko im Strandkorb denken, als ich ihm gesagt habe, dass ich als Zwilling ein Problem mit meiner Individualität habe und mir wünsche, dass man mein Leben nicht immer von Lillys auseinanderklauben muss, dass ich mir wünsche, dass ich eine Geschichte habe, die man nicht erzählen muss, weil man sie kennt. Aber heute ist es nicht diese Zeile, die die wichtigste ist, sondern der Refrain, denn alles, was ich hören will, alles Wichtige und Bedeutsame ist, dass Niko mir sagt, dass ich alles bin, was er will. Nachdem das Lied zu Ende ist, kommt er von der Bühne zu mir und nimmt mich in den Arm. Die Leute rund um uns jubeln und applaudieren. *B.U.* stimmt den nächsten Song ohne Gitarristen an, denn der hält mich immer noch fest umschlungen.

»Es ist so, wie ich Johnny gesagt habe: Dich unglücklich zu machen ist mein größter Albtraum. Ich liebe dich«, flüstert er mir ins Ohr.

»Das ist alles, was für mich zählt«, erwidere ich ebenso leise. »Ich komme mit dir, wenn du den Job bei der Hotelkette annehmen willst. Sylvie soll solange die Agentur leiten, und ich arbeite aus der Ferne, Hauptsache, wir sind zusammen. Das ist es nämlich, was mich wirklich glücklich macht. Nicht, was wir tun oder wo wir wohnen.«

Doch er schüttelt den Kopf. »Nein, ich bleibe gerne. Ich brauche keine Bestätigung meines Könnens durch eine große Hotelkette. Viel wichtiger ist, dass Lilly schon an mich geglaubt hat, als ich noch keine Zeugnisse hatte. Hier gehöre ich hin – ins *L&P*, an die Ostsee und zu dir.«

»Oder wenn du lieber eine eigene Wohnung hättest und nicht gleich zu mir ziehen willst, ist das auch o.k.«, versichere ich ihm, doch er lächelt nur.

»Mach dir nicht so viele Gedanken! Bekomme ich eine Ecke für die Lady?«, erkundigt er sich verschmitzt.

»Wenn du willst, auch einen eigenen Probenraum für die Band«, versichere ich ihm lachend.

»Lexi, ich will das ganze Paket, das Leben, so wie du es mir beschrieben hast. Ich will *dich*!« Seine Stimme ist ernst, und dann küsst er mich. Dieser Kuss ist anders als alle anderen zuvor. Er ist wie in den sicheren Hafen einlaufen, nachdem man viel zu lange auf rauer offener See herumgeirrt ist. Er ist wie nach Hause kommen. Er ist für immer.

Und nun stehe ich hier und küsse den Mann meines Lebens und frage: Kennt ihr das? Man denkt: Hätte mir jemand vor einem Jahr den heutigen Tag vorausgesagt, dann hätte ich ihn für verrückt erklärt! Und in Sekundenschnelle wird einem bewusst, wie sehr sich das Leben in einem Jahr verändern kann! Heute ist einer dieser Tage in meinem Leben. Kein herkömmlicher, ereignisloser Tag, an dem man mal eben so einen Flashback hat und sich wundert, was sich so alles getan hat in letzter Zeit. Nein, heute ist einer jener Tage, die so aufregend und nervenaufreibend sind, so ungewiss und wunderbar, dass einem mit plötzlichem Adrenalinschub bewusst wird, dass man sich das, was man jetzt gerade macht, vor einem Jahr nicht einmal hätte träumen lassen. Es ist der Tag, an dem ich verstanden habe, dass man manche Dinge planen kann, aber die besten Dinge ungeplant passieren!

Epilog

Es ist früher Abend, und Niko und ich tanzen. Die Hochzeit meiner Schwester ist bis jetzt ohne Zwischenfälle verlaufen, und wenn keine meiner Cousinen auf die Idee kommt, jemanden von der Band abschleppen zu wollen, ist kein Chaos mehr zu erwarten. Das Wetter ist wie bestellt, der Himmel klar und die Luft warm. Wir dürfen einen traumhaften Sonnenuntergang über der Ostsee erwarten. Das Essen war hervorragend, die Hochzeitstorte ist fast schon verputzt, und die Band hat ihrem Gitarristen (der tatsächlich Schokokekse für mich eingeschmuggelt hat) für einen Tanz freigegeben, den wir in vollen Zügen genießen. Ich lasse meinen Blick umherschweifen. Lilly und Paul tanzen gemeinsam mit Lucy und sehen so glücklich aus, dass ich rasch dem Fotografen winke, damit er ein Foto von diesem innigen Anblick schießt. Meine Eltern unterhalten sich gerade mit dem Team der Pension und fühlen sich sichtlich wohl. Ich denke, sie werden hier nun öfter zu Gast sein. Und an der Bar entdecke ich Sylvie, die einen Cocktail mit Georg trinkt. Ich stoße Niko an und deute auf die beiden.

»Haben die zwei nun endlich den nächsten Gang eingelegt?«, fragt er belustigt, und ich zucke mit den Schultern.

»Wir werden sehen ...«

Für Informationen zu Lesenachschub aus der kleinen Stadt an der Ostsee, folgt mir auf:

Homepage: www.KarinWimmerAutorin.jimdofree.com

Facebook: Karin Wimmer - Autorin

Instagram: Karin.Wimmer.Autorin

Danksagung

Also als Leserin habe ich mich schon oft gefragt, wozu Danksagungen gut sein sollen und muss gestehen, dass ich sie selten lese. Als Autorin aber ist es mir – gerade bei diesem Roman – ein großes Anliegen, einigen Menschen danke zu sagen.

Als erstes möchte ich meiner Familie, ganz speziell meinem Mann Michel danken, dass er mich so bei der „Schreiberei" unterstützt, mich motiviert, an mich glaubt und mir so oft es ihm möglich ist den Rücken freihält, damit ich arbeiten kann. Denn ich arbeite dann, wenn Söhnchen schläft oder eben schlafen gehen soll. Ich schreibe nur nebenberuflich, das bedeutet, dass ich einen Brotjob habe, einen Haushalt, eine Familie und eben das Schreiben. Und an manchen Tagen frage ich mich selbst, wie ich das alles unter einen Hut bekomme. Danke, Michel!

Als zweites möchte ich einer meiner besten Freundinnen danken, die diesen Roman gelesen, inhaliert und praktisch auswendig gelernt hat und mir sehr viele Unstimmigkeiten aufgezeigt hat, über die ich durch die vielen Überarbeitungen schlicht gestolpert wäre (ich sage nur Sternzeichen Krebs). Legendär und erinnerungswürdig ist auch unser Wellnesstag in der Therme, den wir von unseren Männern verordnet bekommen haben, damit wir uns vom stressigen Familienalltag mal erholen können. Allerdings haben wir zwei Hühner den ganzen Tag lang den Roman durchgekaut und verbessert. Danke, Germaine für deine unermüdliche Unterstützung zu jeder Tages- und Nachtzeit!

Und zuletzt, weil sie auch die Letzte war, die mit mir noch Ecken und Kanten geschliffen hat, danke ich meiner Lektorin

Louisa Pagel vom Forever Verlag! Vielen, vielen Dank für deine Mühe und die einfühlsamen Kommentare. Auch wenn die Sprachbarriere zwischen Österreich und Deutschland größer ist, als ich dachte. ☺ Man hat bei dir nie das Gefühl einer Kritik, sondern immer, dass es ein Vorschlag ist, etwas anders oder besser machen zu können. Und wenn ich das Gefühl habe, dass eine Stelle noch holpert, aber selbst nicht aus dem Sumpf rauskomme, kann ich sicher sein, dass du eine Idee hast, wie man es formulieren könnte. Besonders motivierend finde ich es, dass du ab und zu eine Passage einfach nur mit einem »schön ☺« kommentierst. Danke, Louisa! Hoffentlich auf viele weitere gemeinsame Projekte!

Am meisten Danke ich jedoch meinen Lesern, die mich in unzähligen Nachrichten, Mails und Rezensionen darin bestärken, weiter zu machen und noch mehr Lesefutter zu liefern! Bis bald!

Playlist Strandkorbsehnsucht

Titel	Interpret
She's likt the wind	Patrick Swayze & Wendy Fraser
Big girls don't cry	Frankie Valkli
Be my baby	The Ronettes
Will you still love me tomorrow	The Shirelles
The time of my life	Bill Medley & Jennifer Warnes
Where the streets have no name	U2
Wouldn't it be nice	Beach Boys
Livin on a prayer	Bon Jovi
Always	Bon Jovi
Dancing in the dark	Bruce Springsteen
Heaven	Bryan Adams
Keep on loving you	REO Speedwagon
You shook me all night long	AC/DC
I will be right here waiting for you	Richard Marx
Don't stop believin'	Journey
Voulez-vous	ABBA
SOS	ABBA
The winner takes it all	ABBA
Hungry Eyes	Eric Carmen
Listen to her heart	Tom Petty and the heartbreakers
Imagine	John Lennon
L-O-V-E	Nat King Cole
With or without you	U2
All I want is you	U2

Strandkorbflüstern
von Karin Wimmer

Alexandra hat ihr Leben durchgeplant: Haus, Hochzeit und Kinder mit Langzeitfreund Robert. Und so nebenbei noch irgendwann die Diplomarbeit schreiben. Doch dann verliert Alexandra ihren Praktikumsplatz, weil die Diplomarbeit eben noch immer nicht fertig ist, und erwischt Robert auch noch mit ihrer besten Freundin im Bett. Aufgelöst und plötzlich völlig planlos fährt Alexandra zu ihrer Zwillingsschwester, die eine kleine Pension mit Restaurant an der Ostsee führt. Dort kommt sie erst mal unter und lernt Koch Niko kennen. Der ist nicht nur witzig und gutaussehend, sondern auch sehr nett. Wir sind nur Freunde, sagt sich Alexandra, aber Niko bringt ihr Herz ganz schön ins Stolpern. Doch er ist viel jünger und außerdem ist sie ja frisch getrennt. Und schon beginnen Warnleuchte im Kopf und Schmetterlinge im Bauch zu streiten …

450 Seiten
ISBN 978-3-95818-488-6
Verlag: Forever by Ullstein